Ein achtjähriges Mädchen ist Hauptvollzugsorgan des Staates. Der Nahe Osten läuft dir kalt den Rücken runter. Unsere Mütter haben falsche Farben, und der Mann, der mit Büchsen wirft, heißt Josef Stasi und macht sich, obwohl seine Frau ihn davor warnt, durch unbedachten Waffengebrauch unglücklich. Ein Albino namens Adrian sucht derweil die Lücke in der Welt, neuartige Endosporen werden entdeckt, und an einer versteckten Stelle löst dieses Buch einige entscheidende Probleme des Menschseins. Außerdem gibt es Pistazien, aber mehr Salz wäre schön.

Dietmar Dath, geboren 1970, veröffentlicht seit 1990 journalistische und literarische, satirische und essayistische Texte in in- und ausländischen Zeitungen und Zeitschriften. Von 1998 bis 2000 war er Chefredakteur der traditionsreichen Zeitschrift für Popkultur Spex, von 2001 bis 2007 und wieder seit 2011 Redakteur der Frankfurter Allgemeinen Zeitung. Dietmar Dath hat zahlreiche Romane, Theaterstücke, Sachbücher und Gedichte veröffentlicht. Zuletzt erschien das gemeinsam mit Barbara Kirchner verfasste Sachbuch »Der Implex – Sozialer Fortschritt: Geschichte und Idee« (2012). Im Verbrecher Verlag erschienen zuletzt die Neuausgaben seiner Romane »Für immer in Honig« (2008) und »Am blinden Ufer« (2010).

Dietmar Dath

Kleine Polizei im Schnee

Erzählungen

VERBRECHER VERLAG

Caveat

Einige der Sätze, die dieses Buch ausmachen, hat der Verfasser in anderen Zusammenhängen bereits veröffentlichen lassen. Ihre enge Verflechtung mit dem Rätsel, um das es geht, ließ sich damit jedoch nicht auflösen.

Zum Zweck der Wiederherstellung des Gesamtproblems sind sie daher in dessen nachfolgende Darstellung am jeweils angemessenen Ort eingefügt worden.

Inhalt

The unraveling of a riddle is the purest and most basic act of the human mind.

Vladimir Nabokov

Lieber Regen

Dies alles geschah, als mitteleuropäische Städte noch möglich waren.

Es roch in Berlin schon hier und da nach Eisenspänen, in der Bahn sogar nach Fledermäusen, als Dorothee Coppe eines Nachts genug hatte und am Hackeschen Markt, direkt gegenüber von Muji, eine aus Tschechien angereiste Prostituierte ansprach.

Die hatte eine Federboa um den Hals und sah aus wie eine schöne, verwunschene Eule, sagte zu Doro aber leider: »Sowas mach ich nicht«.

Deshalb ging Doro am Spreeufer entlang, bis sie eine Spießerkneipe fand, wo sie einen Whisky bestellte.

Doro war ziemlich müde.

Man hatte sie reingelegt: Die Oper, deren Bühnenbild sie hatte entwerfen sollen, würde nicht stattfinden, es war das alles bloß ein Batzen Flausen im Kopf des elektronisch vernetzten Komponisten gewesen, das Rundfunkfestival, die Beteiligung des ZKM Karlsruhe, lauter Märchen. Wenn sie daran dachte, dass sie mit dem Zug mehrfach hingefahren war! Vom eigenen Geld! Intercity-Express: Greuliche Human-Einheiten in schlecht sitzenden Anzügen, Geschöpfe mit internormalen Kommunikasmus-Applikaturen und Gesäßfehlhaftungen, die in ihre Headset-Knochen-Geschwulst-Hornhelme brüllten, damit die Gattin daheim den Puter korrekt röstete.

Info-Elite.

Kreative Klasse. Blödsinn.

Die Inderin hatte ganz recht gehabt, wie hieß sie noch? Radhika Desai.

Spießerkneipe also, mit ein paar gescheiten Studentinnen als Bedienungen.

Doro hätte sogar noch Würstchen bestellen können, nach Mitternacht.

Man servierte ihr einen Glenfiddich. Die gescheiten Studentinnen in Berlin dachten nämlich, wenn ein Whisky in einem Hacksgedicht vorkommt, wird's schon ein guter Whisky sein.

»Seid ihr bescheuert?« fragte Doro, die es nicht länger leiden wollte.

In diesem Augenblick ging es ihr weder besser noch schlechter als Dir und mir. Sie glaubte längst nicht mehr, was im Internet stand.

»Glenfiddich? Was soll das sein? Wie schmeckt denn der? Meint ihr, ich will Früchtetee, wenn ich Whisky sage? Habt ihr nicht mal was aus Port Charlotte, oder einen Lagavulin? Wisst ihr was? Ihr wisst nichts!« rief sie.

Ein paar Hipster von der Stange, die eben vom White Trash hergekommen waren, um mal in einem Raum zu sitzen und zu trinken, wo statt erlaubter Musik eher Foreigner lief, hörten schlagartig auf, cool zu gucken.

»Es reicht!« erklärte Doro und ohrfeigte mit Verve einen Dicken, der an Hitler glaubte, weil als Kind niemand mit ihm gespielt hatte, und der sie lüstern ansah, seit die Ader auf ihrer Stirn pochte wie der Takt der Wahrheit.

Doro fuhr fort, denn sie war gerade gut dabei: »Diese Leute! Diese anderen Leute immer! Unfassbar. Sie haben mir in der Schule schon Unsinn erzählt, und sie kommen sich gescheit vor, wenn sie immer weiter lügen und sich selber glauben, aus nichts als Angst, die sich aber als Arroganz verkleidet, und dann haben sie mir mein Geld weggenommen und meine Freundin umgebracht und meinen Kung-Fu-Meister in einen bodenlosen Schacht geworfen und indolente Filmkritiken in der taz geschrieben und liberalextremistische Buchkritiken in der Frankfurter Rundschau und völlig bescheuerte Plattenkritiken zu irgendsoeiner Death-Metal-Scheiße in der FAZ, und dann musste ich meinen Vater begraben, danach haben sich abstoßende Dämonen in meinen Kopf eingenistet, deswegen habe ich meine eigenen Kinder, meine Zwillinge, erwürgt, weil ich außerdem hypnotisiert war, von meinem Handy, aber zusätzlich haben sie mir das Gesicht abgeschnitten und es hat Monate gedauert, bis mir ein neues gewachsen ist, und plötzlich hieß es, eine Frau hat keinen Schwanz zu haben, Führerbefehl, europäischer Gerichtshof, und Zack war das Ding ab, und jetzt soll zum Schluss auch noch Gottschalk neben Bohlen sitzen. Nein, Freunde, so geht das nicht!«

Sie spuckte auf den Boden wie ein Viehdieb, trat einen Stuhl um und stampfte nachhause.

Dort trank sie alles, was sie fand.

Am nächsten Morgen entdeckte sie unterm Bett eine schräg blausilbern gestreifte Krawatte. Die band sie sich sorgfältig um den Hals. Sie wusste nicht, wem die gehörte, aber sie fand beim Blick in den Spiegel, sie gehörte ab jetzt dringend ihr.

Zwei Tage lang lief sie, nur mit der Krawatte bekleidet, größtenteils nackt durch die Wohnung, malte im leergeräumten Wohnzimmer, aß auf, was noch da war, trank Leitungswasser, betete und fluchte gut.

Dann fing es draußen ganz gewaltig an zu regnen, zu donnern und zu blitzen.

Doro öffnete beide Fenster. Der Wind trieb den Regen ins Studio, spritzte die farbfeuchten Bilder nass, das Wasser klatschte auf Doros Bauch, Schultern, auf ihr Gesicht, und sie lachte und liebte den Regen und war geheilt.

Mondphasen

Jakob lebte seit sechsunddreißig Jahren.

Seit einem Lustrum wohnte er unglücklich verheiratet mit einer in Geldangelegenheiten sehr anspruchsvollen Theaterschauspielerin in einer mittelgroßen Stadt in Bayern, kinderlos. Jakob rackerte als Software-Entwickler und Mitinhaber eines Vier-Personen-Kleinunternehmens, nur eine einzige Frau arbeitete da, zuständig für die Bilanzen und das Steuerliche.

»Ich will mehr inhaltliche Arbeit machen«, beschwerte sich Franziska, Jakobs Gattin.

Er verstand nicht, was sie meinte.

Lieber, als zu verstehen, was sie meinte, wollte er nach Lanzarote, wo sie einander kennengelernt hatten, in den fünftausend Jahre alten, von Vulkanen geschaffenen Höhlen. Es ging Jakob gar nicht gut. Tagsüber fror er selbst im Sommer. Nachts machte ihm der grünliche Mond Kopfweh, auch wenn der hinterm rolladenhalber blickdichten Fenster gar nicht zu sehen war.

Ein Mann namens Klaus, Theaterschriftsteller, war anstrengend fleißig hinter Franziska her. Er versprach ihr die gewünschte inhaltliche Arbeit, aber dazu, behauptete er, sei es nötig, dass sie ihm Jakob vorstellte.

Ihn von so einer Idee abzubringen, war im Allgemeinen unmöglich. Für einen Erfolg bei der Kritik oder an der Kasse hätte Klaus zur Not Leichen aus Bürgerkriegen in Afrika gegessen.

Jakob ließ sich also von Franziska breitquengeln und verbrachte einen langen Abend beim Fernsehen mit Klaus. Sie aßen viele Erdnüsse und tranken vor Wochen gestorbenes Bier. Der Dichter stellte Fragen über Jakobs Arbeit. Sein neuester Einfall war nämlich, über Staatstrojaner, betriebliche IT-Sicherheit und dergleichen ein ganz großartiges Stück zu schreiben, »eigentlich mehr eine Textfläche«.

Franziska sollte Jakob spielen, diese Idee machte, so meinte Klaus, der weder schwul, noch bisexuell, noch *transgendered*, noch auch nur nett war, ein *queeres* Projekt aus dem Gesamtvorhaben.

Jakob erzählte Klaus von Scannern, welche die Web-Verletzlichkeit von Rechnersystemen prüfen konnten, vom Spurenverwischen mittels ProxyHunter, und dass es oft genügte, den Klienten einzuschärfen, dass keine ungepatchten Programme auf dem Webserver laufen durften und man überhaupt immer schön sauber programmieren sowie passwortgeschütztes Arbeiten ernstnehmen sollte.

Klaus schrieb das Monodrama »Keylogger« in drei Wochen.

Franziska lernte, wie man Jakob war.

Seinen Kinnbart malte sie sich mit einem schwarzen Kosmetikstift auf, seine Frisur war leicht mit Gel zu kopieren. Zweimal schliefen Jakob und Franziska miteinander, während Franziska als Jakob verkleidet war, weil sie darauf bestand, das auszuprobieren. Sie trug sogar eins von seinen Hemden dabei, und es kam den beiden vor, als könnte das ihre Lust aneinander, sonst ein Auslaufmodell, noch einmal neu zünden.

Das war eine Selbsttäuschung; sie verflog noch vor der Premiere.

»Keylogger« machte einen respektablen Erfolg.

Andere Theater, andere Schauspielerinnen übernahmen das Werk; es gab auch ein Hörspiel beim SWR. Klaus zog Franziska ins Bett, mit ihm dauerhaft leben wollte sie aber nicht. Die an der Affäre haftende Gelegenheit zur lärmenden, hässlichen Trennung von Jakob wurde freilich wahrgenommen. Auch Jakob war, als sie auszog, sehr erleichtert.

Zum Sichscheidenlassen waren beide zu faul, auch zu schlecht unterrichtet über mögliche finanzielle Chancen und Gefahren.

SPIEGEL ONLINE brachte einen Artikel über das Stück. Klaus pumpte sich im dazugehörigen Interview mächtig damit auf, wie gut er seinen Texflächenkleister recherchiert hatte, und erzählte die bombig *queere* Geschichte von Franziska in der Rolle ihres Mannes. Die Frau vom SPIEGEL kam nicht drauf, nachzufragen, was daran bitte *queer* sein sollte. Sie war vielmehr vom Recherche-Ethos des Dramatikers dermaßen hingerissen, dass sie, als »Keylogger« überraschenderweise den Mülheimer Dramatikerpreis gewann, für einen Nachfolge-Artikel den armen Jakob ausfindig machte und ausführlich interviewte.

Es war ein ausgesprochen unangenehmes Gespräch. Die Frau sagte die ganze Zeit immer wieder »wie fühlt sich das denn an, wenn«, und dann kamen jedes mal Sachen, bei denen Jakob leider überhaupt nichts fühlte.

Franziska verließ die Stadt in Bayern.

Ein Angebot aus Hannover lockte sie weg.

»Keylogger« wurde in einem kleinen Theater in Rheinland-Pfalz aufgeführt.

Jakob erhielt per E-Mail eine Einladung zu einer Diskussion nach der Premiere.

Seine Firma machte gerade Pleite, seinen Bart hatte er sich abrasiert.

Er fragte beim rheinland-pfälzischen Dramaturgen nach, ob Klaus auch zu dem Diskussionsabend käme.

Klaus, versicherte der Rheinland-Pfälzer, der wohl irgendwie den Braten roch, käme ganz sicher nicht. Jakob reiste also zur Premiere, und diskutierte mit, plötzlich befreit: »Es ist ganz komisch, das alles zu sehen. Diese Schauspielerin hier, die spielt meine Frau, die ich ewig nicht mehr gesehen habe, und sie spielt sie … weil sie spielt, wie sie mich spielt, und es ist wirklich komisch – ich meine nicht: seltsam, ich meine: lustig. Irgendwie eine riesige Erleichterung – als ob diese Geschichte lauter Firewalls zwischen mir und meinem Leben installiert, damit das nicht mehr so dicht aufeinanderhängt oder … ich kann es nicht beschreiben, doch das ergibt alles so Schichten … Schichten und Schichten von Distanz: Es bin ja nicht ich, aber es ist auch nicht das, was dieser Klaus aus mir gemacht hat, oder das, was Franziska aus dem gemacht hat, was dieser Klaus aus mir gemacht hat, oder das, was du«, er redete den Rheinland-Pfälzer damit direkt an, »aus dem gemacht hast, was Franziska aus dem gemacht hat, was dieser Klaus aus mir gemacht hat. Es ist einfach das, was diese Schauspielerin …«

»Bettina Marek«, half der Dramaturg.

»Ja«, sagte Jakob, »also was Bettina Marik ähm oder Marek heute Abend mal hat spielen wollen und dann ja auch gespielt hat, mit diesem witzigen Tonfall, der aber nicht so krampfig rumwitzt wie die Comedy immer im Fernsehen.«

Bettina Marek, die eine sehr attraktive, sehr kluge, jedoch auch sehr eitle Frau war, verliebte sich für dieses Lob sofort in Jakob.

Noch am selben Abend, in dem leicht muffigen Hotel, das ihm das Theater besorgt hatte, unter einem eher rötlichen Mond, äußerst betrunken, stieß sie ihn lachend aufs Bett. Zuerst hatte er Erektionsprobleme, dann, als er begriff, dass diese verblüffend schöne Dame ihn wirklich sehr wollte, machten sie einander richtig gut kaputt.

In den Pausen greinte er ein bisschen über sein Leben.

Als sie seinen Schwanz in den Mund nehmen wollte, entdeckte sie bei seinem feinen, aber wollig krausen Schamhaar eine winzige dunkelrote Zecke. Er hatte keine Pinzette dabei. Weil Bettina Marek praktisch veranlagt war, holte sie eine bei der Rezeption und drehte ihm das Viech aus der Haut.

Auf einmal war das Verhältnis in ein neues Stadium eingetreten: Man amüsierte sich über die Zecke und über die Hirnhautentzündungsgefahr, zog sich an, ging mitten in der Nacht spazieren, zwischen niedlichem Altstadtgemäuer.

Jakob war sehr verliebt.

Sie kam nochmal mit aufs Hotelzimmer. Die vierte Runde war die schönste, voller Hingabe und Glück. Sie schlief dann ein, er nicht.

Jakob hatte seit Jahren nicht geschlafen, warum hätte er jetzt damit anfangen sollen?

Anderthalb Monate später besuchte sie ihn in Bayern. Er hatte in seiner stickigen Stadt eine Festanstellung gefunden. Sie kam schon morgens, er hatte eigentlich frei, musste dann aber wegen einer kleinen Krise in den Laden.

Als er wiederkam, hatte sie gebadet.

Noch einmal fand er in ihre Arme, sie kuschelte sich später sehr in seine. Die Liebe hielt allerdings nicht, er hatte sich entschieden, sein restliches Leben lang ab und zu stillvergnügt daran zu denken, wie sie ausgesehen hatte, schlafend, im Hotel, nach der Nacht mit der Zecke. Er ließ sie daher kalt auflaufen, als sie, die einen festen Freund hatte, ihm andeutungsweise verriet, sie hätte nichts dagegen, ihn ab und zu wiederzusehen.

Jakob verhielt sich wurstig und zweideutig.

Er wollte nicht noch einmal scheitern, er wollte das Bild bewahren.

Ihr Gesicht. Den Glanz ihrer Haare, den goldenen, schwebenden Staub.

Alle bekamen, was sie brauchten.

Niemand musste sich je geschädigt fühlen.

Der Mond wurde schließlich pechschwarz und fiel auf die Erde.

Er war fast komplett aus Stein.

Mutilationsskepsis

Von Ines erfuhr ich, dass man Erkältungen mit Wodka und schwarzem Pfeffer behandeln kann. Baumwolle, in kochenden Wodka getunkt, heilt Ohrenschmerzen. Pflaumen und Wodka: gut gegen Kopfqual. Zu vorgerückter Stunde und nach drei, vier Wodka erzählte Ines, die für Zeitungen in Kriege fuhr, mir dann, dass abgeschlagene Köpfe nie echt aussahen. »Egal, wie nah man rangeht. Selbst, wenn man den Mann oder die Frau oder den Jungen oder das Mädchen am Tag vorher, oder … ich hatte den Fall mal … zwei Tage vorher noch gesehen hat, auf einem Wochenmarkt. Und man sich die Köpfe also ganz genau anschaut, so dass man wirklich sieht: Alles da. Die Augenbrauen. Die kleinen Narben oder Muttermale. Die Nasenhaare. Absolut authentisch, und trotzdem nicht echt. Also schon echt. Aber: sieht nicht so aus. Sondern wächsern, gummihaft, gepudert, mit Konservierungsmittel überzogen, staubig. Falsch.«

Ich riet, dass das vielleicht vom Fernsehen und Kino kam – man hatte so viele Verstümmelte gesehen, die nicht wahr sind, dass man, wenn man wirkliche Verstümmelte sah, automatisch dachte: Nicht wahr.

Sie war unschlüssig und wandte ein: »Naja, aber der Geruch. Man müsste es schon glauben. Aber man glaubt es nicht.«

Ich sagte, dass das bei Gott kein hoffnungsstiftendes Indiz für den aufklärerischen Wert des eingebetteten Kriegsjournalismus im Tross unserer bundesrepublikanischen Nicht-mehr-Wehrpflichtigen-Armee war, wenn die Leute, die dabei mittaten, schon nicht mehr glauben konnten, was sie sahen.

»Hauptsache,« sagte Ines, »die Maschinen zweifeln nicht auch noch. Gewehre, Panzer, Drohnen.«

Ich vermutete, die zweifelten auch.

Karin gab mir recht: »Stimmt. Müssen sie sogar. Sonst würden sie ja viel zu schnell verrückt, und dann geht es richtig los da unten.«

Verliebte Scheu

Vor der Villa sangen kostbare Vögel, es hätten kleine, unbezahlbare Automaten sein können.

Gegen Ende ihres dritten Lebensjahrzehnts lebte die junge Künstlerin Dorothee Coppe eine Weile in einem sehr schönen Zürcher Haus, weil die schwer reiche, aschblonde Sammlerin P. sie dorthin eingeladen hatte, als ihr erzählt worden war, dass Doro sich dringend regenerieren und eine Weile von allem abwenden sowie zurückziehen musste, um nicht in tödliche Schwermut zu versinken.

Die Villa der Sammlerin P. war fast leer; ein großes Gemälde von Doros ewiger, etwas älterer Konkurrentin Johanna Rauch hatte man anderswohin verbracht, um den Hausgast nicht zu kränken.

Es gab einen Nordflügel, in dessen oberem Stockwerk Doro wohnte sowie eine alte Frau, die man niemals zu sehen bekam, und einen Südflügel, in dessen oberem Stock ein leicht verwirrter, schwuler Betriebsonkel hauste, der das Vermögen – oder das Glück oder sonst etwas Wichtiges – der Sammlerin verwaltete. Beide Flügel hatten ein gemeinsames Erdgeschoss unter sich, wo gelegentlich Feste stattfanden, für welche die Sammlerin aus der südeuropäischen Hauptstadt, in der sie residierte, manchmal persönlich angeflogen kam.

Einmal verbrachte Doro einen schrecklichen Abend beim Essen mit der Sammlerin, dem verwirrten Betriebsonkel und dem Bruder der Sammlerin, der zu spät zum Nobelitaliener kam, sämtliche Gänge dort verklemmt benagte und sich am Ende dafür entschuldigte, er sei »heute so zerfahren, aber wisst ihr, ich habe drei Klaviere getestet für deine neue Residenz in Wien«, vielsagend zwinkerte er seiner Schwester zu; »und es war einfach schrecklich, die hatten alle keinen Klang, keinen … Bauch, wie sagt man, keinen Klangkörper, es hat mir wehgetan, wirklich in den Ohren im, im … Im Gemüt hat's mich gezwiebelt, ganz fürchterlich.«

Im Bett, nach diesem Essen, dachte Doro, sie wollte nie wieder Klaviermusik hören, nicht mal eine Tonleiter, kein Stück, kein Schneeflöckchen von einer einzelnen Klaviernote mehr, nicht Chopin noch Beethoven noch Liszt noch Schönberg noch Rzewski noch Wolff, Feierabend.

Um den Garten und die Instandhaltung der Villa, das Catering bei den Festen, die Alarmanlage und Angelegenheiten wie Bettwäsche kümmerte sich eine junge Frau namens Betty, in die sich Doro schlimm verliebt hätte, wenn Betty nicht immer wieder Bemerkungen von ungeheurer Unschuld gemacht hätte, die etwa Doros Aussehen lobten – »da ist die schöne Frau ja wieder, schon zurück aus dem Schwimmbad?« – Bemerkungen, an denen Doro leicht ablesen konnte, dass Betty nicht die leiseste Ahnung hegte, wie nah daran Doro oft war, sie einfach im Treppenhaus am Geländer zu überfallen, um sie kurz und klein zu knutschen.

Betty brachte Doro häufig Orangensaft mit, oder trat überflüssigen Sekt ab, nach den Festen.

Einmal aber, als Betty zwei Wochen Urlaub hatte, verirrte sich Doro im Erdgeschoss auf der Suche nach etwas zum Trinken – sie arbeitete endlich viel, zeichnete Berge von *Concept Drawings* für Installationen und bekam davon großen Durst – auf die Treppe zum Südflügel.

Da lagen sehr hässliche, teure Männerhemden.

Sie fotografierte die mit dem Handy und fragte ein paar Tage später, als Betty wieder da war, die hübsche Hausbesorgerin: »Was ist das? Wem ... zu wem gehört das?«

»Die sind vom Verwalter«, erwiderte Betty mit einer Unschuld, die Doro auf die Palme brachte.

»Was macht er damit, wegschmeißen?« staunte die Künstlerin.

»Nein. Die soll ich waschen.«

»Und dazu schmeißt er sie einfach auf die Treppe?«

»Klar«, schweizerdeutsch: chlár.

Dieses eine kurze Wort verriet Doro, was es mit Bettys scheinbarer Unschuld in Wirklichkeit auf sich hatte, und binnen kurzem wurde ihre Liebe zu dem listigen Mädchen so riesengroß und unerträglich, dass sie ausziehen musste, weil sie die irrsinnige Sehnsucht nach einer Frau, die sie niemals deswegen hätte ansprechen wollen, dann doch sehr beim Arbeiten gehindert hätte.

Bei ihrer, von der Kritik äußerst wohlwollend aufgenommenen, kleinen Ausstellung im Frankfurter Portikus (unten eine Berühmtheit, oben Doro) zeigte Doro zwei Jahre später ein Video mit brennenden, teuren Männerhemden an einer Drahtleine.

Das Werk hieß »Treppensex (chlár)« und wurde völlig falsch verstanden.

Tröstliche Begegnung

Das Jahr Zweitausenddreißig wird ruhiger als die fünf Jahre vorher. Am Vormittag meines sechzigsten Geburtstags gebe ich im Klima- und Zivilrechtsturm am Frankfurter Hauptbahnhof zwei Identitäten ab, die ich nicht mehr brauchen kann, weil es einen Mann in meinem Alter dann doch langsam schlaucht, alle vierzehn Monate Mutter zu werden und sich gleichzeitig um drei vegane Gaststätten im Westend zu kümmern, die sich nicht entscheiden können, ob sie Kunstwerke oder politische Treffpunkte sein wollen.

Der Klimaturm, das ist dieser riesige, fast ganz von strom- und gravitationsnetzgittererzeugenden Pflanzen aus edelschwarzem Rechengummi zugewachsene Laden, in dem früher die europäische Zentralbank den Deutschen andere Länder nach dem schönen Prinzip unterworfen hat »Ich leih dir was, damit du mir was kaufen kannst, das ich dir per Richtlinienänderung dann zurücküberschreibe und gleichzeitig abkaufe, damit du es bei mir mietest, bis dich die Zinsen für die Leihgebüren in eine Abhängigkeit von mir gestoßen haben, über die ich mich bei dir dann auf dem Amtsweg beschweren muss, weil ich den Anblick deines verlotterten Zustandes nicht ertragen kann«.

Identitäten, das sind heutzutage kleine dielektrische Fingernagelplättchen für die Verrechnung von Zeitinvestitionen in andere Leute, bei mir höchstens zehn – es war zu meiner Zeit, als das Wort noch einen metaphysischen Sinn hatte, ja üblich, dass die Leute nicht mehr als zehn Finger besaßen, und gleich viele an jeder Hand. Wenn man Identitäten abgibt, das wissen alle, kann man sich entweder andere holen, oder man lässt welche unbesetzt – ich bin inzwischen ja legal Sohn, Ehegatte oder Tochter von achtzehn Personen allein in Europa und selber wiederum sowohl rechtlich wie biologisch Vater beziehungsweise Mutter von sechsundzwanzig weiteren, die meisten übrigens mit seit Jahren mehr oder weniger stabilen Geschlechtern, meine Familien sind halt altmodisch und ein bisschen verklemmt, aber wir mögen einander fast alle. In letzter Zeit, so seit 2027, ist allerdings ein neues Identitätskonzept aufgekommen, das ich nicht mehr verstehe, von der Schweiz herübergeweht in diesen lustigen Wolken aus winzigen Atemtierchen voller Ideen, die unmittelbar an den Schnittstellen der Kopftransceiver neue Wahrnehmungen anmelden (und bei Annahme freischalten), mit denen die Weltgesundheitsfrauengruppe nach ihrem Umzug aufs offene Meer vor Indien Anfang der zwanziger Jahre die bis dahin bekannten Drogen überflüssig gemacht hat. Nein, ich versteh's nicht, was die jungen Leute sind, aber egal, man muss ja nicht mehr lernen, um sich von irgendjemandem Zensuren, Jobs oder Zugang zum Nötigen bis Schönen zu verschaffen. Im Tauschkreis im siebten Stock des Klimaturms, wo ich meine überzähligen Ichplättchen anbiete, komme ich per Diametralpunktgeschnatter mit einer Elfjährigen ins Gespräch, die irgendwo aufgeschnappt hat, früher hätte es »Berufe« gegeben.

»Was warst du? Was hast du gemacht, beruflich?«, hänselt mich ihr ein bisschen nach frischen warmen Brezeln duftendes Textleuchten.

»Ich hab hauptsächlich gelogen«, blinke ich ihr schließlich rüber, um mich ein bisschen interessanter zu machen.

»Was gelogen?«

»Na, so Geschichten. Konnte man früher kaufen, für Kredite in Arbeitszeit, ziemlich anstrengend war das. Es gab Lügen, die man annehmen musste – das hieß Nachrichten und Information – und andere, die man mehrdeutiger behandeln konnte, das hieß dann Literatur.«

Sie antwortet mit einer langen Perlenschnur von salzigen Nullpunkten, das soll natürlich heißen: Glaub ich nicht.

»Doch«, sage ich, das heißt, ich spreche es tatsächlich laut aus, so, dass sich die Weltmembranen mehrerer Anwesender irritiert kräuseln. »Das ist wirklich wahr, das ist die historische Zeit, die ich noch erlebt habe.«

Sie steht von ihrem kleinen Boot auf, geht durchs flache silberne Wasser und umarmt mich mitleidig: »He, nicht ärgern. Nicht aufregen. Die Geschichte, an die du dich erinnern wirst, wenn wir uns hier nach dem nächsten Klimawechsel wiedertreffen, in hundert Jahren, wird weniger langweilig sein.«

»Versprochen?«

»Versprochen!« sagt sie, und nimmt meine rechte Hand beruhigend in zwei von ihren linken.

Planet ohne Hörbücher

Eine blinde Millionenerbin in Basel liebte Science Fiction und beschäftigte in ihren beiden letzten Lebensjahren gleich zwei Bediente, die ihr vorlasen: Einen Kroaten und eine Äthiopierin. Vorgelesen wurde auf Englisch, auch wenn man im großen, kühlen Haus der Millionärin sonst deutsch sprach.

Beide Lesehilfen hatten Anglistik studiert und gegen das harte Regiment, das bei der blinden Frau vorherrschte, nichts einzuwenden, weil es ihnen erlaubte, ihr bezahltes Leben mit einer Sorte Literatur zu verbringen, die sie schätzten.

Zum harten Regiment gehörte allerdings, dass beide keine Kontakte mehr zu ihren Familien und Lieben, ja überhaupt keine, nicht aus Lebenserhaltungsgründen wie Einkauf oder Ämterangelegenheiten notwendigen, Beziehungen pflegen durften, außerdem ihre Namen ablegen mussten – sie hießen nur mehr *»sie«* und *»er«*, die Millionenerbin dagegen, auf eigenen Wunsch, *»es«* – und mit dem Ausgeben des vielen Geldes, das sie bei der Millionenerbin verdienten, bis zu deren absehbarem Tod warten sollten.

Es litt an einer Krebserkrankung, die sich nicht mehr mit Aussicht auf ernstzunehmend umfangreiche Lebensverlängerung therapieren ließ.

Die Geschmäcker im kühlen, dunklen Haus variierten: *Er* mochte Theodore Sturgeon, vor allem die Geschichten, in denen die sehnsüchtig von allen Festlegungen wegstrebende Sexualität des Dichters vom Text aufgesogen schien wie LSD vom Zuckerwürfel. *Sie* war gänzlich eingenommen von Joanna Russ, vor allem den langen Eröffnungsszenen von »And Chaos Died«, also den ersten Begegnungen Jai Vedhs mit den Gedankenleserinnen, doch auch von den Abenteuern der tapferen Alyx und dem tief unheimlichen Menschheitsrequiem »We Who Are About To«.

Es hingegen schätzte am meisten Heinlein, insbesondere das sonst überall verachtete Spätwerk »Time Enough for Love«, mit seinen niedlichen häuslichen Abschweifungen und dem frechen ödipalen Schluß, »The Cat Who Walked Through Walls«, mild gepfeffert mit dem Geschmack unaufdringlicher Lebensweisheit – »So mag ich die Schriftsteller, schön in der Nähe des Todes«, sagte *es* melancholisch, »dabei von tadelloser Haltung, ohne sich groß drum mühen zu müssen.«

Sie und *er* bewunderten *es* für solche Aussprüche, und waren sich außerdem einig, dass sie *ihm* viel zu verdanken hatten: *»Es* erlaubt uns, was sich viele Menschen wünschen – den Rückzug in eine eigene Welt aus Wörtern und Vorstellungskraft und Möglichkeitssinn, mit einem ganz eigenen Zugang zur Wirklichkeit, eben dem dieser Literatur«, sagte *er,* und *sie* stimmte *ihm* zu, mit den ebenfalls leicht gekünstelten, aber ganz aufrichtig empfundenen Worten: »Und das Ganze ist eine Art, das Leben zu empfinden, die sich draußen, in der Welt der Nichtblinden, Nichtreichen, vor allem aber nicht in Science Fiction vernarrten Menschen niemals durchsetzen wird. Ich meine, dort geht es nur ums pragmatische, um das schlechte Besondere also, oder, in Sonntagsreden, um völlig blasse Abstraktionen, das schlechte Allgemeine. Wir haben etwas anderes: Die Welterfahrung, die sich draußen, in der Welt, nie durchsetzen wird. Wer sieht denn schon die Erde als tatsächlichen Planeten, als große blaue Schwerkraftmulde in der vierdimensionalen Raumzeit, statt immer nur als Boden unter den Füßen oder Schauplatz von Markterschließung oder Schlachtfeld?«

Hörbücher verachtete *es.*

Stattdessen mussten, wenn *es ihm* und *ihr* mal nicht zuhören wollte, DVDs besorgt und auf einem riesigen Flachschirm gezeigt werden, mit verdunkeltem Bildrechteck: »Ich kann's zwar nicht überprüfen«, schnarrte *es,* »aber ihr würdet mir damit zumindest Respekt erweisen, wenn wir alle dasselbe sehen, während wir davor sitzen. Nämlich nichts.«

Entlang der durch das Vorlesen bereits etablierten Geschmackslinie begann man das DVD-Programm zunächst mit Klassikern des Science-Fiction-Kinos, von »When Worlds Collide« über »La Jetée« (ein besonders gelungener Abend), »Alphaville«, »Planet of the Apes«, »Stalker« und »Eolomea« bis zu schwer Klassifizierbarem der Sorte »Repo Man«, »Liquid Sky« oder »Southland Tales«.

Als das durchgesehen, das heißt: gehört war, wurde *es* ganz elend und fiel von einer langen, medikamentös unterstützten Schlaf- und Dämmerphase in die nächste, mit jeweils nur etwa anderthalb bis zwei Stunden klarer, wacher Bewusstheit dazwischen.

Es verlangte, man solle sich beim Vorlesen ganz auf Kurzgeschichten, ja allerkürzeste Geschichten verlegen, Vignetten von Lem, Michael Swanwick und Terry Bisson.

Bei den DVDs kamen nur noch episodische, kurze Dinge, also Fernsehserien in Frage, von »Battlestar Galactica« bis »Mork and Mindy«.

Hier betrat man aus Versehen eine ästhetische Abzweigung, weil die Online-Bestellpraxis, die *er* und *sie* pflegten, sich allzu arglos auf die Amazon-Kundenempfehlungen und deren markierte Korrelationen verließ. Plötzlich sah, das heißt hörte, man gemeinsam nicht mehr nur Science Fiction im engeren Sinne, sondern auch Fantasy (»Game of Thrones«), Mystery (»Fringe«) und Horror (»Supernatural«), bis schließlich sogar, weil da zwei Leute mitspielten, die ihren Ruhm in zum fantastischen Genre zählenden Serien erworben hatten, eine Krimi-Serie ins Haus geliefert wurde, nämlich das Remake von »Hawai Five-O« mit Grace Park und Daniel Dae-Kim.

Diese beiden, und mehr noch ihre Co-Stars Alex O'Loughlin und Scott Caan, sprachen ihre Dialoge oft so undeutlich, dass das Verbot der Sichtbarkeit schließlich gelockert werden musste – »Schaut ruhig auch mal ohne mich,« sagte *es*, deutlich schwächelnd, »und wenn die Folge gut ist … gucken wir's … noch mal … zusammen …«

So saßen *sie* und *er* schließlich alleine im großen Wohnzimmer, und stutzten arg, als eine Episode mit einer Aufnahme der Erde aus dem

Weltall anfing, eindeutig per CGI erstellt – die blaue Kugel drehte sich, man zoomte auf Hawaii.

»Es ist,« sagte *er,* »wie in ›Contact‹, nur umgekehrt.«

»Richtig. Die Erde, als Planet ernstgenommen«, seufzte *sie* enttäuscht.

»Wir haben gewonnen«, flüsterte *er.* »Wir haben gewonnen, ohne uns draußen einzumischen: Science Fiction hat gewonnen. Im schlechten Besonderen, im schlechten Allgemeinen.«

Der Arzt trat ein, er kam aus dem Schlafzimmer.

Er nickte, als *sie* und *er* ihn fragend anschauten.

»Ja. *Es* ist tot.«

Sapir / Whorf
revisited

Margit und Steffen arbeiteten bei der beliebtesten elektronischen Partnervermittlung Kontinentaleuropas. Wenn man aus alter Anhänglichkeit privat mit ihnen zu tun hatte – Essengehen, Kinobesuch, Minigolf –, erzählten sie immer ganz aufgekratzt, was die Wörter bedeuteten, die in ihrem Beruf benutzt wurden.

»Anschmiegsam«, sagte Margit, »damit will er sagen, er ist faul.«

»Originell«, erklärte Steffen, »das soll heißen, sie ist hysterisch.«

»Trendbewusst«, spie Margit, »das heißt, sie müssen jeden Scheiß besitzen und haben, den die Heftchen vorschreiben.«

»Naturverbunden«, freuten sich beide, »das bedeutet: stinkt.«

»Sensibel, das übersetzen wir mit: hoffnungslos egoistisch, kennt nur sich selbst, aber auch noch weinerlich dabei«, lachten die Bösen.

Ich machte einen Vorschlag: »Intellektuell?«

Margit parierte: »Das ist einfach. Heißt: sehr, sehr dumm, wählt grün.«

»Selbstbewusst, der ist auch gut«, ächzte Steffen, »das meint: einerseits größenwahnsinnig, aber andererseits doch auch wieder total langweilig.«

»Heimatverbunden«, schlug Margit vor. »Nazi«, riet ich richtig.

»Kosmopolitisch«, packte Steffen härtere Ware aus.

Ich wusste es nicht, aber Margit: »Fährt durch die Gegend, um der Leere im Hirn zu entkommen.«

»Kreativ heißt, sie spinnt total«, ergänzte Steffen.

»Und das Wort Niveau weist auf ein militant halbgebildetes Arschloch hin, das DIE ZEIT abonniert hat.«

»Okay«, wollte ich schließlich wissen, »aber was meinen sie, wenn sie ›aufgeschlossen‹ schreiben?«

Steffen und Margit zeigten mir ein Foto.

Ich rannte, so schnell ich konnte, aufs Klo, und übergab mich maßvoll.

Wir redeten nie mehr davon.

Winziges Leck

They must be pretty stupid if they really think, and think they know that physical stuff is, in itself, and through and through, an essentially non-experential phenomenon.

Galen Strawson

Anfangs schien es, als wären die anderen Kinder ohne Argwohn gegen Adrian.

Zwar war seine Haut hell wie rosa Esspapier, zwar schimmerte sein Haar, auch die Härchen an Armen und Beinen, weiß wie nasse Kreide, und seine Augen sahen aus wie rote Drops.

Im Sommer trug er ständig eine Sonnenbrille, und manchmal lange Hosen, auch langärmlige Hemden, immer Schirmmützen. Das kam den anderen Kindern zweifellos seltsam vor.

Aber da Adrian eine lustige Art hatte, Zusammenhänge aufzuspüren, Unterschiede zu bemerken, Vergleiche zu ziehen – »Ab Juni ist Caprizeit: wir trinken alle Capri-Sonne und essen ein Eis, das auch Capri heißt« –, und weil er deshalb gut war im Erfinden von Spielen oder Abenteuern (wie weit kann man ohne Taschenlampe ins Kanalrohr klettern, bevor man anfängt, sich einzubilden, man sähe Sachen im Halbdunkel, die gar nicht da sind?), fehlte es dem Jungen nicht an Freundinnen und Freunden.

Dunja, deren Eltern mit ihr in einem teuren Holzhaus mit Solarstrom wohnten, war die erste, die sich beschwerte: »Ich versteh das nicht! Das ist zu schwierig!«

Sie meinte die Regeln zu einem Spiel, das Adrian sich ausgedacht hatte, eine Art Mehrkampf am Baggersee, mit Tauchen nach Plastiktüten, in denen steinbeschwerte Preise verschnürt waren, Wettläufen am Ufer, Klettern und Einsammeln beziehungsweise Anbringen verschiedenfarbiger Wimpelchen an Zweigen und Ästen vorher festgelegter Bäume.

Dunja wollte lieber mit Reis- und Sandsäckchen spielen, die sie von zuhause mitgebracht hatte – im Kreis sollten sich die acht Kinder aufstellen, einander zuwerfen sollten sie die Reis- und Sandsäckchen, und wer eins fallen ließ, schied aus, bis die Geschickteste mit den schnellsten Reflexen, also Dunja, als Gewinnerin feststand.

Adrian, dem gleichgültig war, ob er oder jemand anderer die Spiele erfand, hatte nichts dagegen, dass man Dunjas statt sein Spiel spielte, fand aber, dass mit einem der Sandsäckchen was nicht stimmte: »Da rieselt Sand raus. Hier, siehst du? Körnchen.«

Hasan und Silke inspizierten das Säckchen mit ihm, und waren seiner Meinung: Etwas rieselte. Wo aber das winzige Leck war, ließ sich mit bloßem Auge nicht bestimmen.

»Dann nehmen wir ein anderes!« trompetete Dunja, die schnell weiterspielen, nämlich bald gewinnen wollte.

Adrian, Hasan und Silke diskutierten noch ein paar Minuten, dann ließ sich erst Hasan, danach Silke wieder in den Zirkel ziehen, doch Adrian – »nee, lass, is gut, ich will das einfach wissen!« – setzte sich auf sein Handtuch und versuchte, herauszufinden, wo das Säckchen kaputt war, womit er auch dann nicht aufhörte, als die andern anfingen, ihre Vesper zu verspeisen, Heftchen zu lesen, mit den Handys zu daddeln und Musik laufen zu lassen.

So absorbiert von seinem Versuch, den Fehler im Gewebe, die geplatzte Stelle in der Naht zu finden, fand ihn Dunja, dass sie ihm das Säckchen aus purer Herrschsucht wieder wegnahm: »Gehört mir, egal, ob es kaputt ist oder nicht, und außerdem machst du es bloß noch kaputter, oder es ist gar nicht kaputt und wird aber kaputt, weil du so dran rumreißt.«

Der Nachmittag, der so unbefriedigend endete, war ein Vorbote weniger geselliger Zeiten für Adrian. Je näher die Pubertät kam, und erst recht, als sie dann einsetzte, je mehr also Spiele gespielt wurden, die überhaupt keine oder völlig unberechenbare hormonelle Regeln hatten, desto ärger vereinsamte der Albino und fand sich bald dermaßen auf sich selbst und seine Leiblichkeit zurückgeworfen, dass er auch in dieser nach dem ursprünglichen Fehler, dem unpassenden Element, der geplatzten Naht, dem winzigen Leck zu suchen begann.

Yoga, Meditation, vor allem richtiges Atmen: Bald konnten ihm Feuer, Eis und Nadeln nichts mehr anhaben, und kurz darauf beherrschte er die eigene Drüsensekretion so gut, dass er sich weiteres Wachstum nicht gefallen lassen musste.

Von da an blieb er vierzehn Jahre alt.

In seinen Zellen, als er auf sie horchte, fand er Moleküle, in denen entdeckte er Atome, in diesen noch kleinere Sachen. Er studierte Physik an sich selbst, dann krempelte er sich wieder nach außen und studierte Physik an der Universität.

Kalendarisch war er eben neunzehn Jahre alt geworden, biologisch blieb er vierzehn.

Bei genauerer Betrachtung der quantenmechanischen Wellenfunktion fiel ihm auf, dass er das erste Mal verliebt war.

Adrian lud die Wellenfunktion zum Abendessen ein, ging mit ihr ins Kino und knuddelte sie danach vorsichtig.

Eine Weile ging das Verhältnis tatsächlich gut, dann wollte sie plötzlich wissen: »Wohin entwickelt sich unsere Beziehung eigentlich? Wird das was Festes, oder spielst du nur mit mir?«

Adrian hatte gelernt, mit den Stimmungsumschwüngen anderer Menschen zurechtzukommen, von der Wellenfunktion allerdings hätte er mehr erwartet als diese unerwartet heftige, im Tonfall sogar pampige Dekohärenz.

Weil er nicht wusste, wie er der Sache begegnen sollte, wurde er defensiv-aggressiv: »Was heißt das, wohin entwickelt sich die Beziehung? Ich weiß ja nicht mal, ob du bloß ein statistisches Werkzeug bist oder etwas Reales, ob die Katze gleichzeitig tot und lebendig sein kann oder du nur so aussiehst, als könnte sie das, ob du in Wirklichkeit nur ein Reflex unseres immer nur partiellen Wissens über das jeweilige System bist.«

Sie antwortete ausweichendes Zeug über Nichtlokalität, die Bellsche Ungleichung, Verschränkung und andere Dinge, die nichts zur Sache taten.

Da die beiden schon vor Wochen zusammengezogen waren, in eine leicht überteuerte Wohnung in Treptow, hing erstmal ein, zwei Wochen der Haussegen schief.

Schließlich, beim Federballspielen im Mauerpark, fiel Adrian ein mathematischer Formalismus ein, der zeigte, dass sämtliche Theorien, die der Wellenfunktion lediglich epistemischen Hilfskonstruktstatus, aber keine ontische Relevanz zusprachen, notwendigerweise außerstande waren, die Vorhersagen der Quantenmechanik hervorzubringen, deren Richtigkeit, ja atemberaubende Exaktheit sämtlichen experimentellen Überprüfungen der letzten rund hundert Jahre seit ihrer Erfindung standgehalten hatte.

Mit feierlicher Geste und liebevollem Blick seiner glutkohleroten Augen überreichte er ihr den Beweis als Geschenk. Einen Augenblick zögerte sie, gerührt und bewegt, dann fiel sie ihm um den Hals: »Für mich?«

»Sicher«, lachte er, ein bisschen peinlich berührt von der Zurschaustellung heftiger Zuneigung vor allen Leuten, »für wen sonst?«

Sie schleckte ihn emphatisch ab.

Sie walkte ihn durch.

Sie nahm ihn mit heim und vernaschte ihn.

Es war ein sehr schöner Abend.

»So«, sagte sie am nächsten Morgen – einem beeindruckend sonnigen Samstag – »jetzt lass mich aber auch mal was für dich tun, Schatz! Ich meine, Yoga, Atmen und so weiter, gut und hübsch, aber Trick 17, den kennste noch nicht.«

»Den kennst aber du, ja?«

»Auf jeden. Pass auf. Oder suchst du das winzige Leck nicht mehr?«

»Doch. Doch, natürlich, nichts anderes tu' ich. Auch wenn ich nicht mehr sicher bin, dass es in mir, an mir ...«, er schüttelte den Kopf; es war sehr kompliziert und kaum mit Worten zu erklären.

Sie verstand ihn dennoch: »Ich weiß schon. Man findet es nicht, wenn man nicht weiß, was es überhaupt ist, und was durch dieses Leck genau von wo nach wo rieselt oder fließt oder sickert. Aber das, mein Geliebter, finden wir jetzt raus, wirst sehen.«

Brav setzte er sich an den Bettrand und ließ sich zeigen, wie er sich von einer Grammatik des Seins in eine andere, tentativere versetzen, wie er levitieren und Gedanken riechen konnte, wie man Gegenstände und Sachverhalte, die nicht zum eigenen Körper gehörten, auf Distanz wahrnahm und manipulierte, bis hinab zur submikroskopischen Welt, wie er Masse, Ladung und andere Ureigenschaften von Materie spüren und verändern konnte, wie man mit Licht und Schwerkraft spielte.

Gemeinsam fanden sie das Leck, und schlüpften zusammen hindurch.

Bleib stehen, hier.

Du darfst ihnen nicht folgen.

Ennoia: Schnee

Er passte zu dem Fernsehsender, bei dem er arbeitete.

Allerdings hätte ich eher einen Moderator, einen Choreographen, vielleicht einen Tänzer in ihm vermutet als einen Drehbuchatour. Dass die ganze Castingkiste durchgeplant war, wusste ich natürlich, naiv bin ich nie gewesen.

Er gefiel mir gut.

Sein Haar hatte die Farbe von Nougat, seine Bartstoppeln sahen aus wie mit dem Kohlestift gepunktet, in seine Augenbrauen hatte er sich kleine Schnitte rasiert. Er war wirklich sehr schön, mit vollen Lippen, traurigen großen Augen, meergrün, sanft.

Er wollte gleich mit mir schlafen, hielt mich sofort für eine Frau.

Ich war noch keine, hatte eben erst die zweite OP hinter mir und mit den Spritzen wieder neu angefangen. Die Haare stimmten schon, das Gesicht glich, was mich besonders freute, dem eines Mädchens namens Jutta Fenten, mit dem ich als Kind auf dem Spielplatz rumgeklettert bin. Wir haben uns immer gegenseitig angeschubst auf der Schaukel, die aus einem alten Lastwagenreifen gemacht war, und beide Mütter, ihre wie meine, dachten, ich wäre in Jutta Fenten verliebt, dabei war's nur das: Ich sah, dass ich aussehen würde wie sie, wenn ich ein Mädchen wäre, und das weckte meinen wichtigsten Wunsch.

Inzwischen, endlich auf dem Weg, sah's auch beruflich gut aus: Das Interview mit dem attraktiven Mann vom Fernsehen war der erste Job fürs Medienressort nach meiner Versetzung; mein neuer Chef gehörte zu den wenigen im Laden, die Verständnis hatten für meinen Weg, meinen Wunsch.

»Isch bin nisch so wie die Sendung«, sagte der Mann mit den Traumaugen und küsste meine Halsgrube.

Es sollte ein Witz sein. Der Migrantenakzent war mäßig drollig, aber irgendwie auch *off* – seinen Humor jedenfalls mochte ich nicht.

Aber sein Atem roch nach Tannennadeln.

Ich hatte erst mit zwei Männern geschlafen, gemeinsam sogar, einem schwulen Paar mit kurz rasierten wasserstoffblonden Haaren und Bärten, am ganzen Körper bronzen gebräunt, sie hatten mich im Club aufgegabelt, wir hatten Sex auf ihrer Treppe, in einer Wohnung mit zwei Stockwerken, und dann auf dem Tisch im Wohnzimmer, sie fanden meinen Schwanz besonders hübsch, und meine Brüste – »zu klein zum Ficken«, meinte der Jüngere fachmännisch, »ach was, ich könnte die ficken«, fand der Ältere, ausprobiert haben sie's allerdings beide nicht. Ein großer Schritt für die Menschheit, ha ha, wie ich fast in Ohnmacht fiel vor Freude, und mich zugleich immer noch ein bisschen schämte.

Der Skriptmensch von der Castingshow sagte: »Gehen wir was Essen? Was Trinken? Oder gleich zu mir oder zu dir?«

Dazu legte er mir seine große rechte Hand auf die Schulter, als er mich aus seinem Büro führte, wo ich ihn interviewt hatte, weil es die Show, bei der er arbeitete, jetzt schon seit fünf Jahren gab – eines der seltenen Realityformate, die seit »Big Brother« mehr als drei Staffeln durchgehalten hatten.

»Ich glaub, ich will einfach mal in deinem Porsche fahren.« Dazu blinzelte ich wie Tyche, Göttin des Glücks.

»Okay«, er lächelte, weil ihm klar war, dass er eine wichtige Prüfung nicht geschafft hatte. Immerhin wollte er's weiterhin probieren, das beeindruckte mich doch ein Spürchen.

In seinem Auto überraschte er mich, als wir durch die Nacht fuhren – schnell, aber mit leisem Motor, zwischen den hohen glatten gläsernen stählernen Türmen, den stieren bunten Lichtern, vom Bahnhofsviertel durch die Bankenwelt in die Innenstadt und zurück, im Kreis – mit einer Musik, die ich bei jemandem wie ihm nicht erwartet hatte: kleine Tonleiterfragmente, mit suchenden Fingern gespielt auf einem nicht zu alten, nicht zu großen, nicht zu wertvollen Klavier, zögerlich, wie Ballerinen in schwanweißen Röckchen.

»Christian Wolff«, sagte er, ohne mich anzusehen. Er guckte nur raus auf die Straße, in die Dunkelheit, zwischen den Reflexen und den Spiegelfronten.

»Der Mann am Klavier?« Ich stellte mich dumm, um herauszubekommen, ob er meine Sachen gelesen hatte, als ich noch fürs Musikressort aktiv gewesen war.

Er sagte: »Nein, der Komponist. Es spielt eine Frau. Sabine Liebner.«

»Ich bin keine Frau. Noch nicht«, sagte ich. Und dann: »Wenn ich eine bin, will ich auch Sabine heißen.«

Er schwieg. Ich fragte: »Wie heißt das Stück?«

»Snowdrop«, sagte er, da war es eben vorbei.

Wir fuhren zu ihm, denn meine Wohnung war nicht aufgeräumt, sah widersprüchlich aus, wie ich. Er sollte meinen Schlafanzug auf dem Bett nicht sehen, einen Pyjama wie für großgewachsene fünfzehnjährige Jungs.

Wir schliefen miteinander, es war schön.

Ich ging, während er schlief, wie im Film.

Im Aufzug dachte ich, vielleicht hätte er lieber mit Jutta Fenten geschlafen, da weinte ich albern, nicht lange.

Auf der Straße fing ich mich, denn es war hell, erst sechs Uhr morgens, ein Willkommen im anderen Tag, im höheren Zustand: weites Blau, rote Knutschflecken am Himmel.

Die Wolff-Platte bestellte ich im Taxi, per Smartphone, bei Amazon.

Bald war ich ein so großer Fan von Sabine Liebner, dass ich ihr ihren Namen nicht mehr klauen konnte. Ich heiße jetzt wie ich, das ist viel besser.

Hirnwettlauf

Hermann von Helmholtz war nicht eitler als andere Genies auch.

Dass er längst nicht alles wusste, was es zu wissen gab, das wusste er. Aber verteidigen musste und wollte er sich schließlich doch, als der liebe Gott wieder einmal zum Sonntagstee bei ihm weilte und wie üblich an allem herumnörgelte, was Helmholtz zu sagen hatte – der Schöpfer bestritt nicht allein Helmholtzens Bemerkung, dass jeder Sinnesnerv, durch die mannigfachsten Einwirkungen erregt, immer nur Empfindungen aus dem ihm eigentümlichen Qualitätenkreise gebe (»Lieber Professor«, brüllte der Herr der Heerscharen bester Laune, »ich habe die Synästhesie nicht umsonst erschaffen!«), sondern machte sich auch über den Ausdruck »Ätherschwingungen« lustig, den Helmholtz gebraucht hatte, um etwas zu bezeichnen, das vom Auge als Licht und von der Haut als Wärme gefühlt werde.

»Warten Sie nur, mein Bester«, lachte der Rauschebart dröhnend, »bis der kleine Einstein kommt, der wird Ihnen Ihre Schwingungen um die Ohren hauen, dass Ihnen Licht und Wärme vergeht!« Helmholtz wusste, dass ihm an diesem Punkt der doch recht einseitigen Unterhaltung wenig Zeit bleiben würde, bevor der liebe Gott auch noch mit seiner üblichen Predigt darüber beginnen würde, dass er den Adler, den Honig, die Alpen, die Plejaden und jede Menge unfassbarer Sonnenuntergänge zustande gebracht hatte, wogegen Helmholtz wenig mehr vorzuweisen habe als das bisschen Energieerhaltung, die eine oder andere Einsicht in den Vorgang, wie das Hirn die Frequenz einer vom Ohr wahrgenommenen Sinuswelle erkennt, sowie ein paar vermischte Physiologica, vor allem Tatsachen der Wahrnehmung, außerdem womöglich, man konnte da großzügig sein, dies und das über Optisches in der Malerei wie Helligkeitsstufen, Farben und Farbharmonien und schließlich einige Schnurren betreffend Wirbelstürme und Gewitter,

Elektrizität, mathematische und medizinische Begriffsbildung, »et cetera, et cetera«, wie der himmlische Vater sich wegwerfenderweise auszudrücken beliebte.

So sagte denn Helmholtz, indem er eine winzige Luftholpause nutzte, die seinem Gegner eingefallen war, um die Auseinandersetzung ein wenig fairer zu gestalten: »Na gut, alles hast du geschaffen, auch mein Gehirn, aber ich kenne mich darin denn doch noch besser aus als du, soviel steht fest.«

»Behaupten kann man immer alles«, erwiderte der Allmächtige, »aber wie du das beweisen willst, das würde mich interessieren.« Dabei blätterte er betont gelangweilt, einmal sogar unter Andeutung eines Gähnens, in Protokollbüchern Helmholtzscher Versuche mit Geigen, bei denen der Gelehrte ein Vibrationsmikroskop verwandt hatte, um damit die Bewegungen der Saiten aufzuzeichnen, die an jedem Punkt einem Dreiecksmuster entsprachen, dessen jeweilige Gestalt vom Beobachtungspunkt abhing.

»Ich schlage«, sprach Helmholtz, mit einiger Anstrengung so eben noch die Selbstbeherrschung wahrend, »einen Wettlauf in meinem Kopf vor, ein bisschen slalomartig, das Ziel soll sein, na sagen wir: das Kostbarste, was ich überhaupt im Kopf habe, und umgehen, also passieren, ohne zu streifen, müssten wir erstens einige meiner Ideen über Konsonanz und Dissonanz, also alles, was ich über die Beschaffenheit des Klangs weiß, der von zwei gleichzeitig erzeugten Tönen stammt, dann zweitens meine bisherigen Erkenntnisse betreffend die Möglichkeit der kategorischen Definition und exakten, wiederholbaren Reproduktion eines mathematisch reinen Tonsystems und drittens einige Erinnerungen an schöne oder scheußliche Erlebnisse, die ich mit Musik hatte. Wer zuerst angekommen ist …«

»… beim Kostbarsten, was du überhaupt im Kopf hast …« brummte der liebe Gott höchst amüsiert dazwischen.

»Richtig«, bekräftigte Helmholtz, »also, wer zuerst angekommen ist, darf von sich wohl behaupten, mein Hirn am allerbesten zu kennen, egal, wer es nun geschaffen hat, wem es gehört, wer es benutzt und wozu.«

»Einverstanden«, sagte der liebe Gott und beugte sich im Sitzen, um die Schnürsenkel seiner Turnschuhe fest genug für den bevorstehenden Wettlauf zu zurren, da war jedoch Helmholtz schon barfuß durch die Öffnung im rechten Ohr in seinen eigenen Kopf gesprungen, einige der nächstliegenden Bahnen entlang gerutscht und an der heiklen Stelle angelangt, wo die Olivenzwischenschicht und der gekreuzte Corpus Trapezoides den Blick auf die tieferen Geheimnisse der Wurzeln des Gehörnervs gestatten. Mit der ihm eigenen Geschicklichkeit strickte er, schon vom Sog der Erinnerungen an angenehm genussgetränkte Klangwolken erfasst, rasch einige logische Knoten in die Stränge, an denen er sich weiterhangeln wollte, um den Schöpfer, den er am Einstieg über sich rumoren hörte, ein Weilchen aufzuhalten – auf ein Kräftemessen in Sachen Ausdauer durfte es Helmholtz, das war ihm klar, bei einem Unsterblichen nicht ankommen lassen, sollte er als endliches Wesen diesen Wettkampf gewinnen, so musste dies schnell geschehen. Er schüttelte die Hintergründe und Motive einiger vermuffter Träume, mit denen die Wände hier unten ausgeschlagen worden waren, so kräftig durch, wie er nur konnte, um die Energie überm Schacht ein bisschen ungleichmäßiger zu verteilen, weil er vermutete, dass nur ein derartiges Manöver geeignet war, den lieben Gott von der Verfolgung der andernfalls recht klaren Spur abzulenken, die Helmholtz hinterlassen musste.

Dann warf er sich die Vertikale hinunter und erlebte dabei eine sehr unangenehme, äußerst abgründige Schwindelempfindung, als aus der leicht leiernden Drehbewegung der Zeit einige Trennreifen der Zukunft sprangen, in welcher ein Wiener Arzt und überzeugter Anhänger Helmholtzens namens Sigmund Freud vor einer verschwörerisch eng beieinandersitzenden Gruppe von Ärzten aus einem Manuskript vorlas, welches die Vorstellung entfaltete, »dass an den psychischen Funktionen etwas zu unterscheiden ist (Affektbetrag, Erregungssumme), das alle

Eigenschaften einer Quantität hat – wenngleich wir kein Mittel besitzen, dieselbe zu messen – etwas, das der Vergrößerung, Verminderung, der Verschiebung und der Abfuhr fähig ist und sich über die Gedächtnisspuren der Vorstellung verbreitet, etwa wie eine elektrische Ladung über die Oberflächen der Körper.«

Helmholtz verscheuchte die temporalen Anfechtungen mittels gezielter Pfeiftöne, ruderte dabei allerdings so unglücklich mit den Armen, dass er in einen Schleusenverhau aus sich im Weg stehenden Tonflächen geriet, die zum Zweck der Huldigung an einen byzantinischen Theologen von Rang im zehnten Jahrhundert unserer Zeitrechnung aus einem Signalhorn hervorgequollen waren, die stolze Schnitzhandwerker aus einem einzigen Elefantenstoßzahn gefertigt hatten.

»Licht!« befahl Helmholtz, der in einer feuchten und dunklen Kaverne auf allen Vieren gelandet war, die sich bald als ein von längerer Unaufmerksamkeit ausgehöhlter Komplex äußerst grundlegender Überlegungen entpuppte, überwiegend in Frageform organisiert: Was stellen sich Muscheln unter Tänzen vor? Wieso ist die Filmmusik zu dieser einen japanischen Radio-Screwball-Komödie, die wir nach dem Fischessen angeschaut haben, soviel besser als der teure Imponierdreck, der das Getue und Gemache der karibischen Seeräuber im Cinemaxx begleitet? Kann die ganz große Arbeit in der Kunst und in der Wissenschaft wirklich immer nur von unsterblichen Genies (gleichgültigen Geschlechts) geleistet werden, oder sind zu besonderen Glückszeiten nicht auch mal die widerlichen Deppen, zahnlosen Hexen und blinden Hühner an der Reihe? Hatte Kant recht, als er die Meinung aufstellte, Musik habe mehr als andere Künste mit Wahrnehmungen zu tun, die im rein Sinnlichen verankert und von Begrifflichem auf ganz besondere Weise unberührt sind? Ist die Oktave eigentlich verliebt, und wenn ja, in was?

Mit einer kleinen, tragbaren, pedalfreien Orgel tastete Helmholtz ein Loch in die Wandung der Höhle, trat hindurch und fand sich in einer schmalen, aber erzlinear organisierten Trostlosigkeit wieder, die als Datenautobahn zu erkennen er sich entschlossen weigerte, weil er weder bereit war, zu begreifen, was Daten waren, noch, zu verstehen, was man sich unter einer Autobahn denken sollte.

Er rannte los, bis ihm die Zunge in den Knien hing, die Augen vom heißen Gegenwind gekocht waren und die Haare sich zu Antennen verhärtet hatten, mit denen er reichlich unstimmige Signale des in erratischem Stil immer schwächer werdenden, achttausend Lichtjahre von der Sonne, also der Erde, also auch Helmholtzens Kopf entfernten Riesensterns Rho Cassiopeiae empfangen konnte, die hauptsächlich davon handelten, dass Robert Anson Heinlein völlig richtig lag, als er im Hinblick auf die Erhaltung der Energie des Seelischen, von der Freud im Sinne Helmholtzens gesprochen hatte, behauptete, dass ihr Vorhandensein keineswegs ausschloss, dass sich so eine psychische Energie gelegentlich auf mysteriöse Weise vermehren ließ: »The more you love, the more you can love – and the more intensely you love. Nor is there any limit on how many you can love. If a person had time enough, he could love all of that majority who are decent and just.«

»Das mag schon sein«, seufzte der Wissenschaftler, »aber Zeit ist just das, was ich nicht habe.«

Dröhnen und Donnern aus nicht allzu großer Ferne nämlich verrieten ihm, dass der liebe Gott sich auf einer anderen Ebene der kompliziert verschachtelten hiesigen Topik bereits mit elastischen Riesenschritten näherte. So ging Helmholtz die Sache mit der größten Genauigkeit an, zu der er in musikalischen Belangen in der Lage war, und schlug mit einer Scharfsinnsklinge einen Bandpass mit dem Durchlassbereich einer Oktave in Heinleins Argument, um sich Einlass in die nächste Kammer seiner Hirnarchitektur zu verschaffen – einer aus grünen Meerlichtnebeln, orangen Spots und graumetallischen, eminent sägefischoiden Gebäudeandeutungen zusammengesetzten Höhlung, zwischen deren Rippen eine breite Trittflächenserpentine in elektrisierten Dunst führte – das Ganze ähnelte, was der Forscher nicht einmal ahnen konnte, in frappanter Weise einer auf das Jahr 2007 christlicher Zeitrechnung datierten, mithilfe digitaler Bildbearbeitungstechnik entstandenen

Kunstgrafik namens »Lopozides« des im amerikanischen Seattle ansässigen, bei der Firma Microsoft beschäftigten Künstlers, der sich Sparth nannte, mit bürgerlichem Namen aber vergleichsweise banal Nicolas Bouvier hieß.

Eilends durchmaß Helmholtz die Lopozidenlandschaft, bis er im stetig fadenscheiniger werdenden Boden eine Luke fand, die möglicherweise nur ein Schreibfehler für eine Lüge war. Er beschloss, das Risiko einzugehen, und fiel durch vieles: Obertonarmut, Monodramatik, Hupfauf, Rauschen, Fehler, Freude, Ukulelenbosheit. Die innersten Bezirke waren nun erreicht, trilobitenhaft rollte sich die Resterwartung eines möglichen Sieges um Helmholtz zusammen, so dass er sich nach vorne beugen und auf Händen und Knien und Füßen weiterkriechen musste, bis er den kleinsten Raum erreicht hatte, den er sich überhaupt vorstellen konnte.

Der liebe Gott traf einen winzigen Sekundenbruchteil nach Helmholtz ein, gewonnen hatten jedoch beide nicht. Die Frau, die dort in einem Stimmgabelwäldchen saß – nicht drauf, nein, wirklich drinnen –, war beiden Teilnehmern am Wettstreit gänzlich unbekannt.

Sie blickte ihnen ruhig entgegen, in rückgratschonender, aber einigermaßen aufrechter Hocke. Zwischen den einzelnen Metallbäumchen der Stimmgabelanlage waren Silberfäden aus scheinbar über jeden Zweifel erhabenen Eindeutigkeiten gespannt, an denen die Frau mit flinken Fingern entlangstrich, als ließe sich mit diesem Verfahren etwas abhören, das weder Sender noch Empfänger brauchte und anders als mit dieser tastenden Leseweise gänzlich unauffindbar wäre. »Ich bin Diana Deutsch.«

»Das ist ein Name«, sagte Gott, »den ich nur im Notfall genehmigen würde.«

»Dies ist ein Notfall. Wir müssen raufinden, was diese Stimmgabeln wissen.«

»Das müsste leicht sein«, sagte Helmholtz, »sie sind in meinem Hirn. Sie gehören mir.«

»Verkehrt herum«, klärte die Frau den Forscher auf. »Sie sind in Ihrem Hirn, und diesem Hirn gehören Sie.«

»Nun ja, gegen Symmetrie lässt sich nichts sagen. Ich arbeite selbst nicht sehr anders«, musste der liebe Gott zugeben.

»Symmetrie, natürlich. Äquivalenz auch. Invarianten versus Variablen«, sagte die Frau mit dem Notfallnamen. »Dann weiß ich jetzt auch, was die Stimmgabeln wissen.«

»Ach?« machte Helmholtz unverbindlich.

»Selbstverständlich«, sagte die Frau. »Sie wissen, wie der Wettlauf in Wirklichkeit ausgehen müsste, wenn die Ausgangsbedingungen wirklich fair wären. Wer gewinnen würde.«

»So, so«, sagte der liebe Gott, »also ich?«

Die Stimmgabeln schwiegen.

»Also ich?« fragte Helmholtz, Echo seines Herrn.

Die Stimmgabeln schwiegen.

»Eure Wettkampfregeln sind auf Ausschluss gegründet«, sagte die Frau. »Von Anfang an ungerecht. Ihr lasst niemanden mitmachen als nur euch beide. Das Ergebnis ist ungültig, es wäre auch ungültig, wenn der liebe Gott zuerst hier angekommen wäre.«

»Wer müsste es gewonnen haben, damit es gültig ist?« fragten Helmholtz und der liebe Gott wie aus einem Mund.

»Der Teufel«, sagten die Stimmgabeln.

Qualitätsjournalismus

Wie finden Sie Ihren neuen Film?

Wir haben uns alle mit aller Kraft engagiert und ich habe so viel gelernt. Ich bin froh, dass wir das gemacht haben, und für mich persönlich kann ich sagen, so war es vorher noch nie.

War es eine Herausforderung?

Oh, sicher *(lacht).* Wissen Sie, es ist ja immer eine Herausforderung, man will ja künstlerisch auch wachsen, und dann natürlich auch menschlich. Aber so wie dieses mal, auch am Drehort und mit den wunderbaren Menschen, mit denen ich arbeiten durfte, das ist, auch wegen der Thematik des Films oder der Platte, für mich ein Buch, wie ich es ganz selten, wie man es im Leben vielleicht überhaupt nie erleben kann. Und wenn doch, dann ist es ein Segen. Das sage ich auch meinen Kindern, die für mich an erster Stelle stehen.

War es auch eine bereichernde Erfahrung und Herausforderung?

Das kann man selbst eigentlich kaum wissen. Es ist so anstrengend, und dann aber immer wieder so beglückend, dass man denkt: ich habe doch den tollsten Beruf der Welt *(lacht).* Ober ob es auch für andere eine Erfahrung ist, eine Herausforderung, da maße ich mir kein Urteil an. Das muss das Publikum jetzt entscheiden. Natürlich hoffe ich, dass es ein Erfolg wird, auch weil so viele andere Leute sich so engagiert und soviel mitgebracht und mitgemacht haben. Es war ja nicht einfach. Das Thema, als Erfahrung, fordert ja auch heraus.

Gefällt es Ihnen in Deutschland?

Sie werden lachen: Ein Großonkel von jemandem kam aus Deutschland. Oder aus Österreich, aber das ist es nicht allein. Die Verbundenheit mit den Menschen, der Kultur, das ist für mich wichtig. Ich versuche, das in meiner Arbeit auszudrücken und auch andere damit zu erreichen, damit die Menschen nicht nur in Deutschland wissen: Es geht hier um das Wesentliche, um das, was alle Menschen haben und wünschen, aber auch darum, wie man es schafft, es zu schaffen. Das ist mir gerade in Deutschland aufgefallen, mit den schönen Städten und der Landschaft, mit der Kultur. Es hat ja alles eine lange Geschichte, an der ich auch persönlich einen Anteil nehme, wegen der Verwandtschaft mit einer Tante, das heißt, sie war mit einem Cousin von dieser Frau in einer schweren Zeit verwandt. In Deutschland weiß man das alles noch, ich finde das erstaunlich.

Was halten Sie vom Internet?

Sie werden lachen: Ein Großonkel von jemandem kam aus dem Internet. Die Verbundenheit mit den Menschen, der Kultur im elektronischen Zeitalter, ihre digitale Herausforderung von morgen, aber schon heute, das ist für mich wichtig. Ich versuche, das in meiner Arbeit auszudrücken und auch andere damit zu erreichen, damit die Menschen im Internet wissen: Es geht hier um das Wesentliche, um das, was alle Menschen unabhängig von Streaming und Download haben und wünschen, aber auch darum, wie man den Kindern beibringt: Das Internet kann die Mutter, den Vater und vor allem das Fernsehen nicht ersetzen.

Was halten Sie vom Copyright im Internet?

Das ist ein schwieriges Thema. Ich habe versucht, es auf der Platte nicht so anzugehen wie alle, sondern persönlicher, und wir sind froh, dass es so schön geworden ist. Man kann den Leuten nicht vorschreiben, wie sie ihr Copyright benutzen. Mir ist wichtig, zu sagen: Universal und Sony und alles das, ich freue mich über sehr viel Geld, aber vor allem über die Kinder.

Ist das Internet mit dem Copyright und so eine Erfahrung und eine Herausforderung und auch eine Bereicherung? Oder wieso wird jetzt so ein Geschiss gemacht mit der Urheberei, dass sich diese Zuhälter von Verlagen und Agenturen und Studios und Labels auch noch aufspielen, sie wären die großen Ermöglicher? Und sich positiv absetzen wollen von diesen Strolchen im Netz, die das Lohn- und Preisdumping, das die Verlage und Studios und Agenturen und Labels angefangen haben, bloß beschleunigen? Wie sieht es mit dem kalten Kotzen aus?

Oh, sicher *(lacht).* Wissen Sie, es ist ja immer eine Herausforderung, man will ja künstlerisch auch wachsen, und dann natürlich auch menschlich. Aber so wie dieses mal, auch am Drehort und mit den wunderbaren Menschen, mit denen ich arbeiten durfte, das ist, auch wegen der Thematik des Films oder der Platte, für mich ein Buch, wie ich es ganz selten, wie man es im Leben vielleicht überhaupt nie erleben kann. Und wenn doch, dann ist es ein Segen. Das sage ich auch meinen Kindern, die für mich an erster Stelle stehen.

Gilt das auch für Ihren neuen Film und Ihre Platte?

Das muss das Publikum entscheiden.

Wie ist das mit Klima, Demographie, Islam und alles?

Ja.

Angegriffene

Hard times are coming through
But if you're hard they won't get to you
They're gonna try to drive you into the ground
But never surrender, never go down

Cro-Mags

Der Mann liebte das Mädchen sehr.

Wenn er den jungen Menschen betrachtete, der soviel Übles hatte erleben müssen und dem man doch bereits ansah, was für eine Frau da zu sich kommen wollte, fiel ihm, passend zur Jahreszeit, der Vers ein, mit dem er mal einen Film angefangen hatte: Die Nacht ist kurz, und unterwegs das Licht.

Der Mann war ganz sicher, dass das Mädchen keine neue Mutter mehr bekommen würde, solange er lebte. Damit sollte er Recht behalten, doch aus einem anderen Grund als dem, den er für wahr hielt (sein Grund war: Er meinte zu wissen, dass er nie wieder jemand anderen lieben würde als nur das Mädchen, und dass diese Liebe keinen Platz ließ für Begehren, Lust. Den tatsächlichen Grund, warum das Mädchen keine neue Mutter mehr bekommen würde, solange er lebte, konnte er allerdings im Winter, so kurz vor Weihnachten, noch nicht wissen).

Zwei Tage vor dem Fest saß der Mann neben der Achtjährigen im kühlen Knochenlicht auf einem Krankenhauskorridor, als wäre er ihr treuer Paladin und sie die Tochter Gottes.

Es roch nach Kampfer und Nebenwirkungen.

Weihnachtsdekorationen aus Goldkarton, Strohseide, weichem grünen Filz und roten Bändern schmückten die Wände: Engel und Herzen, außerdem Bilder der Mutter Gottes. Ein viel zu buntes Krippenposter glänzte fettig und tot von einer der gläsernen Durchgangstüren. Katholische Krankenhäuser waren dem Mann sonst fremd.

Hier aber arbeitete ein ehemaliger Kollege der toten Frau.

Ein Freund. Das war wichtig, wo es doch viele Feinde gab. Ein weiterer Freund, Leibwächter des Mädchens, saß zwei Türen weiter auf einem blauen Hocker, der ihm zu klein war, und tat, als gehöre er nicht zu dem Mann und dem Mädchen.

Er blätterte in einer alten Ausgabe des SPIEGEL, auf deren Titelbild die Katastrophe Kammonikutain schlecht ins Bild gesetzt war.

Die Metapher, von der das Bild zehrte, war nicht bloß schief, sondern schon kurz vor dem Umfallen. Was die Katastrophe Kammonikutain schlimm machte, hing ja daran, dass man sie überhaupt nicht ins Bild setzen konnte – das wussten auch die Leute beim SPIEGEL. Alle Menschen wussten das. Aber was hätten die Journalisten machen sollen, außer eben ein Bild zu erfinden, einen Begriff, wie arm, zu kurz, schief und verstümmelt auch immer?

Man befand sich unter der Erde.

Der Mann bei dem Mädchen ärgerte und grämte sich, dass die Untersuchung nicht auf einer Kinderstation mit großen Fenstern und schönem Blick auf verschneite Bäume stattfinden konnte, sondern – der Eile halber, weil man bald verreisen wollte – in der katakombenartigen Ambulanz vorgenommen werden sollte, wo auch todesnahe Kranke sich aufhielten.

Eine uralte Frau im Rollstuhl, über deren Beinen eine kaffeebraune Decke so unsicher lag, dass man fürchten musste, sie würde jeden Augenblick von ihren Knien zu Boden rutschen, wartete auf schlechte Nachrichten.

Sie blinzelte, wimmerte und nickte dann ein. Der Mann sah in ihr zerstörtes Gesicht und dachte, so sieht ein Sterben aus, das nicht von der Missverständnisseuche herrührt, sondern vom zermürbenden Menschgewesensein, das irgendwann jede und jeden schafft.

So ein Tod braucht immer lange, und wird trotzdem zu schnell mit uns fertig.

Die Frau des Mannes, die Mutter des Mädchens, war an der Missverständnisseuche gestorben.

Das Mädchen aß bunte Bonbons.

Sie leuchteten so grell, dass der Mann jedes Mal, wenn er hinsah, Angst bekam, schon das Betrachten dieser Bonbons könnte ihm die Augen verkleben, die Netzhaut zersetzen, das Hirn mit Zuckerseim überschwemmen.

»Weißt du eigentlich«, wisperte er dem Mädchen ins Ohr, nahm es dabei in den linken Arm und drückte es sachte, »dass du Löcher im Bauch kriegst, wenn du soviel Dreck reinstopfst?«

Das Mädchen grinste und nickte brav; es führte die blasse Hand am gesunden Arm noch einmal zum Mund, obwohl gar keine Bonbons drin waren, tat so, als schluckte es, mampfte das Ausgedachte und lachte leise. Dabei dachte es: Ich bin die Polizei, mir passiert nichts, denn die Mutter hatte ihm das gesagt.

Der Mann zerstrubbelte das kurze, wilde Haar des Mädchens und achtete dabei darauf, dass er den Kopf nicht zu heftig anfasste. Das Mädchen schien ihm sehr zerbrechlich, immer schon. Jetzt aber, seit dem Ereignis, das kein Unfall gewesen war, mehr als je. Dass jemand das Mädchen geschubst hatte und ihm nur deshalb nichts Schlimmeres passiert war als der Armbruch, geprellte Rippen und kleinere Knochenschäden, weil der Straßenbahnchauffeur sein Fahrzeug geistesgegenwärtigerweise zwei Sekunden früher abgebremst hatte als bei der Zufahrt an die Rampe der Haltestelle üblich, glaubte der Mann dem Mädchen, das die Geschichte genau so erzählt hatte, aus zwei Gründen: Erstens, weil der Mann wusste, dass das Mädchen nur sehr selten, und ausschließlich bei vergleichsweise unwichtigen Dingen, flunkerte oder gar log. Zweitens, weil das Mädchen alles andere als verschusselt war und deshalb selbst keinen Unfall dieser Art verschuldet haben konnte.

Der Mann versuchte, die schwer deutbare innere Gestimmtheit im Gesicht der Jungfrau Maria auf dem vergleichsweise geschmackvollen Weihnachtsbild an der Wand gegenüber zu ergründen.

Das Mädchen dachte, da die Bonbons alle waren, aus Anlass der bestenfalls halb ernsthaften Ermahnung, die der Vater eben geflüstert hatte, darüber nach, dass Papa und Mama beide nicht wussten, wie man das Wort »eigentlich« richtig aussprach.

Er sagte immer »eintli«, sie hatte immer »einkich« gesagt.

Das kam, vermutete das Mädchen, daher, dass er aus Süddeutschland stammte und sie aus Norddeutschland, also beide nicht einfach aus Deutschland, wo man das Wort richtig aussprach.

Für das Mädchen war die Mutter die meiste Zeit noch gar nicht tot.

Wenn es über sie nachdachte, dann so, wie man über einen lebendigen Menschen nachdenkt. Das Mädchen hatte sich von der Mutter, die Ärztin gewesen war, die Missverständnisseuche erklären lassen: »Das Kleinste im Körper sind die Zellen, Isabelle. Daraus ist alles gemacht, was ich bin. Alles, was du bist.«

»Du meinst die ganzen Teile: Herz, und Lunge.«

»Und Milz und Niere und Zunge!« hatte die Mutter gereimt. Papa glaubte immer, er verstünde sich besonders gut auf »Worte und Wörter« – es gab da wohl irgendeinen Unterschied –, weil er von Beruf Filme schrieb; Isabelle hatte aber bald gemerkt, dass Mama viel lustigere Sachen mit Worten und Wörtern machen konnte als er.

Sie hatte nachgefragt: »Deine Zellen sind kaputt?«

»Nicht alle. Aber zu viele, leider.«

»Was ist denn genau kaputt dran?«

»Einige sind verrückt geworden. Die Verständigung klappt nicht mehr richtig, zwischen denjenigen Zellen, die verrückt geworden sind, und denen, die noch vernünftig miteinander reden können. Es ist eine Seuche, die aus Missverständnissen besteht.«

Daher der Name, den Isabelle der Krankheit von diesem Moment an gab und an den sich Mama und Papa hielten, schon weil »Krebs« einfach irreführend war. Die Krankheit hatte nämlich überhaupt nichts mit Krebsen zu tun, wie Isabelle sie vom Timmendorfer Strand her kannte.

»Was für Missverständnisse sind das denn?« hatte Isabelle gefragt.

»Wenn sich normale Zellen berühren, beim Wachsen, hören sie damit auf, größer und mehr zu werden, und einigen sich mit den Nachbarn«, erläuterte die Mutter die Kontaktinhibition, »dann reden sie chemisch miteinander und arbeiten zusammen, damit die Organe, die sie bilden, ordentlich funktionieren. Bei den verrückt gewordenen Zellen funktioniert das aber nicht mehr. Sie verstehen die Bauanleitung falsch, nach der sie arbeiten sollen, und mit den anderen können sie auch nicht mehr richtig reden, höchstens mit Zellen, die auch schon so verrückt sind wie sie. Wenn die sich zusammenrotten, das nennt man Tumor.«

»Und das wächst und macht dich innen kaputt«, hatte Isabelle aus dieser neuen Auskunft und dem, was ihr zuvor schon erzählt oder angedeutet worden war, richtig gefolgert.

Jetzt, auf dem Korridor der Ambulanz, dachte sie, anders als Erwachsene in vergleichbarer Lage, keinen Augenblick an die Missverständnisseuche und den Tod ihrer Mutter.

»So, Frau Marek, jetzt sind wir dann aber endlich auch dran«, freute sich ein Zivildienstleistender, der die sterbende Frau in ihrem unbequemen Rollstuhl aus dem Blickfeld von Vater und Tochter schob.

Eine Tür wurde von innen geöffnet. Der Helfer und die Todgeweihte verschwanden.

Das Mädchen langweilte sich jetzt sehr.

Der Leibwächter legte den SPIEGEL weg und untersuchte seine Fingernägel.

Eine hellere Tür ging auf.

Ein freundlicher Herr, dessen Haar fast so weiß war wie sein Kittel, trat heraus und sagte: »So, Fräulein Klee, dann wollen wir mal sehen, ob mich die Fortschritte überzeugen und ich zulassen kann, dass die Patientin mit dem Riesenflugzeug nach Amerika fliegt.«

Man musste so alt sein und so distinguiert aussehen wie dieser Mann, um achtjährige Mädchen »Fräulein« nennen zu dürfen, *in this day and age,* dachte Stefan Klee, nahm seine Tochter bei der freien Hand und führte sie ins Untersuchungszimmer.

Der Leibwächter blieb sitzen. Er gähnte löwenmäulern.

»Wir hatten hier eine Verkürzungsfehlstellung, eine Seit-zu-Seit-Verschiebung, und ich kann noch keine Prognose machen.«

Doktor Seidel klang zufrieden, auch ein bisschen stolz, vor allem aber gelassen.

Der Mediziner hielt das Röntgenbild ins Lichtfeld und redete mit dem Vater der Patientin so, wie er mit ihrer Mutter zu reden gewohnt war – ein Effekt, den Stefan oft beobachtet hatte: Bei sehr glücklichen Paaren nehmen Leute die beiden Menschen oft als Einheit wahr und entwickeln eine zusammenfassende Gesamthaltung für den Umgang mit ihnen.

In diesem Fall erlaubte das dem Arzt ein Vokabular, das die Kollegin Jasmin Klee verstanden hätte, während Stefan dazu nur nicken konnte und dabei hoffte, dass Seidel nicht irgendwann merken würde, wie wenig der Angeredete tatsächlich begriff: »Das da unten bei der distalen Vorderarmschaftsfraktur ist der entscheidende Punkt, konsolidiert wohl in einer Verkürzung des Radius gegenüber, hier, siehst du? Ich mache mir da aber keine besonderen Sorgen um Isabelle. Du musst sie halt immer mal zu Nachuntersuchungen vorbeibringen, nicht unbedingt bei mir, es herrscht ja freie Arztwahl in diesem dekadenten Staat.«

»Verstehe«, sagte Stefan artig und zwinkerte Isabelle zu, die sich gerade fragte, wie wohl die Nonne aussah und redete, die Seidel dazu genötigt hatte, in seinem Behandlungszimmer dekorative Glaswindlichter mit Perlenbesatz und auf dem Schreibtisch eine himmelblaue Wellpappe-Plätzchenschale mit Keksen zu dulden.

Der Naschzauber sah noch schriller aus als die Bonbons, die Isabelle draußen ihrem Vater vorgekaut hatte.

»Also können wir jetzt zum Gunter fliegen oder nicht?« fragte Isabelle und rümpfte die Nase, um fürstenkindliche Unduldsamkeit anzudeuten.

»Wer sollte dich aufhalten können?«, der Arzt gab den Charmeur, und Stefan fragte sich, ob Seidel in diesem Moment Jasmin in Isabelle sah und der Versuchung erlegen war, noch einmal mit der alten Flamme zu flirten.

»Ich danke dir sehr. Dass du dir die Zeit genommen hast, meine ich.« Er drückte dem Arzt die Hand und legte sie dann Isabelle auf den Rücken, damit sie vom Untersuchungsstuhl aufstand.

Auf dem Parkplatz vor dem Krankenhaus lag kaum Schnee, auf den Dächern der Autos sehr wenig. Das Gestöber, durch das sie vorhin hergefahren waren, hatte merklich nachgelassen.

Ein Liebespaar, Arm in Arm, verschwand gerade im Klinikgarten, ein Sanitäter warf seine aufgerauchte Zigarette auf den Boden, trat sie aus und stieg in seinen Krankenwagen, zwei Männer legten die Arme um einen Freund und riefen irgendetwas von wegen, dass er nun endlich ein Mann sei und darauf stolz sein sollte.

Zu dritt bogen die Lärmenden um eine Hausecke und waren weg.

Der Krankenwagen fuhr davon.

Isabelle fror.

Die braune Wolljacke, die sie heute unbedingt hatte tragen wollen, war eher schick als mollig. Ihr Vater umarmte den Leibwächter, sie klopften einander ab, trennten sich.

Dann sagte Stefan Klee: »Danke, dass du das gemacht hast, die letzten paar Tage. Wir fahren jetzt heim, und bleiben da bis übermorgen, und fliegen dann.«

»Das soll heißen«, fragte der Leibwächter, der in Wirklichkeit ein

Schulfreund von Stefan und außerdem Judolehrer war, »ich werd' nicht mehr gebraucht.«

»Sozusagen.« – Stefan war plötzlich verlegen.

Der Leibwächter räusperte sich und sagte: »Ich finde immer noch, du solltest mit ihr zur Polizei gehen. Ist ja nicht der wilde Westen hier. Wer immer die Leute sind, was immer du ihnen getan hast … dich einfach bei Gunter zu verstecken, mit ihr, ist nicht die angemessene …« – er unterbrach sich selbst mit einem Seufzer, als er Stefans Blick verstand: Richtig, nicht vor Isabelle, das macht ihr nur Angst.

»Wir müssen nicht zur Polizei. Ich bin die Polizei!« sagte Isabelle, und als der Leibwächter fragend guckte, sagte Stefan: »Jasmin hat ihr mal auf dem Jahrmarkt so ein Set gekauft. Kelle, Pistolen, Mütze, Handschellen – sie fand das ungerecht, dass immer nur Jungs die Polizei sein dürfen.«

»Ist ja auch blöd«, fand der Leibwächter.

Isabelle lächelte liebreizend und verriet nicht, was sie wusste: dass hinter dem Geschenk der Mutter viel mehr steckte, dass es Isabelles Aufgabe sein würde, den allergrößten Verbrecher eines Tages zu stellen, wenn er nicht mehr so viele war, wenn er alleine vor ihr stand. Farschahdi, so hieß er, hatte die Mutter gesagt.

»Gut«, meinte Stefan, es war nicht ganz klar, worauf sich das bezog.

Der Leibwächter zuckte mit den Schultern: »Okay, wenn dann sonst nix mehr ist …«

Stefan gab ein vages Geräusch von sich.

Der Leibwächter wandte sich dem Mädchen zu: »Blöd, wenn man nicht die Arme um sich schlingen kann, im Frost, was?«

»Ach hau doch lieber ab, Onkel Bernd«, Isabelle strahlte.

»Du wirst mich noch vermissen!« brummte der massige Mann und fuhr, wenn auch kürzer als vorhin ihr Vater, mit der großen rechten Hand kurz durch Isabelles fauvistischen Schopf.

Vater und Tochter sahen ihm zu, wie er in seinen schwarzen BMW stieg und wegfuhr.

Dann legte Stefan den linken Arm um die Schulter des Mädchens und berichtigte die Lage des rechten Jackenflügels, der für einen ordentlich wärmenden Überwurf zu weit vorgerutscht war. Zusammen gingen sie quer über den fast autofreien Platz zu Stefans neuem metallicblauen Golf, und hatten ihn fast erreicht, als hinter ihnen schnelle Schritte mehrerer Personen verrieten, dass Leute, die sie beide nicht sehen konnten, rasch und zielbewusst auf sie zuliefen.

Stefan wollte sich eben umdrehen, da traf ihn etwas völlig Unerwartetes, sehr Hartes im Rücken, am unteren Ende der Wirbelsäule, mit solcher Wucht, dass ihn der Stoß von Isabelle fortriss und er, instinkthaft nach vorn geworfene Arme zuerst, auf dem nassen Asphalt anderthalb Meter nach vorn rutschte und sich dabei die Handballen aufriss wie an einer Eisenraspel.

Sein Auto sprang vor ihm in die Höhe; Isabelle schrie.

Etwas klatschte gegen ihr Gesicht, das Stefan nicht sehen konnte.

Der Vater versuchte, sich auf den Rücken zu drehen, zwischen den Schultern spannte Schmerz, dann traf ihn, kaum hatte er sich auf die Seite gedreht, eine kantige Schuhspitze am Zwerchfell. Luft fiel aus seinem Mund, ein viel zu heißer Bissen.

Schräg oben in seinem Gesichtsfeld stürzte Isabelle durch gelbes Licht auf den gesunden Arm. Wie viele Menschen das waren, die sie angriffen, traten und schlugen, konnte Stefan nicht sehen, erst recht nicht begreifen.

Nach ein paar Minuten bellte ihm, der vor lauter Blut in den Augen kaum mehr anderes erkennen konnte als verschmierte rote Panik, ein fremdes Gesicht in seins: »Glaubste, wir tun keinen Kindern was? Wir tun Kindern was!«, da hatte ihn einer am Kragen, der riss ihn hoch, dass Stefans Steißbein gegen eine Wagenkante krachte. »Kindern von Dreckschweinen wie dir! Du hast keine Kinder, du hast keine Rechte, du hast keine Freunde!«

Stefans rechte Hand verhielt sich, als wollte sie sich vom Geschundenen distanzieren – sie griff, als spürte sie die Schmerzen in ihren Sehnen nicht, nach unten, machte sich schmal, fuhr in die rechte Jackentasche, fischte nach dem iPhone, das aber klackernd zu Boden fiel, weil die Hand nicht wusste, wo sie damit hinwollte – zur Polizei?

Stefans Blick, ein angeschickerter Kreisel eher als ein Suchscheinwerfer, folgte dem verlorenen Gerät mit Mühe, es machte sich klein unterm Auto.

Isabelle heulte in großen, klagenden Japsern, kroch und rutschte im Schnee herum, manchmal schmatzte ihr Weinen, wenn die Lippen sich da trennten, wo man ihr eben einen Vorderzahn aus dem Unterkiefer geschlagen hatte.

Stefan versuchte lahm, den rechten Arm zu heben, um sich zu schützen. »Schlag ihn tot! Schlag ihn tot, den Saukerl!«, das war eine Frauenstimme, ein großes Jubeln, wie wenn ein Tor fällt, ein Lottogewinn bekanntgegeben wird, ein Freispruch erfolgt.

Eine weibliche Hand drückte Stefan Daumen und Zeigefinger in die Wangen, ein Fuß schwang von rechts durch sein schmerzhaftes Blinzeln und trat ihm in die Seite, dass er am Auto wieder runterrutschte. Jetzt lag er auf dem Rücken, wie er das eben gewollt hatte, endlich, immerhin.

Er kreischte schrill Nichtsprache, und dachte dabei: Wie ein Mädchen.

Sein Mädchen hatten jetzt zwei Männer gepackt, einer am Nacken und unterm kaputten Arm, der frei von der Schiene kraftlos durch die Luft schwang, ein anderer an der Hüfte und dem linken Oberschenkel. Sie hoben das Kind hoch, das noch einmal ein langgezogenes, abschiedsartig wehmütiges Heulen von sich gab, und warfen es über eine Parkbank ins schneebetupfte Gebüsch, dass Zweiglein und menschliche Knochen knackten.

Stefan spürte Feuchtigkeit am Hals und im Schritt, die erste war Blut, die zweite Scham und Angst. Eine Handfläche, kalt und hart, ohne Handschuhschutz, schlug knallend zweimal hintereinander gegen seine linke Gesichtshälfte, dass das Ohr ertaubte und die Wangenknochen vibrierten wie Stimmgabeln.

Ein Ellenbogen traf ihn an der Nasenwurzel als großes schwarzes Krachen; ob er wirklich hörte, was er später gehört zu haben meinte, oder es sich nur einbildete, sollte er nie erfahren – es kam ihm vor wie: »Nächstes mal bringen wir euch um.«

Es waren keine Wilden, keine Handlanger irgendeines verantwortlichen Bösewichts, keine Verschwörer, keine Kriminellen gewesen, die Isabelle und ihm das angetan hatten, wusste der Vater, als er ins Gestaltlose hinüber glitt. Es war viel schlimmer; viel einfacher.

Der Teilnehmer ist im Moment nicht erreichbar

Hanno Duretz machte sich wohlbegründete Sorgen um die Einlagensicherung.

Vielleicht verpasste er den Ausstieg am Willy-Brandt-Platz deshalb, eventuell auch der Kopfschmerzen wegen, an denen der Pollenflug schuld war. Das Stadtbahn-Fahren hatte er sich Mitte 2012 während des Blockupy-Wochenendes angewöhnt und wollte es nach einer Weile nicht mehr missen; mit dem Auto hätte er das Malheur freilich vermieden.

So aber fuhr er eine Station zu weit, stieg dann falsch um und wurde schließlich völlig in die Irre verbracht.

Einlagensicherung? Er selbst war kein Sparer, sondern Trader.

Aber wie nervös die Leute inzwischen trotz gesetzlicher Entschädigungspflicht von 100000 Euro je Sparer waren, musste man ihm nicht sagen. *Fucking* Santander! Die spanische Bank klang schon so schlüpfrig; ein bisschen wie »Salamander«.

Hanno begriff, dass er sich verfahren hatte, stieg aus, trödelte mit der Rolltreppe nach oben, fand die Beschilderung dort unerträglich schlecht und zeterte dabei ununterbrochen ins Smartphone: »Wie, wieder rechnerisch in 17 Einzelteile aufteilen? Und dann sollen die Anleger Lotto spielen, mit den Scheißnationalwährungen?«

Jemand tippte Hanno von hinten auf die rechte Schulter – sanft, sehr gesittet.

Der junge Mann, zu dem er sich umdrehte, konnte nicht viel älter sein als Anfang Zwanzig und trug manierliche Kleidung – eine Acrylmütze, Cargohosen, neue Sneaker, eine schwarz-türkisfarbene Kapuzenjacke.

»Hör ma uff«, sagte der Junge.

»Bitte?« Hanno war nicht nach Witzen.

»Hör ma uff zu telefonieren. Is Kacke.«

Hanno unterbrach sein Gespräch tatsächlich – »Ich ruf dich zurück« –, aber nur, um den Fremden aus funkelnden Traderaugen böse anzublitzen und ihm ins fast aknenarbenfreie Gesicht zu zischen: »Mach, dass du wegkommst, ja?«

»Okay. Dann halt so«, seufzte der Junge, entwand Hanno mit dem geschicktestmöglichen Griff das Telefon, stieß den Finanzdienstleister dann mit dem Handballen der Linken heftig genug gegen die Brust, dass der nach hinten kippte und unsanft zu Boden fiel, ließ das Handy auf den Boden knallen und trat drauf.

Einmal.

Zweimal, mit beherztem Stampfen.

Es knackste und zerbrach.

Hanno japste verblüfft.

Der Junge sah von unten sehr viel größer aus und sagte: »Bahn fährt nich mehr.«

Dann ging er fort. Hanno wagte nicht, ihm hinterherzurufen, oder auf sonst eine Art zu versuchen, ihn für den Angriff zu belangen.

Es stimmte.

Keine Bahn fuhr mehr.

Hanno wartete eine halbe Stunde. Keine Ansagetafel erklärte, was geschehen war, und außer Hanno fanden sich auch keine Leute mehr im tiefen Geschoß, keine Menschen in der ganzen Anlage; auf keinem Stockwerk, keinen Stufen, keiner Rolltreppe.

Hannos Armbanduhr war der Meinung, es sei erst zwei Stunden nach Zwölf Uhr Mittags.

Der Trader kletterte verwirrt ins Freie.

Ein Wochenmarkt verstopfte Platz und Straße.

Niemand dort sprach Deutsch.

Hanno Duretz fand keine Säule oder Zelle zum Telefonieren.

Eine nie zuvor empfundene Mischung aus Heimweh, Unruhe und Todessehnsucht sickerte vom Kopf abwärts durch seine sämtlichen Gefäße.

Bald darauf verließ er das Land und soll, wenn ein Gerücht stimmt, das seine blinde Tante erzählt, in Ungarn entsetzlich verarmt und heruntergekommen sein: »Er macht Bautechnik im Hochbau, nein, falsch, er ist Handelsfachwirt, mit so Projekten.«

Ägyptische Hoffnung

Im braungoldenen Wasser habe ich mich gewaschen.

Es reichte mir bis zu den Knien.

Die schmerzten noch, von zuviel Arbeit auf dem Boden, vom jahrzehntelangen Herumkriechen auf kalten Flurplatten beim Einsenken der geschmückten und gesalbten Toten in die mit weißem Samt ausgekleideten Gruben der langen heiligen Gruftbettreihen.

Silberkristallstreifenfarbige Käfer, metallische Tropfen, suchten am flachen Ufer in meinen Kleidern nach mir, als ich badete. Halbnackte, schlanke Mädchen sangen beim Einsammeln von Treibgut, so früh schon, das Lied vom Nilpferd, dessen Magen größer ist als es selbst: »Größer, größer, größer«, eine Melodie wie Lachen, das über sich selbst staunt, »größer, größer, größer«, Nicken der Noten im lässigen Takt, »als es selbst!«, viel unbedachtes Wasserspritzen, Spielen, Fröhlichkeit.

Beginn eines Tages, der ruhig lang werden darf. Das Gesicht aus Sternen oben, Ptah der Herrliche, wandte sich ab im allmählichen Erblauen der kühlen, gleichgültigen Höhe, denn das Leben der Leute unten ist fast immer bedeutungslos.

Ich kehrte zurück zu den Kleidern.

Als die Käfer mich nahen spürten, flohen sie: So dringend hatten sie mich dann doch nicht gesucht. Die Sonne, eben aufgewacht aus schweren Zweifelwolken, war gleich so groß hinter den Dächern, über den Spitzen der Bauten, der Pyramiden und hausgroßen Felsbildnisse, dass ich mir das allmorgendliche Gebet an sie nicht mehr vorstellen konnte.

Daher schwieg ich und senkte das Kinn und schämte mich, weil ich nichts wusste.

»Nubierin« schimpften sie mich, weil meine Haut so dunkel war.

Ich ging, da ich in diesem Jahr weder aus Stein noch aus Holz war, hinauf zum Palast. Dort ruhte die Königin auf den weichen Kissen, umlagert von ihren schönsten dienstbaren Freundinnen, und hatte einen Zauberer sich auf die breite rote Treppe setzen lassen, der ihr sagte, wie es im Reich stand.

In den Rillen der langen Rautenbecken plätscherten künstliche Bächlein, stromschnellenreiche, und stattliche Sklaven streuten Hortensienköpfchen ins Glucksen, teils blaue, die auf sauren Böden gewachsen waren, teils schönstes Rosa, im unschädlichen Milieu aufgegangen. Ein Stabsfeldwebel, bronzegebrannt, in kupfernem Rock, wachte an einer zeichendicht behauenen Säule über die Szene, pulte mit schmutzigen Fingernägeln in seinen weißen, starken Hauern und fand den Zauberer zu kompliziert.

Der Zauberer redete wie aus einer Lügensprache übersetzt: »Die großen Maschinen haben die Abfolge der Zeitalter zerstört. Jetzt werdet ihr erleben, was geschieht, wenn das Historische verschwindet.«

Ich freute mich heimlich, denn mein Traum war Wirklichkeit geworden.

Auch eine Sklavin nämlich, selbst wenn sie einen so lächerlichen Namen wie Cleopatra hat, darf sich etwas wünschen, und manchmal erfüllt die Gottheit den Wunsch.

Nachruf auf Ken Russel, Leipziger Fassung

Seine Filme konnte man ja fast nicht anschauen, das heißt jetzt vom Hinsehen her natürlich schon, aber sie waren echt hart.

Mein lieber Herr Gesangsverein.

Das mit den Augen in den Titten, die da so rausschauten, das war sein stärkstes Stück, da hatten manche dann schon genug (1986), nicht nur die Alice Schwarzer.

Mehrfach hat er Komponisten gedreht, die dann mit heruntergelassenen Hosen und Geschrei im jeweiligen Film zu Bestaunen waren, während die von ihnen erfundene Musik extrem stark dröhnte, zum Beispiel Mahler, Wagner, The Who, Edgar Elgar, Strawinsky (oder kann auch Tschaikowski gewesen sein). Dieses alles verweist für mich auf eine Stelle aus dem schönen Zitatsammlungsaufsatz von Adorno »Zur Überalterung der in meinen Essaytiteln sich niederschlagenden Vergänglichkeit der modernen Masche als solcher« (1874), an welcher Adorno in seiner unnachahmlichen Art sagt: »Ken Russel, Kinder, schön ist was anderes, das muss man klar sagen.«

Trotz dem Komponistenfimmel nicht geschafft hat der Russel dann leider Stockhausen und Schönberg, da kriegte er halt keine Rechte für und es wäre auch vielleicht zu kaputt gewesen mit den Typen. Das Eventgehacke war meistens in Stereo, seltener Mono oder Nono, aber immer hatte er für Technicolor viel übrig, düster musste es allerdings sein bis zum Abwinken.

Quälereien mit Sex von sogar Nonnen hat er mit der Peitsche durchgezogen, dass selbst dem Neuenfels mal mulmig wurde beim Nachmachen. Anstatt Regietheater machte er lieber BEI der Regie ein Riesentheater (Dialektik!).

Viel hat er auch geleistet im Hinblick auf Schnitt und Beleuchtung, da konnte man ihm nichts vorwerfen, und als ihn dann langsam schon die Syphilis am Schlafittchen hatte, hat er trotzdem immer noch mit seiner bewunderungswerten Disziplin sogar das Leben des Uri Gellers verfilmt, was aber ein ungeheuerlicher Flop wurde.

Traurig beschloss der arme Hund Ken Russel daher, sich langsam mal auf das Abtreten einzurichten, und ging folglich immer seltener in die Oper oder zum Pokern, wo er früher wie am Sex ja eigentlich die größte Freude dran gehabt hatte.

In London ausgerechnet hat es ihn nunmehr erwischt, es kam eine kalte schwarze Hand aus dem berühmten Nebel und würgte ihm die Gurgel ab.

Friede seiner Ruhe.

Ihr wollt so sein

Der Deutsche kletterte aus seiner Koje an Deck, zwinkerte anzüglich den Tag an, der, genau wie er selbst, eben aufgestanden war, streckte sich neben dem Mast und schaute nach oben. Zwei gelbweiße Glutflecken grüßten ihn verkatert am bewölkten Himmel.

Möwen, aus der Beutegegend um Chandler's Wharf herstrebend nach Norden unterwegs, maulten ihr seifiges Quaa ins unklare Licht.

Der Fluss schimmerte bereits in der melancholischen Kupferfarbe, die der Deutsche liebte.

Jemand hatte vom Holzsteg aus gestern Nacht Müll auf sein Boot geworfen; eine typische Sorte Belästigung in den Nächten zwischen Samstag und Sonntag.

Der Deutsche hob einen Pappteller mit einem Stück Pizza drauf in die Höhe, sich nahe ans Gesicht, und überlegte, ob er probieren sollte, wie das verkommene Zeug schmeckte.

Sein Mund war noch nicht wach; das erste kalte Glas Milch eben hatte noch wie Nerven im Koma geschmeckt; Zähneputzen wäre vielleicht nicht verkehrt gewesen.

Essensreste, Müll: Ihm fiel die Frau ein, die er, als er noch Soldat gewesen war, im Flüchtlingslager an der Grenze zu dem Land, das die Bundeswehr damals hatte angreifen müssen, zusammen mit einem Kameraden von der Aufklärung befragt hatte: »Das Essen, ja. Ich hatte immer an mein Land geglaubt, ich hatte immer an meine Regierung geglaubt, und dann musste ich doch fort, und als ich die Grenze hinter mir hatte, sah ich auf einem Hof einen Hund in Abfällen wühlen, für die wir drüben, auf der anderen Seite, viel gegeben hätten. Ein Hund isst hier besser als eine Lehrerin zuhause, das musste ich erst mal begreifen. Und die Häuser. Ich hatte immer noch gehofft, das Land im

Norden wäre genauso arm wie meins. Meins war besser, das wusste ich sowieso, aber war es ärmer oder reicher als andere? Ich staunte über die Häuser. Ich habe nicht viele Reisen gemacht, vorher, aber einmal war ich in der Hafenstadt, und die breiten Fabrikgebäude da sahen aus wie eine Wand aus Rost, mit Schornsteinen wie Gefängnisgitterstäbe. Viel Rauch kam da nicht mehr raus, nicht mehr, als einer, der stirbt, noch hustet. Die Tore der Fabriken: Ketten und Vorhängeschlösser. Im Sommer wuchs Malvengestrüpp an den Seiten der Betonfronten hoch. Ich glaube nicht mehr an meine Regierung. Aber ich bete jetzt für mein Land.«

Die Vorgesetzten des Deutschen waren mit dieser Befragung sehr zufrieden; die Eloquenz der Frau gefiel ihnen: »Eine Lehrerin eben«, lobte ein hoher Offizier, »die kann sich natürlich ausdrücken. Und das Gesicht! Faszinierend.« Der Soldat musste dem Mann beipflichten, die Alte – aber wie alt war sie wirklich? Das Alter der Leute dort war schwer zu schätzen, manche sahen aus wie Achtzig, obwohl sie erst Vierzig waren, andere blieben ihr Leben lang irgendwie kindhaft glatt und von allem Leiden, aller ausgestandenen Not unberührt – sah aus, als gehörte sie ins Kino oder wenigstens auf eine Postkarte, die für humanitäre Ziele und Unternehmungen warb.

»Hatte es das nicht gegeben, ganz früher, am Gymnasium«, fragte sich der Soldat, »Postkarten mit schönen Menschen aus der, wie das seinerzeit genannt worden war, Dritten Welt, die man um Weihnachten kaufen konnte, vom Taschengeld oder einer Extraspende der Eltern zu eben diesem Zweck, war das nicht im Biologieunterricht passiert«, oder verwechselte der Soldat da etwas, konnte das stimmen, Biologieunterricht, waren das dann nicht eher Tierpostkarten gewesen und die Zwecke naturschützerische und umweltschonende anstelle humanitärer?

Die Befragung der Frau, die dem Hund im neuen Land den Abfall neidete, war jedenfalls ein schöner Erfolg gewesen – drei Tage später sollte er dieses Interview daher auf Anweisung von höchster Stelle, aus

Berlin, noch einmal wiederholen, in Anwesenheit eines Fernsehteams von ntv.

Er führte die Telejournalisten also im Lager herum und suchte nach der Frau, doch die konnte ihre Geschichte kein zweites Mal erzählen, denn inzwischen war sie nicht mehr am Leben. Ein anderer Flüchtling hatte sie umgebracht.

Es war um Geld gegangen, nicht viel. Wesentlich weniger, als die Pizza gekostet hatte, deren suspekten Rest der Deutsche jetzt in der Hand hielt. Wie hatte sich der windige Zigarettenschieber unter den Bedingungen schärfster Schwarzmarktüberwachung durch die Kameraden des Deutschen eine Beretta 81 und eine volle Magazinbox für 12 Patronen beschaffen können?

War das nicht ein sehr schlechtes Geschäft gewesen, angesichts der Tatsache, dass der Raubmord weniger erbracht hatte, als jede der Patronen im Lager und überall in dem Land, aus dem die Flüchtlinge entkommen waren sowie in dem, das sie widerstrebend aufgenommen hatte, wert war?

Oberst Holger Ratering, kryptisch, zum niedergeschlagenen Soldaten, dem sein Mediencoup geraubt worden war: »Diese Leute haben hier ihren eigenen Stolz. Eine Kultur, Ethos. Raub ist nur ein vorgeschobenes Motiv, aus Schamhaftigkeit. Ihre Ehrenhändel würden sie uns sowenig zeigen wollen wie wir einander unsere Sexualgeschichten. Vergiss das nie, Gunter. Es kann dein Leben kosten, das zu missachten.«

In der Öffnung zum Unterbau des Bootes erschien jetzt der Kopf des taubstummen Helfers. Für den, wie für alle hier, dachte der Deutsche, bin ich einfach der Deutsche.

Für mich selbst bin ich immer noch der Soldat.

Er hielt dem Helfer das Stück Pizza hin, mit ebenso einladender wie herausfordernder Gebärde. Der Helfer verzog das Gesicht, als müsse er kotzen. Ein schönes, dunkles, im Morgenleuchten wie gesalbtes

Gesicht: *I am a black gentleman with various skills, able to work dilligently and capably on your boat* – das Bewerbungsschreiben war sprachlich ausgefeilter gewesen als jedes offizielle Dokument, das dem Soldaten je untergekommen war. Der Helfer grunzte.

Der Soldat lachte.

Der Helfer verschwand unter Deck.

Der Soldat machte sich auf die Suche nach einer Plastiktüte für den Müll.

Sein Handy dudelte.

Er befreite es aus dem Hüftbeutel und nahm das Gespräch an: »Stefan? Yeah. Was? Nein, ist okay. Ihr seid jetzt in Charlotte? Alles klar. Drei Stunden? Gut, ich hol euch ab, ILM, ihr könnt ja direkt … ja. Kommt zum … nein, geht zum Leihwagendings, wie sagt man … Schalter. Wie geht's ihr? Oh, gut. Gott sei Dank. Alles klar. Bis gleich.«

Eine rundliche Möwe saß auf der Ablage, unter der der Soldat seine Plastiktüten verstaut hatte.

Er überlegte, ob er sie anschreien sollte, um sie zu verscheuchen. Sie glotzte gierig auf die Pizza, dann sah sie dem Soldaten in die Augen.

Das genügte.

Die Möwe floh.

Katzen und Ratten

Rinstetten war nie der Rede wert gewesen.

Eine Tierärztin und Abgeordnete der Freien Wählervereinigung im Stadtrat bewegte den Bürgermeister Anfang der Neunziger Jahre dazu, sich auf eine quijotische Kampagne einzuschießen, die Rinstetten zu »Bad Rinstetten« aufrüsten sollte.

Im bewaldeten roten Felsenhaufen über der Stadt gab es nämlich eine Quelle, von der die Tierärztin wähnte, sie besäße heilende Eigenschaften: »Sehen Sie sich die Katzenschnupfenstatistik an.«

»Die Katzenschnupfenstatistik?« Der Bürgermeister, ganz Politiker, neigte zum Zeitschinden mittels sinnloser Gegenfragen.

»Sicher. Überall sonst im Landkreis gibt es regelmäßig Katzenschnupfen, Erkältungen, sogar diese Immunprobleme, die man geschmackloserweise ›Katzen-AIDS‹ getauft hat. Und zwar mit der erwartbaren Häufigkeitsverteilung für eine Gegend unserer Besiedlungsdichte, unserer Katzenfrequenz. Nicht jedoch im Rinstettener Raum. Die Quellen sind's, sage ich Ihnen. Unsere Katzen sind gesünder, und wenn man mir endlich Zugang zu den Datensätzen der humanmedizinischen Kollegen verschaffen könnte, wäre ich sicher in der Lage, zu beweisen: Auch unsere Menschen profitieren von den Quellen. Bad Rinstetten, der Name wäre keine Übertreibung.«

Die Wissenschaft widerlegte dies.

Die Abgeordnete starb daher beleidigt, kurz nach der Katastrophe Kammonikutain.

Der Bürgermeister, der schon von all den reichen alten Damen mit ihren Katzen geträumt hatte, die sich am Ort würden niederlassen wollen, verlor die Wahl 2008.

Sein Nachfolger war eine viel zu junge Zipfelmütze von der CDU, die lieber zu den Piraten gehört hätte. Die aber gab es in Rinstetten gar nicht, genauso wenig wie einen Straßenstrich, ein Spielcasino oder eine Rennbahn.

Das Einzige, was Rinstetten nach dem Abtritt des jahrelangen SPD-Regenten blieb, waren tablettenabhängige Jugendliche, die aus Jux auf dem Ortsschild »Bad« vor den Stadtnamen sprayten, sowie die mittelständische Feinmechanikfabrik NAGEX.

Wie Manroland in Offenbach bis 2011, so war auch die NAGEX in Rinstetten erstens eine Weltfirma mit beachtlichem Marktanteil in ihrem Produktsegment – robotische RRs –, zweitens aber abhängig von Ebbe und Flut globaler Kapitalbewegungen, nämlich Herstellerin eines recht speziellen Produkts, das sozusagen in den Bereich des abgeleiteten Reichtums fiel – abgeleitet, weil auf die Blüte anderer Produktions- und vor allem Verschleißsektoren angewiesen.

Robotische RRs brauchte man nur, wo viel Müll viele Ratten anlockte.

Im Zuge einer Wirtschaftskrise, die einer Währungskrise entsprang, welche aus einer Schuldenkrise geschlüpft war, die sich einer Bankenkrise verdankte, welche von einer Hypothekenkrise rührte, bekam es die NAGEX mit den schwersten Absatzschwierigkeiten ihrer Geschichte zu tun.

Da die Tarife für Angestellte und Lohnabhängige im Feinmechanischen längst nicht mehr überall von der Industriegewerkschaft Metall erzwungen waren, sondern die Entgelt- und sonstigen Beschäftigungsbedingungen von Unternehmen zu Unternehmen – Stichwort: Verbetrieblichung – breit variierten, gelang es der Familie Wiegler, in deren Besitz die NAGEX war, ihre Leute zu reichlich harschen finanziellen Einbußen und mies entlohnten Überstunden zu überreden, auch wenn ein CAD/CAM-Profi namens Meiler, eine Diplomingenieurin namens Seiler und ein Produktsicherheitsfachmann namens Patowski murrten.

»Überstunden statt Kurzarbeit bei Flaute, das leuchtet ja nicht ganz ein«, sagte Meiler.

»Wir müssen schneller auf die paar Aufträge reagieren, die wir noch haben«, erklärte Winfried Wiegler, der Patriarch.

»Gibt es denn einen wenigstens mittelfristigen Plan, wie wir uns neu aufstellen, wenn sich die Nachfrage nicht erholt?« wollte Seiler wissen.

»Fleißig sein und Ideen haben«, erwiderte Wiegler.

»Was für Ideen denn?« fragte Patowski.

»Gute«, scherzte Wiegler, moderat verzweifelt.

Nicht die Arbeitsbedingungen stießen Meiler, Seiler und Patowski bald als Rädelsführerduo samt Rädelsführerin in einen Arbeitskampf, mit dem sie selbst als Allerletzte gerechnet hätten. Schuld an der Eskalation war vielmehr das gutmütige Geschwätz des Chefs, das den drei Fachkräften schließlich den letzten Nerv raubte und sie zu Anstrengungen zwang, die man vor zwanzig Jahren »gewerkschaftlich« genannt hätte.

Bremsen und Dienst nach Vorschrift hatten nichts geholfen, für einen Streik bekam man nur etwa 60 der 150 Beschäftigten zusammen, obwohl alle in ausreichend übler Laune waren.

So schlug Meiler schließlich eine »Medienkampagne« vor, weil er eine Bekannte bei RTL hatte, die auch tatsächlich mit einem kurzen Feature in einem dieser hetzerischen Gemischtwarenboulevardmagazine einen Haufen Ärger für Wiegler und den Betrieb auslöste. »Die NAGEX-Leitung, das sind selber Ratten!« sagte die greise Mutter eines vom Überstundendruck gepiesackten Mitarbeiters der Firma, und dieser Slogan tat seine Boykottwirkung, weil er so eng mit dem Produkt der NAGEX in Verbindung stand.

»Robotische Rattenröster«, ließ sich schließlich sogar der Zipfelmützenbürgermeister in der Regionalpresse zitieren, »wer braucht so was eigentlich? Früher haben es Mausefallen auch getan.« Die kleinen intelligenten Apparate, die auf glitzernden Spinnenbeinen in vermüllten

Zonen krankheitsübertragende Nagetiere aufspürten, mit glühenden Stiften aufspießten und von innen her verbrannten, konnten am Allerwenigsten dafür.

Der Boykott aber tat Wirkung: Die NAGEX erholte sich nie.

Bald danach pfiff der Wind durch die eingeschlagenen Fensterscheiben der aufgegebenen Fertigungshalle.

Das Grundstück verkauften die Wieglers der Stadt.

Die blieb darauf sitzen.

Ratten huschten durch die Hallen.

Katzen niesten auf der Wiese.

Rinstetten versank seufzend in Nichtswürdigkeit.

Gedächtnisfeuer

Ragione è ben ch'alcuna volta io canti,
però ch'ò sospirato sì gran tempo
che mai non incomincio assai per tempo
per adequar col riso i dolor' tanti.

Petrarca

Einmal auf der bebenden Insel angekommen, besserte sich Jörgs Laune augenblicklich.

Er lachte wieder, nahm Marion in den Arm und drückte sie. Selbst im Finstern blinzelte er, als schiene die Sonne, und das, obwohl die Ankunftsstadt zu großen Teilen verdunkelt war.

Er kannte Tokio anders, heller und lauter, aber »Amaterasu Omikami und Tsukiyomi bleiben, wer sie sind. Was er ruft, kommt herbei, und was sie berührt, verändert sich« – einer seiner dunklen Aussprüche, die ihn bei guter Laune zeigten.

Still stand die Nacht um den Narita Airport.

Die smaragdgrünen Scheinwerfer, zwei pro Auto, die dem Taxi entgegenkamen, in dem Marion mit ihrem Arzt, ihrem Kranken, ihrem Mann saß, erinnerten sie viel eher an Augen als die gelben und weißen Lichter daheim.

Nicht nur insgesamt weniger müde, weniger zermürbt, gefasster, nicht mehr in Auflösung begriffen erschien ihr der Liebste, sondern so, als sei er aus jahrelangem Schlaf erwacht. Dabei hatte er von der Diagnose erst vor ein paar Monaten erfahren.

»Mach dir keine Sorgen um mich«, sagte er am nächsten Abend lachend, als er bemerkte, wie aufmerksam sie sein Aufblühen und Zusichkommen beobachtete, weil er den liebenden Blick irrtümlich für einen pflegerischen hielt.

»Ich mache mir keine Sorgen«, sagte sie brüsk und wand sich, nur dieses eine Mal, aus seiner Umarmung, ging an die Brüstung des Bahnsteiggeländers, sah auf die vielen Lichter hinaus, und versuchte die Zahl der andern zu schätzen, die man abgeschaltet hatte.

Sorgen machten sich andere – Marions Schwester, ihre sonstigen Angehörigen und Freunde in Deutschland zum Beispiel, keineswegs erst, seit die Reise geplant war und man trotz Naturkatastrophe und Menschenunglück an ihr festhielt, sondern schon seit drei Jahren, als die schönste Zeit in Marions Leben angefangen hatte.

Die schönste Zeit, nein, das geht nicht, da muss man sich Sorgen machen um die Jüngste, wo kämen wir sonst hin?

»Was ist«, bohrte Cynthia, die Ältere, seither bei jeder Gelegenheit, »mit dem Altersunterschied? Ich mein ja nicht nur das biologische Alter, auch das berufliche. Der Mann ist doch aus dem Gröbsten raus, und du fängst gerade erst an. Außerdem: Mathematikerin und Mediziner! Theorie und Praxis, Kopf in den Wolken und Hände am Röntgenapparat, meinst du, das geht gut?«

Freilich ging's, es ergänzte sich eben.

Von wegen Alter: Neunundzwanzig ist nicht so jung, zweiundsechzig nicht so alt, wenn man die Zeit damit verbracht hat, auf jemanden zu warten, jemanden zu suchen, und den oder die jetzt endlich finden darf. Außerdem wird es, dachte Marion, bald genug vorbei sein, da wollen wir wenigstens bestimmen, wie und wo es zu Ende geht.

Seine Heiterkeit, seine Neugier darauf, das wiederzuentdecken, was er schon kannte: Anfangs war ihr das einfach aufregend vorgekommen, wo er schon überall gewesen war, mit seinen Hilfsorganisationen und politischen Gruppen, in den späten Siebzigern als unerfahrener Abenteurer, dann in den Achtzigern, als er langsam Erfahrung sammelte: Bei diesen Indianern in Nicaragua (»Genau zwischen den Fronten. Meine Altersgenossen sind lieber zu den Sandinisten, oder fanden von ihren ersten Praxen aus gut, dass es die Contras gab«), bei den Kranken in Westafrika, dann sogar in Tschernobyl (»aber nur zwei Wochen, und weit genug weg von allen ernsten Gefahren«).

Bald jedoch war ihr klargeworden, was für ein verpfuschtes Leben das im Grunde ergab, weil man nie genug tun konnte, weil einen »so etwas« unwiderruflich zwang, zu sehen, wie wenig man überhaupt tun konnte.

Wenig, nicht nichts.

Wenig, das ist irgendwie schlimmer als nichts. Hatte sie damals, als ihr das klargeworden war, schon vorgehabt, ihn zu trösten? Und hatte ihr seine Krankheit dann nicht dazu verholfen, einzusehen, dass das weder möglich noch nötig war? Eine Balance war erreicht, ein Zueinanderpassen, auf erstaunlichem Niveau.

In atemberaubender Höhe schienen sie im Hotel über der Stadt zu schweben, als zwei fremde Wächterengel; die ganze Fußendfront des Schlafzimmers war ein Panoramafenster, sie standen, wo Vögel nicht hindurften.

So zeigte und erklärte er ihr die Aussicht.

»Auf der Nordseite, das ist das Gebiet von Akihabara«, der Blick wurde von stahlgrauweiß im Morgenlicht blitzenden Schienen in die Ferne gelockt, ins hügelig Grüne, »du schaust in Richtung Chou-Linie, auch Yamanote-Linie, die wir gestern schon gefahren sind, nach Shinagawa. Der Berg da hinten, diese sanfte Erhöhung im Waldigen, das ist der Tsukaba, links davon siehst du den Ueno-Park, und der große Klotz weiter links gehört schon zur Meiji-Universität. Wieder weiter links, das Breite, Gemütliche, das ist der Mount Akagi, und da, wo das Blickfeld aufhört, diese futuristischen, schneeweißen Anlagen, das ist die Sonnenscheinstadt.«

Am nächsten Vormittag, im Shinkansenzug nach Südwesten, versuchte sie es noch einmal; leise, aber eindringlich, nicht panisch, einer Atmosphäre angemessen, in der die junge Dame mit den Getränken und dem Knabberzeug sich jedes mal hinter ihrem Wagen verneigte und entschuldigte, wenn sie das Abteil betrat.

Marion redete noch leiser als die Japaner, deren Handys sämtlich abgeschaltet waren, sie hatte sich vorgenommen, diese Leute an Umsicht möglichst noch zu übertreffen, damit Jörg, der diese Leute liebte, ihr zuhörte.

»Ich sage nicht, dass du jedem Unsinn hinterherlaufen sollst. Aber dass man überhaupt nichts mehr machen kann, will ich nicht glauben.«

»Man kann schon was machen. Man kann's in die Länge ziehen.«

»Die Operation ...«

»Hab ich abgelehnt, und du weißt warum. Zuviel Alveolen, zuviel. Die Medikamente nehme ich, doch die Finnenentwicklung ist leider ... weit fortgeschritten. Die Ärztin in Karlsruhe, du erinnerst dich, hatte erst auf Krebs getippt. Ich schleppe den Dreck wohl schon acht, neun, vielleicht zehn Jahre mit mir rum. Erst Leber, jetzt Lunge. Das geht kaputt, und wir können's nur bremsen.«

»Was dir ... wie viele Jahre verschaffen würde?«

Er schwieg, sah an ihr vorbei aufs große, leuchtend blaue Meer: dasselbe Wasser, das sich vor dreieinhalb Wochen zwischen Choshi und Miyako in einer Tsunamiwelle gegen Land und Menschen erhoben und ein Atomkraftwerk so schwer beschädigt hatte, dass dort der schlimmste Störfall seit Tschernobyl aufgetreten war.

Er schloss die Augen. Er öffnete sie wieder.

»Magst du schlafen?« fragte sie, sanft, als hätte sie selbst das Interesse am Thema verloren.

»Chotto«, murmelte er, halb weggetreten schon. Das hieß in der Sprache, die sie hier redeten, und an die er sich jetzt, in diesem langsam wärmer und freundlicher werdenden frühen April, immer umfassender erinnerte, »ein bißchen«.

»Chotto« sagten sie manchmal, wenn man im Laden fragte, ob sie dies oder jenes führten – niemals »nein«, immer den Kopf leicht schiefgelegt und, in einer bezaubernden Mischung aus Beschämtsein und Neugier auf die Reaktion der Kundin: »ein bißchen«, also eigentlich: leider nicht.

In Kyoto, wo er ihr Schreine und Tempel zeigte, Granitsteine auf Moosinseln, in Seen aus weißem Kies, kleine Bäche in Wandelgärten, rote hölzerne Tore in aufsteigender Reihe auf welligen Waldhügeln, helle Spierstrauchblütenbüsche über schmalen Brücken an schwer und voll duftenden Sumpfschwertlilienbeeten, übernachteten Jörg und Marion in einem Ryokan, einem traditionellen japanischen Hotel mit Mattenfußboden, Futonliegen, erhöhter Nische für die Bildschriftrolle und den Fernseher.

»Traditionell, was?« rümpfte Marion die Nase am ersten Morgen. »Du meinst den traditionellen Generator, der gestern so lange im Boden rumort hat, dass ich ewig nicht einschlafen konnte oder die traditionelle geisteskranke Ente, die heute morgen zwanzig Minuten vor Sonnenaufgang im Hof zu quaken angefangen hat oder den traditionellen blockierten Getränkeautomaten in der Lobby?«

Am zweiten Abend ließ er dünngeschnittenes, mageres Fleisch aufs Zimmer kommen, das sie in einem feinen Sud zusammen kochten, das war der »beste Geruch beim Essen, den ich je erlebt habe«, gab sie zu.

Danach liebten sie einander vorsichtig, langsam, flüsternd, und schliefen morgens lange.

Jörg legte Wert darauf, dass sie während der Reise ihre Arbeit nicht vernachlässigte. Schließlich werde sie, so fand er, wenn das, was sie hier zu erledigen hatten, erledigt war, wieder zurückkehren nach Languedoc, an ihre Universität, in Montepellier, wo einst ihr Idol gewirkt hatte, und ihre Doktorarbeit beenden.

Daher unterhielt sie sich und ihn beim Spazierengehen auf nackten

Fußsohlen, mild elektrisiert von der Frühjahrswärme auf den präzis zugeschnittenen Trittsteinen, unter Azaleen, von Farnen sacht gestreift, mit ein paar Versuchen, die *Esquisse d' un programme* zu erklären, mit kleinen Lesungen auch, aus der Fotokopie des Originals, die sie immer bei sich trug: »Der entscheidende Punkt«, erläuterte Marion, »ist das Hinausgehen über Abel, eine nichtabelsche Geometrie in höheren Dimensionen. Aber alles das geschieht bei Grothendieck spielerisch, noch das Kühnste ist *un jeu,* wie er sagt. Sein Teichmüller-Lego, sein Einfall mit den *dessins d'enfant,* und hier heißt es ausdrücklich, dass er auf die strengen Wege keine Lust mehr hatte: *plutôt que de suivre (comme prévu) un ordre thématique rigoureux, je me suis laissé emporter par ma prédeliction pour un thème particulièrement riche et brûlant ...*«

Jörg sah mit verstohlener Freude zu, wie sie von ihrem menschlichen Gott schwärmte, wie sie von Riemannschen Kugeln sprach, von Dreiecken und Algebra, so dass er wusste, sie konnte noch andere, noch anderes lieben als ihn, was ihm verriet, woran er glauben wollte: Dass ihre Liebe und ihr Liebenkönnen ihn überleben würden.

Kein schlechter Trost, und japanische Vögel sangen.

Abends machte er sie im Gassenlabyrinth der Altstadt in Sakekneipen und Speiselokalen, wo westliche Oldies blechern aus schwachen Boxen schepperten, aber kaum jemand englisch sprach, mit einigen seiner Freunde bekannt.

Der schweigsame, finstere Mann in knarziger Lederjacke, mit gesträubtem Salz-und-Pfeffer-Bart, der kaum etwas sagte und laut Jörg Hachiman hieß (»Wir waren sogar mal zusammen jagen, nahe Osaka«), gefiel ihr ganz gut. Beeindruckender fand sie die Frau, die sich später dazusetzte, Marion jünger vorkam als sie selbst (konnte das wahr sein, dass Jörg diese Frau, wie er sagte, vor zwanzig Jahren das erste mal getroffen hatte, in Inari, unter den roten Toren?), mit kurzem schwarzen Haar, in schwarzen Jeans und skarabäusfarbenem Seidenhemdchen.

Die stellte sich als Kishijoten vor, scherzte zunächst auf Japanisch mit Jörg, als die eingelegten Kirschtomaten, die Süßkartoffeln, das Bier und die Bohnen dazu serviert wurden, wandte sich aber danach auf Englisch Marion zu und wusste erstaunlich viel über Mathematik – »So, what you're saying is, such a *dessin d'enfant* is like a map, a cellular map, on a topological surface, yes, and one that is compact, one that you can orient? And this *dessin* is like a set of points, connected like, I don't know, a circle or a square, a child's drawing. I see.« Ein bisschen stolz war Marion schon, als sowohl Jörg wie sein düsterer Freund dieser Unterhaltung nicht folgen konnten. Der obskure Hachiman soff den ganzen Abend still vor sich hin, erst verschiedene Sorten Reiswein, dann einen achtzehn Jahre alten japanischen Whisky namens Yamazaki, in dunkelbrauner Flasche, und wurde erst wieder lebendig, als nach dem Rindfleisch-Gemüse-Topf und den gedämpften Pilzen etwas Eis aus Grünteepulver aufgetragen wurde.

»Now let us play«, sagte Kishijoten und holte ein Brett, irgendwelche Hölzchen und vier Würfel aus einer Stofftasche hervor.

Der Tisch wurde freigeräumt; man spielte. Marion hatte die Regeln nach einer mathematisch klaren Einführung durch die Spielbesitzern – »if you keep in mind the probabilistic representations of throw outcomes, you can easily form a model of the game and even something of a strategy« – rasch verstanden und gewann drei der fünf Runden.

Spät brach Jörg mit ihr auf, stützte sie, weil sie vom Sake leicht beduselt war, und machte sie in einer Bar unweit des Hotels schließlich mit zwei weiteren Männern namens Daikoku und Ebisu bekannt.

Der erste dieser beiden war dick, gemütlich und albern. Sie mochte ihn und er bezahlte bis zum Morgengrauen alles, was bestellt wurde. Der zweite erzählte traurige Geschichten von befreundeten Landwirten aus Provinzen unweit des havarierten Atomkraftwerks, kratzte sich oft am Ellenbogen und roch ein wenig nach Salz – gar nicht unangenehm, eher fernwehfunkelnd.

»We… und … und werwa… wer waren das, die denn alle da …?« fragte Marion auf dem Heimweg, mit schwerer, verdrehter Zunge.

»Götter waren das, samt einer Göttin«, sagte Jörg schlicht, »die hier seit Jahrtausenden die Ordnung wahren. Hauptsächlich Glücksgötter – Kishijoten, du hast den weißen Diamanten an ihrem Halskettchen gesehen, ist fürs Spielglück zuständig, Hachiman für's Schlachtenglück der Krieger, Ebisu für harte Arbeit und deren Gelingen, Daikoku, nun ja«, er lächelte, »für den mehr oder weniger unverdienten Reichtum.«

»Sooosoo …« lispelte Marion selig vom schönen Abend, vom guten Essen, den Scherzen, dem Mondlicht, das sich im Bächlein spiegelte, und schlief im Gehen ein.

In Frieden, auf dem Rücken, ohne Kopfweh oder Kreuzschmerzen kam sie zu sich.

Drei Handbreit entfernt atmete Jörg ruhig, noch schlafend. Hübsches mit Federn zwitscherte auf schwarzen Ästen, die vom Nachtregen nass glänzten. Marion dachte, dass der Atem, auf den sie da horchte, für ihre Welt so etwas war wie der eigene Herzschlag für ihren Körper: Etwas, das die ganze Sache zusammenhielt, sie möglich machte.

Würde es sie noch geben, wenn das fehlte?

Die Website war eingerichtet, die deutschen und ausländischen Freunde waren verständigt. Es würde eine Weile großer Wirbel herrschen, dann konnte sie zurück nach Montpellier, man würde sie rasch vergessen, es war alles gut überlegt, mit realistischem Blick darauf, wie die Medien funktionierten.

Sie erinnerte sich daran, wie er immer zu ihr gewesen war, vom ersten Moment an. Das Kennenlernen schon: Ein dreiviertel Jahr Herumirren, von einer Ärztin zur nächsten, ohne die geringste Lust, zu einem Mann zu gehen, und alles war probiert worden, schließlich hatte sie das ja todernst gemeint, dieses »ich muss wieder funktionieren, ich will zu meinen Prüfungen antreten, diese blöden Symptome einfach nur los sein«.

Alle hatten die Köpfe geschüttelt, die Befunde studiert, immer neue Tests ersonnen – möcht's vielleicht eine Allergie sein, oder ein Geburtsfehler, vielleicht eine exotische Infektion, auf einer Fernreise eingefangen?

Solange niemand half, probierte sie es weiter, nach Telefonbuchplatzierung – freie Arztwahl galt ja nach wie vor – und irgendwann waren dann doch die Männer dran. Da wurde zunächst alles schlimmer: Im Sorgenblick flunkerte Charme mit, geflirtet wurde, geschäkert, genervt.

Dr. Jörg Arnold, praktischer Arzt: Der war zunächst im Urlaub gewesen; als sie aber bei »P« angekommen war, erinnerte sie sich an ihn und ging hin.

Er sah sich das Ganze an, hörte beim Beschwerdenkatalog ruhig zu, wiederholte einige der verlässlichsten Tests und sagte dann als erster die Wahrheit zu ihr: »Ich finde nichts. Aber Sie haben natürlich was, sonst wären Sie ja nicht hier. Der Mensch ist insgesamt komplizierter, als mein Fach weiß. Sie haben ja auch eine Seele. Ich meine damit gar nichts Übernatürliches. Ich schlage vor, Sie geben die Hoffnung, diese Symptome loswerden zu können, erst einmal auf, und sehen zu, ob Sie einen Weg finden, damit zu leben. Samt Prüfungen, Studium, allem. Betrachten wir's als chronisch. Wenn Sie zum Beispiel kurzsichtig wären, würden wir eine Brille aussuchen. Also, was für eine Art Hilfe brauchen Sie wirklich?«

Die Frage befreite sie.

Schnell fand Marion heraus, wie sie die Faktoren, die es schlimmer machten – zu wenig Schlaf, zu wenig Licht am Tag – selbst regulieren konnte, und inzwischen waren die grellsten Erscheinungen der Malaise, vom Kopfweh bis zu den Atemproblemen, paradoxerweise gerade dadurch, dass Marion sie jetzt als Teil ihres Lebens betrachtete, so weit in den Hintergrund getreten, dass man beinah sagen konnte, sie seien weg.

Ein Heiler war er, nicht bloß ein Arzt.

Umso empörender, fand sie im Stillen, dass so einer sich medizinisch, wenn schon nicht menschlich, aufgeben musste, weil bei seiner eigenen, mutierten Variante einer ohnehin seltenen und tückischen Krankheit tatsächlich nichts mehr zu machen war.

Sie schloss die Augen, nur wenige Sekunden lang, doch diese sehr kurze Zeit nutzte er, der erwacht war, ohne dass sie es bemerkt hatte, um sich zu ihr hinzurollen und sie auf die Nase zu küssen.

Marion erschrak und schimpfte: »Arschloch, ich könnte einen Herzanfall kriegen hier in diesem ... diesem Dings hier!«, dann lachte sie und nahm ihn in die Arme, während er brummte: »Herzinfarkt, sagt das Kind ... Angeberin ...«

Nach dem Abschied vom Ryokan fuhren sie ohne weitere Umwege nach Hiroshima.

Diesmal bezogen sie ein europäisch eingerichtetes Quartier westlich des Kyobashi-Flusses, auf etwa halbem Weg zwischen Shukkei-en-Garten und dem Polizeihauptquartier der Präfektur.

»Polizisten werden dich befragen. Feuerwehr kommt, Rettungspersonal kommt, aber lästig werden nur die Polizisten sein«, sagte er und zeigte ihr auf dem Stadtplan, wo die Polizisten waren. Sie entzog sich seinem halbherzigen Umarmungsversuch.

Auf dem Weg ins Badezimmer sagte sie leichthin, über die Schulter weg: »Ich zeig dich schon nicht vorher an, falls du das meinst.«

Sie wusch sich, kämmte sich lange und bemerkte nicht, dass er im Türrahmen stand und ihr zuschaute, bis er sagte: »Ich kann verstehen, wenn du ...«

Er schien sich abzumühen, mit diesem unfertigen Satz etwas mitzuteilen, das Marion nicht raten konnte. Sie beschloss, es ihm leichter zu machen: »Jörg. Wir haben tausendmal drüber geredet. Über die Kollegen, die bei ihren ... Hilfseinsätzen ... vergiftet wurden, verstrahlt, die

Uranmunition, die chemischen und biologischen Noxen. Deine Denkschrift kenne ich auswendig. Die politischen Sachen sehe ich wie du: Zerstörung des Völkerrechts, und so weiter. Wir haben auch tausendmal darüber geredet, dass du in einem Jahr so oder so nicht mehr leben wirst. Und darüber, dass du auf diese Art …«

»Aber das sind allgemeine Sachen. Abstrakte. Es ist jetzt ganz anders, konkret. Hier geht's nicht mehr um große Politik, um Unrecht, sondern um … dein und mein persönliches Unglück, das wir beschlossen haben, weil … ich weiß nicht, vielleicht ja doch einfach, weil ich verrückt bin.«

Sie ging zu ihm, hielt ihn anstrengungslos fest, dass ihn diese Gedanken nicht fortreißen konnten, und sagte: »Im Großen ist es Unrecht. Im Kleinen Unglück. Eben deshalb machen wir's ja so. Weil die Leute sich unter Unglück mehr vorstellen können als unter Unrecht. Weil ein einzelner Leidender sie auffordern kann, sich damit zu identifizieren, während zehntausende …«

»Ein Selbstmordpakt ist im Grunde immer böse. Verkehrt. Unmenschlich.«

»Quatsch, Selbstmordpakt«, sie ließ ihn los und wurde streng. »Was der Kleist mit der Henriette Vogel gemacht hat, das war vielleicht ein Selbstmordpakt«, wenn sie böse mit ihm war, brachte sie gern literarische Anspielungen, weil sie wusste, dass er über Hermann Hesse nicht hinausgekommen war. »Und was zwischen der Petra Kelly und ihrem General gelaufen ist, weiß niemand außer denen, die dabei waren, und natürlich Alice Schwarzer, die ja alles weiß, was zwischen Menschen privat läuft. Jörg, du machst was mit deinem Leben, und ich bin dabei, weil ich dabei sein will.«

»Aber die Art und Weise, wie …«

»Hör bitte auf zu quengeln. Ich will die Stadt sehen. Zeigst du sie mir?«

Die Sonne schwamm im Nachmittagsdunst, das trübe Licht schmeichelte den Straßenschluchten wenig.

Um nicht im Morast anstrengender Beziehungs- und vorweggenommener Nachlassgespräche steckenzubleiben – das einzige Mal, dass sie ihn in Deutschland fast aus der Wohnung geschmissen hätte, hatte er sie mit seinem Auto behelligen wollen, mit der Kunstsammlung und dem anderen Krempel, und wie sie ordnungsgemäß in dessen Besitz gelangen sollte – stellten sie sich einer neuen Aufgabe, der Bewältigung des Streetcar-Verkehrs.

»Also nochmal, du hast dem Fahrer ...«

»Ja, ich hab ihm gerade gesagt, wo wir umsteigen müssen, siehst du und diese Karten hier ...«

Ungläubiges Lachen.

Blinzeln. Geheimes Einverständnis, lausbübisch, zart.

»Das sind unsere Umsteigekarten, und wenn wir umgestiegen sind, dann geben wir ...«

»Nein, dann schieben wir die Karte in diesen Schlitz da im Wagen, und wenn wir ...«

»OK, verstehe, wenn wir aussteigen geben wir die Karte dem Fahrer zurück. Aber wenn wir so eine Buskarte, nee Moment, wenn wir ... wenn wir jetzt diese Tagestripkarte gekauft hätten, die würden wir dann ähm jedes Mal ...«

»Ja, aber normalerweise zahlst du dann beim Aussteigen erst.«

»Absurdes System.«

»Nur, wenn man voraussetzt, dass den Fahrgästen nicht zu trauen ist.«

»Stimmt«, die plötzliche Einsicht war so verblüffend wie lustig; Marion seufzte und fiel auf Jörg zu, in einem gespielten Ohnmachtsanfall.

Gelöstheit, plötzliche Erleichterung: Stimmt, hier war den Fahrgästen zu trauen, hier waren die Leute an Absprachen gewöhnt, ans Korrekte und Unauffällige.

Was für ein treues, freundliches Land.

Hier könnte sich Liebe immer verstecken, würde sie auch von allen gejagt.

Die Haltestelle hieß »Genbaku Dome-mae«, Atombombendom.

Aller Dunst hatte sich während der zwanzigminütigen Fahrt verzogen, der gelbe Ball am Himmel leuchtete unverschleiert.

Die Kuppel kannte Marion aus dem Film »Barfuß durch Hiroshima«, dort war sie gezeichnet und gemalt. In Wirklichkeit sah sie weniger stabil aus, als könnte ein wütender Mensch sie wegblasen.

Der Park, zu groß für ihren Geschmack und zu religiös – »ich meine, es gibt keine zu deutlichen Symbole, keine Kreuze oder so was, aber es ist dieselbe ängstliche Ehrfurcht, ohne Begreifenkönnen, ohne Begreifenwollen, die einen aus der Kirche jagt, wenn man noch was machen will, was sehen und tun«, sagte sie traurig – wurde nicht lang durchmessen.

Jörg und Marion setzten sich lieber an den Motoyasu-Fluss, auf einen kleinen Wiesenflecken, wo die reichen Kirschbäume standen.

Es war endlich warm genug, dass man sich unters festliche Blühen setzen konnte. Da saßen auch die beiden und überlegten, ob sie ins Museum wollten, das »von außen irgendwie nach Ostblock« aussah, fand Marion.

Damit war das entschieden: Man ging nicht hinein.

Früh ins Bett, beide schliefen kaum.

Sehr früh am Morgen standen sie auf.

»Wären wir zwei Wochen früher gefahren«, fand Jörg, und hielt ihre Hand fest, auf dem Weg von der Tankstelle zum Park, mit dem vollen Kanister, »hätten wir kein Benzin gekriegt. Damals war noch Panik.«

Er war bis unter die Haarwurzeln voll mit Betäubungsmitteln.

Sie staunte, dass er noch reden, noch gehen konnte. Unnötiges Leiden sollte vermieden werden, und wenn sie ihn hinterher obduzieren sollten, würden sie auf den Verdacht, dass er sich weitgehend gegen den Schmerz geschützt hatte, gar nicht kommen.

Der Ort, den sie gestern schon ausgesucht hatten, war nahe beim Friedensbrunnen.

Die gerade Sitzhaltung hatte etwas Mönchisches, Frommes.

Es kamen gerade erst, von der Straßenbahn her, die ersten Touristen.

Aus der Ferne sahen sie etwas, das ihnen wie Kunst vorkommen musste, eine Performance.

Die Flamme brannte hell, vielleicht aus Stolz.

Marion stand eine Weile reglos. Dann ging sie hin, mit ausgestreckten Armen, die Handflächen der Hitze zugekehrt.

Sie wusste nicht, im Gehen, wohin sie wollte, und kam sich vor, so Schritt für Schritt sich nähernd, als fiele sie, im Trudeln, im Sinken, mitten in eine Sonne.

Im Schatten

Mit der Schreibung des Namens fängt das Unglück schon an: »Agfa«, nicht »Kafka«, so heiße er, das musste der Verfasser faszinierender Erzählungen wie »Die Verwundung«, »Der Prozessor« und »Vor dem Gesäß« den Lektoraten immer wieder erklären.

Nicht, dass es sie interessiert hätte. Hans (eigentlich: Hons, aber diesen Druckfehler wollte er nicht auch noch riskieren, also zack, aufs Standesamt, und schon waren die Probleme halbiert) Agfa aus Passau (nicht: Prag) leidet bis heute, sieben Jahre nach seinem Tod infolge eines schweren Wutanfalls, unter denselben Sorgen, die schon die literarischen Karrieren von Bertolt Bercht, Thorsten Bernhard und Johann Wolfgang Ghklmpf zeitlebens belastet haben: Er heißt zufällig fast gleich wie ein anderer, der schneller und wahrscheinlich auch langfristig gesehen erfolgreicher, möglicherweise sogar besser war.

Wahrscheinlich hätte er sich damit abfinden sollen.

Zumal sein Geschreibsel der Rede ja nun auch eigentlich nicht wert ist; es handelt sich da zumeist um verunglückte Tierfabeln (ein Käfer wacht eines morgens auf und ist plötzlich ein Huhn, legt daraufhin jeden Tag ein Ei »und Sonntags auch mal zwei«, Pointe oder Moral gibt es nicht), grauenhafte Gleichnisse (»Das Leben ist wie eine Zigarette: Kurz und relativ billig, wenn man es mit einer Zigarre vergleicht«) und larmoyantes Zeug (»Vater, warum? Warum denn, Vater? Ach, ach, Vater!«, so beginnt Agfas scheußlicher »Brief an den lieben alten Herrn Papa«, und der Rest haut dann immer in dieselbe Kerbe, es ist zum Heulen), und dann noch vermischte FAZ-Artikel, klar.

Nein, nein, da hat der liebe Gott doch wiedermal ganz recht getan: Dass Hans Agfa ausgerechnet Hans Agfa hieß, erspart uns immerhin die weitere Befassung mit diesem Schmutz. Man stelle sich vor, er hätte Max Frisch geheißen! Oder Marx Fisch! Nicht auszudenken! Das Zeug wäre jetzt Schullektüre.

Fernsehspiel

(1) AUSSEN – SOMMER – BALKON DER DACHSERS – TAG

(2) *Bernhard döst im Liegestuhl. Yvonne hält ihm die Fernbedienung des Riesenflachbildschirms vors Gesicht. Bernhard blinzelt.*

(3) YVONNE
Papa, die Batterien sind alle.

BERNHARD
Woher willste denn das wissen?

YVONNE
Hat mir das Ding gesagt. Du, echt glaub das,
die sind alle.

(4) *Bernhard winkt ab, sie ist ihm lästig. Yvonne geht nach innen, kopfschüttelnd.*

(5) INNEN – WOHNZIMMER– ABEND

(6) *Bernhard mit Jochen vor dem Fernseher, gedämpfter Fußballlärm und Kommentatorengenuschel aus dem Gerät, Flackern auf den Gesichtern der beiden Männer.*

(7) JOCHEN
Mach mal lauter, Mensch.

(8) *Bernhard hält die Fernbedienung am ausgestreckten Arm direkt vor den Schirm und drückt kräftig.*

(9) JOCHEN
Hörst du nicht, lauter bitte!

BERNHARD
Mach ich doch. Versuch ich doch. Scheißding.

(10) INNEN – BADEZIMMER

(11) *Bernhard rasiert sich. Yvonne steht im Türrahmen.*

(12) BERNHARD
Ich finde, ihr solltet da alle mitdürfen auf die Skifreizeit. Seit deine Mutter … na ja … also seit sie tot ist, hast du viel zu wenig andere Leute gesehen. Ist aber doch gut, dass die Nicola …

(13) *Yvonne sieht plötzlich sehr erschocken aus.*

(14) YVONNE
Papa weg da! Geh weg da von dem Waschbecken!

(15) *Bernhard ist genervt.*

(16) BERNHARD
Was is denn, was soll —-

(17) *Der Wasserhahn explodiert, Yvonne duckt sich weg, eine bräunliche Fontäne heißer Brühe spritzt durch den Raum, Bernhard kriegt einiges ab. Schneidet sich die Wange auf, ein großer blutiger Schnitt.*

(18) BERNHARD

Verfluchte … verfluchte Scheiße, was ist DAS denn jetzt schon wieder? Da zahlste dreitausend Euro für die Reparatur, und dann …

(19) *Der Schwall versiegt, blubbert noch, erbricht sich ins Becken, lässt immer mehr nach. Bernhard reibt sich die halbrasierte Wange mit einem Handtuch sauber, die andere blutet, dann sieht er ums Eck nach Yvonne.*

(20) BERNHARD

Yvönnchen? Hallo? Alles gut?

(21) *Das Kind kauert auf dem Boden. Verschüchtert.*

(22) YVONNE

Ich hab doch … hab dir doch gesagt, du musst aufpassen.

(23) *Er nimmt sie auf die Arme, wiegt sie.*

(24) BERNHARD

Schhh, schon gut, alles gut, is nix passiert. Dem Papa is nix passiert.

(25) AUSSEN – WINTER – PARKPLATZ – SCHNEETREIBEN

(26) *Yvonne und Bernhard, beladen mit Einkäufen, teilweise geschenkverpackt. Bernhard setzt eine Tüte ab, fummelt nach dem Wagenschlüssel, findet ihn. Die beiden steigen ein.*

(27) INNEN – AUTO

(28) *Bernhard dreht den Zündschlüssel, der Wagen springt an. Bernhards Hand geht zum Radioknopf.*

(29) YVONNE

Du, lass mal die CD. Ich muss jetzt nicht die CD …

BERNHARD

Was denn, wieso, die magst du doch hören,
wenn wir …

(30) *Bernhard drückt die Radiotaste. Etwas Kurzschlussartiges, Lautes, Blitzendes geschieht.*

(31) BERNHARD

Herrgott …

(32) AUSSEN – STRASSE – INNENSTADT

(33) *Das Fahrzeug schlingert, Bernhard droht sichtlich die Kontrolle darüber zu verlieren.*

(34) INNEN – AUTO

(35) *Yvonne greift ins Lenkrad. Dreht nach rechts mit.*

(36) AUSSEN – STRASSE

(37) *Der Wagen weicht einem Kleintransporter auf der Gegenspur gerade noch aus, fährt auf den Bürgersteig. Andere Autos hupen, Leute laufen herbei, rufen, fluchen. Der Wagen bleibt stehen.*

(38) INNEN – AUTO

(39) BERNHARD

Heiliger … ach du … Mensch, weißte … Oh Gott,
zum Glück hast du …

YVONNE

Atmen. Atme mal durch. Ruhig, Papa.

(40) *Bernhard befolgt den Rat. Regt sich sehr langsam ab.*

(41) BERNHARD *lacht*

Himmel. Himmelherrgott. Möchte bloß wissen, wie
du … Au weia.

YVONNE

Schon gut, alles gut. Is nix passiert. Uns is nix passiert.

Unsichtbares Wasser

Wo ich herkomme, findet man manchmal einen See.

Oft aber findet man ihn nicht.

Es gibt ihn, doch man kann ihn nicht immer sehen, nah bei Schopfheim, ein Ausflugsziel wie die roten Steinwände im Wald oder das Belebrünnle, wo der Maibaum stand, unter dem ich mein Kaninchen begraben habe.

Wir haben uns damals an Kaninchen und Krähen orientiert; wo die Feldkaninchen unter den Büschen kauerten, konnte man sich auch als Menschenkind vor den Erwachsenen in Sicherheit bringen, das galt bis in die Pubertät, Kaninchenlager waren auch Kifferlager, zum Beispiel in Parks.

Krähen, das hieß Altstadt und also Kneipen, die es mit dem Alkoholausschank an Jugendliche und der Sperrstunde nicht so genau nahmen. Krähen, das hieß schwarze Geschäfte am Rand des Jahrmarkts. Wo die Krähen sitzen, habe ich mir ein Messer gekauft, das eine Lehrerin dann später beschlagnahmt hat.

Kinder am Meer, habe ich später von meinen norddeutschen Küstenverwandten erfahren, orientieren sich genauso selbstverständlich an Möwen, und manchmal leider auch an Ratten.

Nicht ganz auf dem Land leben, im kleineren städtischen Festungsdenken, heißt immer: sein Umland kennen. Zum Beispiel die Seen, wenn's welche gibt.

Der, den man nicht immer sehen kann, heißt hier »Eiemer See«.

Das ist alemannisch.

Die Hasen reden da so, und die Menschen. Man führt Schulklassen hin, damit sie das Ding sehen oder nicht sehen. Draußen, unter den größeren Wolken, zwischen den ruhigen Hügeln mit den hellgrünen Matten drauf, ist das noch möglich: Sachen, die es gibt und nicht gibt, gleichzeitig.

Ich wohne inzwischen abwechselnd in Städten, wo man sich ständig entscheiden muss, ob es das, was man benutzen oder verwerfen will, gibt oder nicht.

Wenn es etwas nicht gibt, darf man es nicht benutzen und nicht verwerfen, so ist das in den Städten. Wie reden sie da?

Hochdeutsch.

Das heißt: Verschwendete Sprache, Einwegbegriffe, Faselerklärungen, Laberdefinitionen, mit Aspartam gesüßte Sätze, würzarme Worte, nur um das Gegenüber einzuspeicheln, taktisch, auf den Moment hin, opportunistisch – Liebesworte: Solange die Hormone im hellen Glühwürmchenfeuer leuchten, wird geflüstert und geschworen.

Ist es so? Nach Kammonikutain?

Warum man auf Briefe, E-Mails, SMSe manchmal Antworten bekommt, die überhaupt nicht passen, warum die Leute so vieles falsch hören und lesen, woher die destruktiven Missverständnisse selbst zwischen einander allernächsten Menschen rühren und »When one's friends hate each other, how can there be peace in the world« (Pound), das weiß ich, wenn ich an den See denke, den's mal gibt und mal nicht.

Dass man gezwungen ist, zu entscheiden, ob es eine Sache gibt oder nicht, weckt die schlimmsten Ängste: Gemeinschaftsentzug, Obdachlosigkeit.

Wer Angst hat, bläht sich auf und gibt sich, wenn das Gefühl, in die Ecke gedrängt worden zu sein, zu schlimm wird, möglichst kosmopolitisch, international: Der Friseur in der Entegaststraße damals, in Schopfheim, hieß »Intercoiffure Zimmermann«, und das Restaurant vom Andi in Fahrnau hieß, der reine Sprachirrsinn, »Steak-Hüsli-Crêperie«.

Ich weiß vom Café-Restaurant Salsa in der Nähe des Hauses, in dem Cathrin wohnte, und dass es da Spielautomaten gab. Ich weiß auch von den rustikaleren Betrieben, die nicht so weltgewandt auftreten mussten, und deshalb einfach »Heidt« und »Weber« und »Zipser« und »Kuri«

heißen konnten, nach ihren Chefs: Holzbau, Maler- und Lackiermeister, Heizungs- und Sanitärtechnik, Blumen-, Garten- und Landschaftspflege.

Ich weiß vom langen Weg entlang dem Fluss nach Langenau, wo im Sommer die Fahrräder unter uns zusammengebrochen sind, weil sie der Hitzschlag getroffen hat, und ich weiß vom Altighügel, wo die Wege nach den Vögeln heißen, die da wohnen: Finkenweg, Amselweg, und einer nach der Flora: Blütenweg.

Dieser Hügel, mitten in der Natur, war auch der Ort, wo ich in einem schönen großen Haus bei reichen Leuten den ersten Videorecorder gesehen habe – Natur, ruhige Hügel mit hellgrünen Matten drauf, aber auch Filme, also noch mehr, was es gibt und nicht gibt.

Als hätte ich gewusst, dass ich die Gegend samt Umland einmal brauchen würde, als gespeicherte Welt für Geschichten, die nicht einmal immer damals spielen müssen, sondern auch mal morgen, oder in einer nicht genauer bestimmten Seitenzeit, bin ich damals viel spazieren gegangen, sogar alleine – das macht man ja mit fünfzehn eigentlich nicht, und vielleicht wäre es mir peinlich gewesen, wenn die Freundinnen und Freunde mich dabei gesehen hätten, den ganzen Weg von Fahrnau zur Bühlmatt oder von der Bühlmatt raus nach Langenau. Unterwegs hielt ich, weil ich viele Zehnpfennigstücke hatte – das Kleingeld war zuhause leicht einzusammeln, aus den verschiedenen offenen Büchsen zu klauen, in denen es gespart werden musste – an den Telefonzellen an, die's noch überall gab – vor der Schule, vor dem Gottlieb (eine Lebensmittelkette), auf dem Rathausplatz – und telefonierte mit Leuten, die ich genauso gut auch hätte besuchen können.

Leuten aus der Schillerstraße, aus dem Finkenweg, aus der Talstraße.

Ich weiß noch heute Telefonnummern von Mädchen, die da gewohnt haben, und jetzt nicht mehr da wohnen, Nummern von Anschlüssen, die es teilweise nicht mehr gibt. Alte Telefonnummern: Man sagt sie wie im Schlaf als Zahlwörter auf: »Sechs Zwei Zwei …« und so weiter, aber dass das Ziffern sind, hat man dabei gar nicht richtig präsent – es ist wie mit englischen Songtexten, die man als Kind oder Jugendlicher hört, und von denen man auch weiß, wie sie schmecken, wie man sie aufsagt, bevor man weiß, was sie bedeuten.

Die Leute in meinem jetzigen Leben, in den Städten, haben auch Nummern, die sind im Handy, nicht auswendig im Kopf. Die alten Nummern: Telefone, die es gibt und nicht gibt.

Wir wollten immer raus, haben also Musik aus Amerika gehört, doch das Lustige ist, die handelte oft genug von kleinen Flecken, an die sich die Leute erinnerten, die jetzt für uns sangen: »I was born in small torn / and I can breathe in a small town«, das war der Text zur Musik zum Abhauenwollen, absurd. Noch so ein Widerspruch.

Ich glaube, der Eiemer See ist in Wirklichkeit viel größer, als er selbst dann aussieht, wenn man ihn sehen kann.

Ich glaube, er ist ein riesiges Meer.

Und ich, der Hase hat's bestimmt gewusst, den ich unterm Maibaum begraben habe, bin eine Möwe.

Doro Coppes Vorgeschichte

Amnesia does not heal anything.
John Clute

Ein bejahrter Psychiater, der außer Pfeifenrauch kein Laster kannte und sein Leben lang alles getan hatte, was er konnte, damit die ihm anbefohlenen Seelen vernünftig würden und nicht allzu unglücklich wären, setzte sich an seinen Computer. Er schrieb der Künstlerin einen Brief, unbeholfen, rührend, kreidetrocken angerauht von fehlgeleiteter Besorgnis.

Der Brief ging so:

Sehr geehrte Frau Coppe,

wie Sie möglicherweise wissen, wird Ihre Mutter seit vielen Jahren nervenärztlich wegen ihrer psychotischen Erkrankung hier betreut. Vielfach habe ich mit ihrer Mutter die Situation besprochen, ich habe ihr auch angeboten, dass ich mich schriftlich mit Ihnen in Verbindung setze.

Ich bin mir durchaus darüber im Klaren und bewusst, dass ich nicht befugt bin, mich in weitere familiäre Angelegenheiten einzumischen. In vielfachen Gesprächen ist jedoch immer wieder der Wunsch Ihrer Mutter formuliert worden, doch wieder Kontakt mit Ihnen aufnehmen zu wollen, Ihre Mutter hat Ihnen wohl auch mehrfach Briefe geschrieben. Wie Sie wissen, war es Ihrer Mutter vor allem wegen ihrer Augenprobleme nicht mehr möglich, sich alleine zu versorgen, sodass sie jetzt auch sehr gut im Max-Metzger-Heim hier in Sonnenthal untergebracht wurde. Sie fühlt sich dort wohl und gut versorgt.

Immer wieder spricht sie hier den Wunsch an, doch von Ihnen ein Lebenszeichen zu hören. Ihre Mutter ist verständlicherweise beunruhigt und besorgt. Von unserer Seite her würden wir es sehr begrüßen, wenn es Ihnen möglich wäre, wieder Kontakt zu Ihrer Mutter aufzunehmen, sie leidet unter der Situation und macht sich auch Ihretwegen Sorgen.

Ich bitte, meine »Einmischung« in Ihre familiären Angelegenheiten zu entschuldigen und verbleibe
mit freundlichen Grüßen
Dr. med. K. Jähnich

Die Künstlerin schrieb einen Brief zurück:

Lieber Doktor Jähnich,

Sie wissen vieles nicht, was wichtig zu wissen wäre, um das beurteilen zu können, wovon Sie schreiben. Meine Mutter hat es vergessen. Vielleicht tut sie auch nur so, als habe sie's. Ich habe es nicht vergessen. Ich kann auch nicht so tun. Ich würde gern, aber es geht nicht.
Vielleicht geht es später, bevor sie stirbt, oder bevor ich sterbe.
Vielleicht kommen wir beide in die Hölle.

Mit freundlichen Grüßen
Dorothee Coppe

Den Brief schickte die Künstlerin nie ab, sondern ließ ihn auf ihrer Festplatte folgenlos vom Tag der Rache oder des Mitleids träumen. So antriebsschwach sind Menschen, gerade da, wo die stärksten Gefühlsgezeiten an ihren zerren.

*

Schon als Kind ahnte Doro, dass mit den Eltern das meiste nicht stimmte.

Das Mädchen war aus einem unklareren Stoff als sie; als viele. Darin lag kein Vorteil und oft großer Ärger.

Doro, geh da weg.

Doro, lass das sein.

Frag nicht so blöd.

Scheißkind.

Liebs Mädle.

Drecksbiest.

Mein Schätzle.

Wenn der Papi nach Bier roch, wurde er dumm. Wenn die Mami nach Parfüm roch, wurde sie gemein. Rauchen durfte der Papi nur im Auto und auf dem Balkon.

»Die Gardinen!« plusterte sich die Mami auf, wenn er's in der Wohnung versuchte. So schön war das Rauchen für ihn nicht, dass er ein Gezeter dafür hätte in Kauf nehmen wollen. Die Mami musste früher wohl auch geraucht haben. Sie war, sagte sie und schimpfte, von Ärzten gezwungen worden, es bleiben zu lassen, ein Verbot, an dem Doro anscheinend schuld trug. Die Mami schimpfte immer mit Doro. Dann wieder weinte sie Doro nass und umhalste und drückte sie, weil Doro ihr Ein und Alles war, andererseits freilich auch der »Mistkrüppel«, Sekunden später. Damals waren die Tritte noch angedeutet, fiktiv, wie Papis lustige Karatevorführungen im Suff: »Bruce Lee!«, und dann nahm er sie hoch und sie durfte fliegen.

Papis Auto war ein einziger Aschenbecher, genau wie sein Büro.

Manchmal, beim Autofahren mit Papi, kreischte die Mami wie ein Nachtkrapp aus der Hölle. Das nannte sie »Singen«, es hatte etwas mit »Opern« zu tun, einer Sache, vor der Doro unbeschreibliche Angst hatte und die der Papi jedenfalls nicht mochte. Es gab auch Schallplatten, auf denen diese Sorte Gekreisch gespeichert war. Auf den Schallplatten klang es ein kleines bisschen weniger fies als bei Mami, jedoch schlimm genug.

Wenn Doro mit dem Papi allein war, weinte und greinte der lange. Wenn sie mit der Mami allein war, schimpfte sie.

Rotzgör.

Prinzessin?

Auch.

Aber: Scheißding.

Das alles war in Wahrheit gegen den Papi gerichtet. Die Mami hatte schwarzes Zeug in sich. Das ergoss sich in Rhythmen, die man sich nicht merken konnte, und in bitteren Schwällen aus ihr. Papi wusste: Das lag an Mamis »mieser Kinderstube«, eine Erklärung, die Doro nicht ganz nachvollziehen konnte. Denn Mami war kein Kind.

Kinder kannten wenige der Wörter, die in Mamis schwarzer Galle schwammen.

Hure Scheiße.

Das ist ja zum Knochenkotzen hier.

Schwanzloser Wicht.

Der »schwanzlose Wicht«, gemeint war Papi, hatte der Mami angeblich versprochen, sie werde im Geld schwimmen, wenn sie ihn heiratete. Sie hatte ihn geheiratet, doch obwohl immer viel Kleingeld in der Wohnung herumlag, aus dem Doro manchmal hohe Stapel türmte, besonders aus den stumpfgoldenen Zehnern und den noch matteren Fünfern, konnte man darin nicht schwimmen. Draußen, auf der Wiese hinterm Haus, das den Nachbarn im Stockwerk drunter gehörte, sowie in der Stadt, die Papis Chef gehörte, regierte etwas, das Siebziger Jahre hieß.

Man kriegte unter dieser Regentschaft neuerdings Kinder, weil man wollte, nicht, weil man musste. Es gab ein Medikament, das diese Sache kontrollieren half. Auch die Ehe als Institution wurde laxer gehandhabt als vorher. Deshalb, so die Gelehrten, wuchsen die Ansprüche bei vielen bis ins Unrealistische. Mehr Glück wurde verlangt und war natürlich nirgendwo zu haben. Zwischen der Mami und dem Papi gab es, sobald Doro da war, schon so gut wie gar keins mehr.

Es gab Geschrei.

Es gab auch Schläge, beides noch leidlich vor der Halböffentlichkeit der Kleinstadt verborgen, den Nachbarn im Stockwerk drunter sowie ausgesuchten Personenkreisen in der Umgebung aber wohlbekannt.

Manchmal drohte die Mami damit, den Papi zu verlassen. Einmal probierte sie das wirklich aus: Sie ließ Doro auf der Couchgarnitur sitzen, die mit demselben Stoff bespannt war wie Doros muhender Bär von der Erichsburger Oma.

Die Mami fuhr nach Paris, wo sie Geld ausgab, das der Papi gar nicht hatte, und sich mit Männern einließ, die Franzosen waren.

Doro meinte, Hinweise erhascht zu haben, dass es bei diesem Ausflug außerdem um die gefürchteten »Opern« ging und war deshalb ganz froh, dass sie nicht mitgemusst hatte.

Der Papi fand seine Tochter auf der Couch. Er roch nach Bier und Irrtümern, als er heimkam. Es gab Würstchen in Kartoffelpüree. Als Doro gegessen hatte, roch der Papi schon nicht mehr nach Bier, sondern nach etwas Stärkerem, das »Der gute POTT« hieß und eine ähnliche Farbe hatte wie die Fünfer und Zehner, mit denen Doro das Reichsein spielte.

Der Papi legte sich auf den Rücken, dann krabbelte und kribbelte er mit den Fingern in den Wollefäden des Teppichs. Doro dachte immer, dass der Teppich aussah, wie sie sich den Meeresboden vorstellte. Sie kletterte auf Papis großen Bauch, zerrte an ihm herum, aber der Wal schlief schon. Doro ging in die Küche und kletterte auf Stühle und Tische.

Dann fand sie die Schachtel mit dem Pulver fürs Kartoffelpüree und holte eine der weißen Tüten heraus. Die riss sie auf und aß dann mit den Händen viele Flocken. Bald war sie müde. Der Fernseher lief noch, es kam allerdings nichts mehr, nur Pfeifen und ein buntes Muster.

Doro ging in ihr Zimmer und legte sich auf den Boden wie der Papi; sie wollte wissen, wie man auf diese Art schläft. Es ging nicht gut, deshalb zog sie ihre zwei Decken aus dem Bett, breitete sie auf dem Boden aus, legte sich drauf und schlief dann ein.

Die Mami kehrte wenig später, nach einer Woche etwa, fast überraschend zurück.

Doro hatte sich vorgestellt, sie käme nicht wieder. Jetzt sorgte das Mädchen erst einmal dafür, dass die Familie zusammenhalten musste, weil Doro sich ein Weidenkätzchenfellbällchen in die Nase steckte und nicht mehr herausbekam. Gemeinsames Handeln war nötig. Die riesige Aufregung, die beide Eltern ergriff, stiftete echte Einigkeit, wenn es auch allein der Papi war, der Doro in die Arme nahm, hochhob, ins Auto setzte und zur Klinik fuhr, wo ein junger Arzt, der immer wieder betonte, dass er »ja eigentlich gar kein Hals-Nasen-Ohren-Spezialist« sei, aber »in der Not frisst der Teufel Fliegen«, den Schaden mit Geschick und dünnem metallischen Werkzeug behob.

Ein Jahr hielt der neue Frieden zwischen Mami und Papi.

Dann wurde umgezogen, in eine andere Kleinstadt, noch näher an der Schweizer Grenze.

Papi unternahm einen riskanten Versuch, Mami das versprochene Geld, in dem sie würde schwimmen können, endlich zu besorgen: Er kungelte mit einem Kunden. Es ging da um einen komplizierten Plan, sich von Papis Chef unabhängig zu machen und dabei im Dienst der Firma erworbene Geschäftskontakte in zwar nicht direkt unlauterer, aber doch frecher Weise zu nutzen. Papi war kein mutiger Mann.

Der Druck, unter den er seines neuen Wagemuts wegen geriet, ließ ihn öfter nach Bier und Rum, Jägermeister und ähnlicher Flüssigangst riechen als bisher. Auch die Hand, die Mami im Griff zu behalten suchte, rutschte ihm jetzt öfter aus.

Eines nachts gab es einen solchen Krach im Elternschlafzimmer, dass

Doro davon fast aus dem Bett fiel, verschlafen nach nebenan taperte und durch die halbgeöffnete Tür sah, wie Papi der Mami mit einem Kleiderbügel den Rücken zerdrosch. Blut von den Großen war fast schwarz, das sah man auf dem Spiegel am Kleiderschrank. Es war jedenfalls viel dunkler als das helle, rote, wenn Doro Nasenbluten hatte.

Mami wurde wenige Wochen später wahnsinnig.

Man holte sie ab, dann wurde sie in einer Anstalt nahe der Kleinstadt, von der die Coppes eben noch weggezogen waren, untergebracht.

Papi setzte geheimnisvolle Gesichter auf, wenn über all das geredet wurde. Am liebsten lenkte er ganz davon ab.

Er sagte: »Du kriegst dann das Puppenhaus, ja?« – es handelte sich um ein altes Versprechen. Doro wünschte sich so ein Spielzeug sehr, bis jetzt aber war der Wunsch immer eher unverbindlich beantwortet worden. Es schien Papi, der jetzt überhaupt nicht mehr nach Bier und nur noch nach einer Mischung aus Kräuterauszügen, Flugzeugtreibstoff und Kontoentzündung roch, neuerdings darum zu gehen, Doro in einer wichtigen Streitsache auf seine Seite zu ziehen.

Was das genau war, blieb so undeutlich wie das meiste, was Papi auf der schweren Zunge lag.

Die Achselhöhlen schwitzten, die Hemden stanken.

Fremde Leute sollten sich um Doro kümmern, denn Papi hatte große Mühe, seine geschäftsschädigenden Selbstbereicherungsprojekte vor dem Chef zu verbergen und konnte deshalb kaum nach seiner fünfjährigen Tochter sehen.

Zum Glück kannte er eine geschiedene Ärztin. So gut, wie Mamis Scheidungsanwalt sich das wenig später wünschen sollte, kannte er sie zwar nicht, aber einen Gefallen wollte sie ihm tun, und deshalb versuchte sie sich, da sie schon Kinder hatte, ein Weilchen als Ersatzmutter. Es gab in ihrer Wohnung eine riesige Decke, einen richtigen Kontinent aus blauer, feingesponnener Wolle. Wenn Doro bei den Kindern der

Ärztin übernachtete, zogen die drei sich manchmal gegenseitig unter dieser Decke aus und experimentierten damit, wie sich alles anfühlte. Das war sehr schön, doch irgendwann kriegte die Ärztin, die alleinerziehend war und deshalb furchtbare Angst vor dem Geschwätz des abstrakten Faschismus in der konkreten Kleinstadt hatte und dem Jugendamt viel Respekt schuldete, durch Zufall heraus, was unter der blauen Decke geschah. Da untersagte sie Doro und ihren beiden Kindern, die den dabei vorgebrachten Argumenten nur hinsichtlich der Lautstärke folgen konnten, mit Nachdruck alle derartigen Aktivitäten.

Später brachte sie sich, schlimmen Liebeskummers wegen, sturzbetrunken in der Badewanne um, das bekam Doro allerdings nur auf Umwegen zu hören.

Die Wohnung der Ärztin, geräumig, großzügig geschnitten und unterm Dach eines Hauses gelegen, das zikkuratähnlich an einen Hang gebaut war, hatte auch einen riesigen Balkon.

Von dem aus konnte Doro weit ins Tal sehen.

Noch dreißig Jahre später würde sie sich, wenn ihr die Welt mal wieder zu eng wurde, an die Winterluft, die majestätisch-trübe Feuchtigkeit des letzten Wochenendes bei den Kindern mit der großen Decke erinnern, an den heiligen Strahlungsnebel, der wie Grieß zwischen den seelenlosen Wohnblock-Eierkartons tief unter ihr zusammenfloss.

Papi geriet in immer ernstere Nöte.

Seine Schwierigkeiten bei der Arbeit dickten ein wie stehengelassene Frischmilch. Bald war sein ganzer Bewegungsspielraum auf ein paar müde Versuche eingeengt, sich freizustrampeln; es fehlte der rechte Ernst dabei, er wollte eigentlich lieber untergehen.

Doro bekam einiges davon mit, weil sie jetzt, nachdem die Ärztin zu der Überzeugung gelangt war, Doro übe auf ihren Nachwuchs einen schlechten Einfluss aus, bei manchen Geschäften neben ihm sitzen musste.

Sehr wenig Spaß machten ihr die endlosen Sitzungen mit seinem persönlichen Bankberater – dass der so säuerlich mitleidig, so überlegen bekümmert guckte, wenn Papi sein Klagelied abspulte, hatte freilich nicht nur mit Papis fehlenden Sicherheiten und auffälligen Unsicherheiten (Lallen, Schwitzen, Stammeln) zu tun, sondern auch mit Problemen im Bankgewerbe selbst sowie im ganzen Land. Die teilten sich mit über Echos der »Scheiße vor drei Jahren«, als einer namens Brandt etwas Schlimmes, Unordentliches und für alle Menschen auf der Welt Gefährliches gemacht hatte, das Zurücktreten hieß. Doro stellte sich unbestimmt Gewaltsames darunter vor, es musste sich an einem Ort wie dem Elternschlafzimmer zugetragen und dabei so angefühlt haben wie der Anblick des Kleiderbügels, wenn der zwischen Mamis Schulterblättern rote Striemen zog. Dann war, stöhnten Papi und sein Berater, auch noch eine »Herstattbank« in Köln »zusammengebrochen« – stimmt, das hatte Papi damals im Fernsehen verfolgt, unter Flüchen, es schien sehr kompliziert und dabei höchst schädlich gewesen zu sein. Leute standen vor einem Gebäude und regten sich auf, eine »Versicherung«, also etwas schon dem Namen nach Beruhigendes, schien ebenfalls fast umgekommen. Rätselhafte, dicke Wörter wie »Gerling«, »Iwan« und »Devisengeschäfte« wühlten in der Sache wie Würmer im frischen Waldboden, unter kalten Steinen.

»Deine Mutter«, so hatte der Papi erklärt, war eben aus der Irrenanstalt freigekommen und ging jetzt in einem grenznahen Kaff ihrem erlernten Beruf nach, der Dentaltechnik – »Jetzt wird se eigenes Geld verdienen müssen, mit dem Ausnehmen isses vorbei.«

So wurde Mami zu »Mutter«, und auch wenn Doro sie später wieder meistens Mami nennen würde, verhielt es sich damit wie mit allen ungewollten Entdeckungen auf dem Weg zum Erwachsensein: Hatte man sie einmal gesehen, konnte man sie nicht ungesehen machen.

An Wochenenden fuhr der Papi sie zur Mutter.

Die wohnte in einem Kellerapartment, das ihr aus Doro unverständlichen Genierlichkeiten unbehaglich schien, der Tochter aber sehr gut gefiel, weil das Kinderzimmer, anfangs karg, dann zunehmend liebevoll dekoriert, so ungeheuer groß war: Man konnte toben wie entfesselt, ohne irgendwo anzustoßen, zum Beispiel mit Jungs und Mädchen aus der neuen Nachbarschaft. Einmal gelang es Doro, einen hübschen dunkelhäutigen Jungen zu überreden, durch die Fahrradkellertür das Haus zu verlassen und mit ihr bis zum Bach an den Tannen zu laufen, wo sie, einer gestaltlos erregenden Eingebung folgend, mit ihm »ein Boot bauen« und »abhauen« wollte. Diese Idee stammte aus Trickfilmen und Träumen.

Er war ihr, soweit das sein Horizont zuließ, gefolgt, trug auch ganz ergeben Hölzer und Abfall zusammen. Doro lernte allerdings an diesem Nachmittag die schmerzliche, ihr in ihrer späteren Künstlerinnenlaufbahn aber sehr nützliche Wahrheit, dass, wie sie viel später sagen würde, zwischen die Materialbeschaffung und das reine *fiat* der inneren subjektiven Formabsicht ein präzise durchgeplanter Schaffensprozess geschaltet werden muss, weil sonst nichts dabei herauskommt als unplausibel ineinander gesteckte Teile und das Ohnmachtsgefühl namens *»I cannot make it cohere«*.

Ausgeschimpft wurde sie von der Mutter nur mäßig.

Die altvertrauten Spuckbegriffe hatte man ihr in der Irrenanstalt anscheinend weggenommen.

Das einzig dem Vergehen angemessen Ernste an der Zurechtweisung nach dem Abhauen mit dem unfähigen Schiffsbaugehilfen war die Ermahnung: »Erzähl aber auf keinen Fall deinem Vater was davon, hörst du, Doro? Erzähl deinem Vater nicht, was du für eine Dummheit gemacht hast. Sonst darfst du nicht mehr kommen. Und das wäre doch schade für uns Mädchen, oder?«

Doro war sehr stolz, dass sie so angeredet wurde, und wusste zugleich überhaupt nicht, worauf sie da jetzt genau stolz war. Dass Papi in ihr soeben, auf einen geschickt untergebrachten Hinweis der Mutter hin, »dein Vater« geworden war, bekam dieses sonst so aufmerksame Kind fast überhaupt nicht mit. Rückfälle ins Mami- und Papidenken waren damit ja nicht ausgeschlossen.

»Wie war's bei der Mutter?« fragte der Vater auf der Heimfahrt im Rauchauto, vorbei an nachtblauen Wiesen, unter schnell dunkler werdendem Himmel.

»Schön!« sagte Doro, und glaubte daran.

Einen Monat später stand beim Besuch in der kühlen, noch kaum eingerichteten Wohnung der Mutter im Kinderzimmer das Puppenhaus.

Zum Essen gab es das ganze Wochenende über nur Sachen, die Doro am Allerliebsten aß – Nudeln mit Soße, Pfannkuchen mit extra Zucker, besonders mehlige Klöße mit ganz klein gesäbeltem Fleisch. Eine halbe Stunde, bevor der Vater kam, um seine Tochter abzuholen, klingelte es an der Tür.

Doros Mutter, die sich durch wohldosiertes, liebevolles Über-sich-selbst-sprechen (»Deine Mami hat eine Überraschung für Dich!«) in etwas Flauschigeres, Wärmeres, Hübscheres verwandelt hatte, ließ vier Männer in die Wohnung.

Doro kannte diese Männer nicht. Papi sollte später von ihnen nur noch als von »den Schlägern deiner Mutter« sprechen.

Als der Vater kam, wurde er nicht in die Wohnung gelassen.

Die Mami bat Doro, sich mit ihrem Puppenhaus zu beschäftigen und »auf gar keinen Fall« aus dem Zimmer zu kommen.

Dann erzählte sie dem Vater in der Tür eine lange Geschichte, die sich um einen »Gerichtsbeschluss« drehte. Man schrie.

Dann wurde der Vater gestoßen. Es gab eckig polternden Lärm. Ein flaches Klatschen und ein schrilles Lachen folgten.

In die Stille, die sich anschloss, und in der Doro und ihre kleinen Puppen aus Holz und Stoff alle miteinander den Atem anhielten, trat die Mutter, als hielte sie den Kleiderbügel, mit dem sie verdroschen worden war, jetzt selbst in der Hand und sagte: »Gefällt dir dein Puppenhaus?«

Sie kam zu Doro und strich ihr wie geistesabwesend übers streng in der Mitte gescheitelte strohblonde Haar. Sie berührte die Spangen.

»Das Haus ist toll. Darf ich's mitnehmen?«

Da lächelte die Mutter wie ein Engel und sagte: »Ich hab eine viel bessere Idee. Ich erlaub dir, dass du hierbleibst, bei deinem Puppenhaus. Freust du dich?«

Doro freute sich, und schämte sich, und wusste nicht, warum sie sich schämte.

Diese Mischung blieb bei ihr: Es sollte viele Jahre dauern, bevor sie wieder lernte, dass man sich auch freuen konnte, ohne sich zu schämen.

Die langen Sommer wirbelten glitzernden Staub auf an den Hängen überm Flussbett.

Im Herbst ging man unter roten Felsen im Gänsemarsch, von verbissen dreinschauenden katholischen Schwestern geführt.

Die Winter waren Laternenzeit.

Aus der Kellerwohnung war man ausgezogen.

Man wohnte jetzt in einem Etagenwohnblock, in einer gar nicht kleinen Eigentumswohnung.

Dorothees Mutter war zwar stolz darauf, diesen Besitz erworben zu haben – nun ja, er musste noch abbezahlt werden –, gebot der Tochter aber Stillschweigen nach außen: »Wenn jemand fragt, wir wohnen da zur Miete, vor allem dein Vater. Ich mach das alles in deinem Interesse, Mädchen, hör zu, wenn ich mit dir rede. Es geht um deine Zukunft. Ich schaffe Sachwerte!« Viel später erst sollte Doro verstehen, dass diese Sätze so etwas wie eine Entschuldigung, eine Erklärung, wenigstens aber eine Ausflucht dafür sein sollten, dass Unterhaltszahlungen und Kindergeld in diese Wohnung flossen, statt in angemessene Lernmittel, Kleidung, Spielzeug – »Du bist eine juristische Halbwaise, ich muss alleine tun, was sonst zwei Eltern machen.«

Immerhin war Doros neues Zimmer sogar noch größer als das im Keller, und über Spielzeugmangel brauchte sie sich nicht zu beklagen. Der Papi brachte, sobald seine Besuchszeiten (zwei Wochenenden im Monat, von denen er nach einer Weile nur noch eins nutzte) einmal geregelt waren, jede Menge Kuscheltiere, Lego oder Playmobil mit, vor allem aber Hörspielschallplatten. Sachen fürs Puppenhaus gab es von ihm nie.

Bald nach dem Umzug verlor das Mädchen allerdings ohnehin das Interesse an dem Häuschen – die Puppen wurden als Lampendekoration zweckentfremdet, ihre Möbel und ihr Geschirr lagen überall in der Eigentumswohnung (psst) herum, bevorzugt in unaufgeräumten Zonen, etwa unterm Bett, zwischen den beiden Kleiderschränken, unter den Hängeregalen mit Büchern und Schulzeug.

Die ersten Jahre in Sonnenthal hatten keinen Rhythmus, keine Ordnung, bestanden nur aus Versuchen des Kindes, eine zu finden.

Doro Coppe strengte sich an, sich in der Welt ihrer Mutter einzurichten.

Weil die Mutter oft schrie, trampelte und heulte, schrie, trampelte und heulte auch Doro viel. Freundinnen hatte sie wenige.

Oft zog sie mit den Jungs um die Häuser, vor allem den Kindern einer Nachbarsfamilie, von der die Mutter wusste, dass das »Asoziale« waren – kein Lob, doch »abgegeben« wurde Doro dort trotzdem, wenn die Mutter tanzen ging.

Die Erwachsenen unter den Asozialen liebten vor allem ihren Fernseher.

In dem passierte ständig etwas, wovor Doro sich fürchtete, zum Beispiel Morde und Einbrüche, besonders gruslig bei Eduard Zimmermann, denn was der erzählte, war »wirklich passiert«, wie Gerre, der jüngste Sohn der Asozialen, der anderthalb Jahre jünger war als Doro, ihr verriet. Schlimmer als Eduard Zimmermann war nur »Holocaust«. Gerre wusste, dass das die Geschichte von Hitler war, obwohl der nicht gezeigt wurde. Hitler war das Schlimmste, aber vermutlich tot. Er hatte, sagte Gerre, den Krieg erfunden.

Ganz konnte das nicht stimmen, denn Krieg gab es schon sehr lange, länger, als irgendjemand jetzt auf der Welt war, Hitler aber hatten die Großeltern noch erlebt.

Um Hitler ballten sich viele der erwachsenentypischen Widersprüche, die Gerre meistens mit überlegenem Getue für leicht durchschaubar ausgab, ohne dass das, was er dazu – und zu den Russen sowie den Terroristen, zwei hitlerähnlichen Themen, die ebenfalls aus dem Fernsehen kamen – so alles erzählte, in jedem einzelnen Fall stimmig gewesen wäre.

Bei Ausflügen nach Basel konnte Doro auf dem Mehrpersonen-Steckbrief am Zolldurchgang des Badischen Bahnhofs zumindest die Terroristen betrachten. Sie sahen verwegen aus, eine war sehr schön und Doro fragte sich jedes Mal, wenn sie das Bild dieser Frau anschaute, ob sie nicht vielleicht selber Terroristin werden wollte, und was wohl ihre Mutter dann sagen würde. Hitler sah nicht verwegen aus, nur verrückt. Die Russen hatten gar keine Gesichter, sondern waren sehr große, übermenschengroße Plastiksoldaten, die nur töten konnten und auch nichts anderes wollten.

Die Russen wollten die Lehrerin töten, deren rechtes Auge immer zuckte, und die wenigen Mädchen, die mit Doro spielten, die Asozialen, die Mutter, den immer seltener bei der Mutter und Doro auftauchenden Vater, der sich in den langen Pausen zwischen seinen Blitzbesuchen aufwendig selber leidtat und immer, immer betrunken war – nicht mehr lustig und müde dabei, sondern verlangsamt, erschlafft und zugleich auf schiefe Art aufgekratzt.

Seine Besuche machten längst keinen Spaß mehr.

Doro wurde ins Auto gepackt, das roch, als müsste es bald sterben. Die Mutter zog dem Mädchen grundsätzlich die schäbigste Kleidung an, bevor der Vater aufkreuzte, und schärfte Doro ein, was sie jeweils brauchte, Socken, Pullover, Röcke, T-Shirts, Jacken, Blusen.

Im Sommer fuhr der Vater manchmal mit Doro aufs Land, zu Verwandten und Freunden, deren kleine, viel zu saubere Häuser in der Ferienzeit extra zu diesem einen Zweck leer geräumt worden waren.

Wenn der Vater noch seine lustigen Sachen sagte, waren das entseelte Bruchstücke der älteren Heiterkeiten.

Im Ballhaus is Musike.
Dat is der beste Raucher von Freiburch.
Geh weg, sonst fehlste.
Mein lieber Kokoschinski.
Da boxt der Papst.
Diesär und Jenär.
Tach X.
Die Spitze des Blötismus.
Morgen gibt's nix mehr.

In seiner kleinen Wohnung, wo er ebenso ausdauernd fernsah wie die Asozialen, nur wahlloser, durfte Doro immerhin das angeschaute Programm bestimmen, weil der Vater den halben Tag auf dem Sofa döste.

Manchmal trank sie von seinem Tee mit Rum, legte sich auf den alten Muffelteppich, sah zur Decke hoch und träumte mit offenen Augen von Terroristinnen, die sie retten würden, um sie zu einer der ihren zu machen.

Sie wollte woanders hin und sah, während sie das wollte, das große Problem: Kammonikutain.

Sie sah es nicht gern. Es schmeckte scharf und brachte ihr bei, dass sie Menschen, die nicht sagen und zeigen konnten, was sie liebten, was sie litten, fürchten musste, weil diese Menschen, wie ihr Vater, mit ihrem Nichtsprechen das Feld freimachten für diejenigen, die kreischen und brüllen und lügen konnten, wie ihre Mutter.

Daheim war von der Sorge Kammonikutain nicht ganz so viel zu spüren wie beim geschiedenen Mann, der sich aufgegeben hatte.

Dass sich Doro in Sonnenthal wohler fühlte als bei ihm, lag nicht daran, dass die Mutter ihr etwa lieber gewesen wäre als der Vater.

Es kam daher, dass die Mutter nie daheim war.

Immer länger, manchmal bis ins Dunkle trieb sich Doro auf der Straße und bei den Asozialen herum, auch wenn sie nicht bei denen abgegeben wurde.

Gerre hatte inzwischen gemerkt, dass sie von ihm einerseits möglichst viele Geschichten über Terroristen, Hitler oder Kriminelle hören wollte und sich davon gleichzeitig arg abgestoßen fühlte. Mit dem feinen Gespür des geborenen Verführers bekam er außerdem heraus, dass sie bereit war, ihm zu glauben, er habe die Horrorfilme alle gesehen, die man damals noch nicht auf Video, sondern nur im Kino gesehen haben konnte: »Ein Zombie hing am Glockenseil«, »Jungfrau unter Kannibalen«.

Gerre drückte sich mit anderen Jungs und manchmal Mädchen in dunkle Ecken, zum Beispiel in den Fahrradkellern der Wohnblocks am Kanal, wo außer den Asozialen auch Doros Mutter wohnte, hielt sich eine riesige Stabtaschenlampe unters Kinn und fantasierte Magenumstülpendes von Eingeweiden und Kopfabhacken.

Gerre und Turan, Asoziale und Türken: auf die konnte man sich verlassen.

Sie waren berechenbar, wenn schon nicht zartfühlend – sie drehten einem auch mal den Arm um, sie lachten einen böse aus, wenn man nicht rauchen wollte, sie betatschten einen häufig so, dass man nicht genau wusste, worauf das hinauslaufen sollte, hörten dann aber auch schnell wieder damit auf, weil sie es ja selbst nicht wussten.

Diese Jungs und Mädchen waren Doros Leute; bei denen musste sie nicht so tun, als wäre sie brav und fröhlich, wie bei den Großeltern mütterlicherseits, die manchmal am Wochenende kamen, um feuchte Küsse und noch feuchtere Torten mitzubringen. Von beidem musste Doro würgen, wenn sie allerdings gekotzt hätte, wäre ihre Mutter danach über sie hergefallen, samt Reißen an den Haaren, Tritten und Striemen auf den Armen vom Gürtel, also Verletzungen, die außer Doros Körper sogar die wichtigste Erziehungsregel der Mutter verletzten, nämlich dass draußen, auf dem Spielplatz und in der Stadt niemand sehen sollte, wie die Mutter mit ihrer Tochter verfuhr, wenn es etwas zu erklären, einzuschärfen oder abzustrafen gab.

Der Opa, der Mutters Vater war, ahnte was: »Sie sieht aus wie ein Rabauke. Wenigstens die Haare musst du doch dem Kind nicht so schneiden, als wär's ein Bub.«

Die Mutter sagte: »Sie kaut an den Strähnen, wenn sie länger sind. Sie verliert die Spangen und die Gummis. Wenn sie die Haare nicht kurz hat, sieht sie noch weniger hübsch aus. Schau, wie sie schon das Kinn vorschiebt, wenn ich was sage. Außerdem ist es modisch, die Hanni Dingenskirchen im Fernsehen hat auch so eine Frisur.«

Das stimmte sogar. Die Frau hieß Hanni Vanhaiden und Doro verehrte sie heimlich noch mehr als sogar die schöne Terroristin.

»Trotzdem«, sagte der Opa. Deutlicher wurde Doro nie von irgendwem verteidigt, sie vermisste es auch nicht.

Im katholischen Kinderhort, den Mathilde Coppes einziges Kind besuchen musste, obwohl sie beide evangelisch waren, da es keine andere Tagesstätte am Ort gab, begriff Doro, dass das Blödeste an Gefängnissen war, wie wenig die meisten rauswollten, die drin saßen.

In dieser lichtlosen und anaeroben Institution, in deren modrigen Räumlichkeiten, auf deren von hohen grauen Mauern umstandenem Spielplatz musste Doro, die von ihrer Mutter kein Monchichi bekam und deshalb immer bei den Asozialen stand, von denen es im Hort ebenfalls eine ganze Menge gab, unter der Woche seit ihrer Einschulung jeden Nachmittag verbringen.

Zum Glück war Gerre auch da. Doros Einschulung hatte sich nach einem Psychologen-Gutachten gerade genug verzögert, um sie und ihn auf gleiche Jahrgangshöhe zu bringen. Im Hort half er ihr besonders, da hatte er Messer dabei, zum Ritzen in der Schuppenwand oder geklautes Geld für Esspapier, Lollies, Schokolade oder Geschichten von Hitler und Horrorfilmen. Manchmal quälte er Tiere, vor allem Katzen, das war Doro nicht so recht.

Meistens aber wusste er mindestens Witze, und immer ging die Zeit, wenn er dabei war, schneller rum.

Manche Früchte seines Erfindungsreichtums streckten sich schon nach dem Ende der Kindheit.

Hinter dem Geräteschuppen der frommen Schwestern oder in deren Abstellkammer zog er Doro vor anderen Kindern die Unterhosen bis auf die Knöchel herunter, dann wurde sie betastet, an den Hinterbacken und zwischen den Beinen.

Das kam ihr anfangs gefährlich vor, später nur noch langweilig und unangenehm.

Erst als Gerres listige und hübsche Bekannte Heike sich neue Spiele ausdachte, etwa das Sitzpinkeln in eine Colaflasche, wurde die Sache wieder aufregender.

Unglücklicherweise flog schließlich alles auf, weil der kleine Georg Bauer, ein Anthroposophensohn, den es nur der ständigen Überarbeitung seiner Heilpraktikereltern wegen zu den Katholikinnen verschlagen hatte, Heike, Gerre und Doro verpetzte. Gerres Verteidigungsidee war, wie bei ihm fast immer, eigentlich nicht unpfiffig: »Wir sagen halt, der redet einfach Scheiße, die er sich ausgedacht hat. Seine Eltern reden ja auch am laufenden Band Scheiße, die sie sich ausgedacht haben. Das frisst jeder.«

Nicht bedacht hatte der kluge Junge nur, dass alle wussten: Georg Bauer ist zu dumm, sich so was auszudenken.

So was: Von »Doktorspielen« war die Rede, die Pinkelnummer blieb unerwähnt, da gab es außer Heike, Gerre, Turan, dessen namenlosem

Freund aus der Vorstadt und einer Claudia keine Zeugen. Dass Doro sich Gerres Finger sogar einmal dorthin hatte schieben lassen, wo sein von anderen Asozialen ausgebildeter Kennerblick »die Votze« erkannte, wusste der Denunziant Bauer gar nicht.

Die gottgeweihten Schwestern veranstalteten ein riesiges Gekreisch und im Grunde drolliges Krähengeflatter. Zuhause aber gab es Dresche wie noch nie, mit den Händen, dem Kochlöffel, einem Plastikkleiderbügel. Während die Mutter »Hure Scheiße!«, »Jugendamt!«, »ins Heim! Du kommst ins Heim! Mistkrüppel!« und andere ihrer Standardflüche auskotzte, dachte Doro, und der Gedanke fühlte sich kalt richtig, von allen Seiten triftig an: Sie schlägt mich genau so, wie der Papi sie damals geschlagen hat.

Nicht, dass das selten geschah. Meistens aber war es weit weniger heftig, manchmal fast lustlos, automatisch, als ob Doros eigene Seelenhornhaut, die sie sich bald nach Beginn der regelmäßigen Prügel, Tritte und Wutausbrüche, also etwa zur Zeit der zweiten Schulklasse, zugelegt hatte, gleichsam auf die Täterin zurückgewirkt hätten: Weil Doro sich dazu erzogen hatte, zu empfinden wie ein Teppich, der tot über der rostigen Stange hängt, wenn er ausgeklopft wird, erledigte nun auch die Mutter ihre offenbar von undurchschaubaren Weltgesetzen erzwungene Arbeit der systematischen Kindesmisshandlung so, wie man eben Hausarbeiten erledigte – ein bisschen angeödet, ein bisschen schuldbewusst, ein bisschen verwundert darüber, dass man dergleichen nötig hatte.

Was die Mutter wollte, wenn sie ihre Tochter schlug, war fast nie zu erraten – und deshalb schließlich uninteressant. Warum sollte man sich etwas fragen, worauf es keine Antwort gab? Viel unangenehmer fand Doro nach einer Weile, wenn sich die Mutter spät nachts ans Bett der Tochter setzte, sie aufweckte, umarmte, dass Doro fast erstickte, und dann anfing zu weinen, zu schluchzen, Doro an sich zu pressen wie etwas Lebensrettendes, und dazwischen unter gehetztem Luftschnappen

Seltsamkeiten zu blubbern wie »du bist mein kleines Mädle, du bist mein Ein und Alles« oder »dein Scheißvater kriegt dich nicht, dein Scheißvater tut dir nix. Ich pass doch auf dich auf, wir haben ja nur uns!«

Bedrängt von solchem Unsinn machte sich Doro Coppe ans Erwachsenwerden.

Auch darüber hatte die Mutter eine Meinung: »Ich will nur, dass du's einsiehst, und ein bisschen Dankbarkeit, sonst nichts. Ich schinde mich beim Schöner, in diesem Scheißlabor, und will nur, dass du weißt, es ist für dich. Hier kriegst du eine Schulausbildung, hier hast du eine Zukunft, bei deinem Drecksvater, da wirst du nichts. Da wirst du Hure, da gehst du unter!«

Es gab immerhin einen Erwachsenen, der Doro tatsächlich etwas wie eine Zukunft anzubieten versuchte. Der hieß Feldmann und war ihr Kunstlehrer in der dritten und vierten Grundschulklasse. Dass sie gut malen und zeichnen konnte, hatte sie außerhalb der Schule entdeckt, zuerst im Hort, wo die Schwestern die Kinder mit Stiften aus Wachs breite Farbschichten auf grobes Papier auftragen und dann mit einem weißen fischwellenförmigen Plastikkratzer Muster hatten hineinritzen lassen, was niemand einfallsreicher, mit schöner geschwungenen Linien, bunter wuchernd pflanzenartig ineinander verschlungenen Phantasiewesen fertiggebracht hatte als eben Doro. Zuhause zeichnete sie bald die ganze Zeit, mit Papis Werbegeschenk-Kugelschreibern und Mamis Filzstiften für »Entwürfe« – das hieß: Skizzen für Strickjacken, die kratzten und so übel aussahen, dass Doro selbst im Herbst, an blauen windigen Vorabenden nach dem Fernsehen, bevor sie zu Gerre, Heike, Turan und den Türken auf den Hof der Wohnkastensiedlung zum Spielen ging, diese Jacken zwischen die Mülltonnen im Keller klemmte, damit die Türken nicht drüber lachen, sie ihr ausziehen, sie ihr um die Ohren hauen konnten. Frieren zog sie den Demütigungen bei weitem vor, schon damals hatte sie zwischen körperlichem und seelischem Schmerz eine Wahl getroffen: Lieber, etwas tat ihr weh, das man sehen und anfassen konnte, als dass sich etwas unter die Haut stahl, ins Herz bohrte, im Kopf klebte, das sie einsam machte, handlungsunfähig und am Ende so verrückt wie ihre Mutter.

Heike hatte sich unterdessen zu einem absolut unersetzlichen Bestandteil von Doros Alltag entwickelt. »Heike«, das war der Name für den Nabel ihrer metaphysischen Gesamtweltordnung geworden. Immer öfter saßen sie zu zweit irgendwo beisammen, in Parks, hinter dem Kino, vor Tankstellen, am Fluss, manchmal, zwischen dem Nachhausekommen aus dem Hort und der Rückkehr von Doros Mutter, auch in der geheimen Eigentumswohnung.

Gerres alte Stabtaschenlampennummer hatte Heike solo drauf.

Die Gruselgeschichten, die sie sich dafür ganz offen ausdachte, da es ihr zu blöde war, vorzugeben, sie hätte die unerreichbaren Horrorfilme gesehen, wurden bald von Doro illustriert, die sich in ihrem erwachenden Künstlertum allerdings nicht lange auf Themen wie Kannibalismus, Werwölfe und Würger beschränkte.

Die geköpften Pärchen, Skelette, Untoten, Medusen, Schlingpflanzen, Tiere (Katzen mit sehr langen Hälsen, Hunde mit sehr breiten Köpfen), Häuser (solche mit Fachwerk und blumengeschmückten, ja von Blumen ganz zugewucherten schwarzen Fenstern, wie es sie in der Altstadt gab, keine Wohnblocks wie die, in die man sie selbst, die Asozialen und die Türken eingesperrt hatte), manchmal Menschen (vor allem Türken, sie liebte deren wildes, schwarzes Haar, den Glanz der Mädchenmähnen, die gelstabilisierten Formen der Jungsschöpfe), die Doro zeichnete und malte, verschafften ihr die knurrige Anerkennung der frommen Schwestern (die sie von da an jedes Jahr für Krippenspieldekorationen und Adventskalenderfertigungsdienst vom sonstigen Gemeinschaftskäse freistellten), die ungeheuchelte Bewunderung Turans und Heikes (»malst du mir mit dem Edding was auf den Ranzen?«, sogar »tätowieren« durfte sie den Jungen, mit dem Kugelschreiber) und das blasierte

Wohlwollen der Großeltern mütterlicherseits (die immer auftraten, als wären sie das Bundeskanzlerpaar), die ihr zum ersten Mal etwas schenkten, das sie tatsächlich gebrauchen konnte: Einen monströsen 30-Farben-Wasserfarbmalkasten und einen respektablen Vorrat blütenreiner DIN-A4 Blöcke.

In der Schule zeigte sie das, was sie sich da beigebracht hatte, eigentlich nicht so gerne her.

Feldmann wollte, dass man Vorlagen abmalte und mit Mustern experimentierte. Das Experimentieren war eine arge Seuche jener Zeit, von Fadenspielen in Sachkunde bis zur Mengenlehre im Mathematikunterricht, es bedeutete: Nach Regeln fragen ist verboten, das Ergebnis wird nach Gefühl und Sympathie beurteilt. Es bedeutete: Willkür, aber in Schwäche statt Tyrannei.

Feldmann mochte Doro, deshalb kam ihr die Willkür zugute, doch inspirierend war sie nicht.

Meistens erledigte Doro die Aufgaben zu spät oder gar nicht; damit er sie dennoch in seinem Sinne benoten konnte, bat er um freie Arbeiten, davon hatte sie immer ein paar.

Bei den Weihnachtsaufträgen der Nonnen konnte man allerdings Witze unterbringen: Ochs und Esel bekamen die Gesichtsausdrücke der Großeltern, die Hirten waren Türken.

Feldmann lobte sie, als sie so ein Krippenbild bei ihm ablieferte: »Weißt du, das hat was Eigenes.«

Er hätte nicht sagen können, was er meinte, denn er war ein guter Mensch und ein schlechter Lehrer. Eben damit aber konnte er ihr tatsächlich ganz gut helfen, denn an guten Lehrern bestand in ihrem Leben weniger Bedarf als an guten Menschen.

»Was Eigenes«, das hieß, sie würde sich's schon beibringen.

»Was Eigenes«, das meinte Doros kaltblauen Blick und ihr Sichabschließen von allem Außen, wenn sie ernsthaft an einem Bild arbeitete. Bald hatte Doro heraus, dass er bereit war, jede Experimentaufgabenstellung für sie zu lockern, bis die sich anhörte wie etwas, was sie sowieso machen wollte.

Das Zeichnen kam bei ihr schließlich nur noch an zweiter Stelle, nach dem Malen, »das ist gar nicht üblich bei Kindern in deinem Alter«, erklärte der Lehrer mit den flusigen Pullis und dem wie elektrisiert gesträubten Räuberbart, »normalerweise seid ihr ganz von Konturen begeistert, also Umrissen, weißt du, nicht Farben.«

Skeptisch runzelte sie die Stirn und sagte: »Ist doch doof. Ist doch nicht echt.«

Er räusperte sich, um ein Lächeln zu verbergen, und sagte: »Nicht echt, aha. Erklär mal.«

»Na Sachen haben doch gar keine Linien um sie rum, die sind doch eher voll von innen, also erstens mit Farbe und dann ja damit, ob sie hell oder dunkel sind.«

Unübersehbar fasziniert murmelte Feldmann von Körpern und Volumen.

Doro begriff, dass dies jetzt das erste männliche Wesen war, das sie, wie ihre Mutter den Trick nannte, »um den Finger wickeln« konnte.

Bei Gerre, der in der dritten Klasse hängenblieb, weil er nicht rechnen und noch viel weniger schreiben konnte, hatte das nie geklappt.

Kein Verlust, mutmaßte Doro, nur ein ganz kleines bisschen traurig – seine Buchstaben sahen aus wie Geröllzacken einer Steinlawine bei Erdbeben, und eine leise, sehr beherrschte Stimme in Doro wusste, dass einem Menschen mit solchen Schreibfingern nicht nur niemals Zeichnungen gelingen würden, die neben ihren bestehen konnten, sondern dass es darüber hinaus wahrscheinlich ein ziemlicher Fehler gewesen war, diesen groben Händen jemals erlaubt zu haben, sie zu befingern.

Feldmann, verheiratet, treu, frei von pädophilen Neigungen, lud die »Begabte« (ein neues Wort, ein interessantes Ticket) bald, in Absprache mit der über den Zugewinn an eigener Freizeit ziemlich erfreuten Mutter, an Sonntagen zu sich ein, brachte ihr am Block Perspektive

– geneigte Ebenen, Fluchtpunkte, Rasterboxen – bei, ließ sie mit Gouachefarben und Aquarell arbeiten, schenkte ihr weiche Pastellkreiden und zeigte Doro, wie man die in Tellern voll Reis von Verschmutzung befreite.

Als sie das zuhause probierte, ging Doros Mutter freilich an die Decke: »Ist mir scheißegal, was der Trottel dir für Indianersitten beibringt, hier wird nicht mit Essen gespielt! Sind wir reich? Bin ich reich? Antworte mir«, ein Schlag mit dem Handballen ins Genick, »sind wir reich? Schickt uns dein Vater was? Wie viel schickt er? Vierhundert Mark schickt er mir, wie das Gericht es ihm aufgeschrieben hat, weil sonst die Polizei den Schotter eintreibt, für dich, wohlgemerkt, Fräulein Künstlerin, für deinen Unterhalt. Ich leg mich krumm, ich geh arbeiten, ich habe kein Anrecht, hörst du! Kein Anrecht, von diesem Schwein, von diesem Vergewaltiger, der mich fast umgebracht hat! Was ist, heulste? Zieh keine Fresse! Räum jetzt aber sofort hier die Scheiße zusammen, sonst frisst du mir das alles auf, den Reis, die Kreide, alles! Benimmst du dich jetzt wie die höhere Tochter? Benimmst du dich so? Benimmst du dich draußen so? Das fällt alles auf mich zurück, kapierst du das? Auf mich zurück!«

Das Übliche.
Jugendamt.
Ins Heim.
Hure Scheiße.

Der Mutter entglitt die Kontrolle in letzter Zeit wieder häufiger.

Vordergründig rührte das von der Schwierigkeit der Entscheidung darüber, auf welche »höhere Schule« – das war ein typischer Ausdruck der Großeltern – »die kleine Dorothee« geschickt werden sollte – so nannte sie praktisch niemand außer diesen beiden aufgeblasenen Leuten; manchmal sehnte sich Doro sehr nach Opa und Oma vom Bauernhof, den Eltern ihres Vaters, die Jahre vor dem, wie man seinerzeit sagte,

»Nervenzusammenbruch« der Mutter und der anschließenden Scheidung gestorben waren.

Höhere Schule, nicht: weiterführende Schule, wie die andern Eltern sagten. Die lebten alle noch in den Siebzigern mit ihren Gleichheits- und Demokratieflausen.

Doros Mutter wollte schon dringend in die Achtziger, die dann auch genau so wurden, wie sie sich das wünschte: die Coppe-Ära, benannt nach dem Mann, der ihr angeblich Reichtümer versprochen, diese aber nie beigebracht hatte. Ihren in Süddeutschland ohnehin ein bisschen unpassenden Mädchennahmen Schuschke wollte sie nie wieder hervorkramen; manchmal aber vermutete Doro, dass sie Angst hatte, er könnte sich nachts aus dem Keller befreien und Frau Coppe im Bett auffressen. Von dieser oder einer ähnlichen Angst gezwickt, verwahrloste Doros Mutter in der Zeit der Schulwahl für die Tochter rasant – Frisur konnte man nicht mehr nennen, was auf ihrem Kopf los war –, wurde immer reizbarer, handelte sich auch auf der Arbeit Scherereien ein und musste schließlich, nach einer undurchsichtigen Geldgeschichte, bei der sie sich ausgerechnet von der Heilpraktikerin und Mutter des Doktorspiele-Petzers Bauer größere Beträge geliehen und diese nicht absprachegemäß zurückerstattet hatte, ihre wichtigste soziale Plattform räumen, den sogenannten Singkreis der evangelischen Kirche, in dem eben jene Frau Bauer, die im Gegensatz zu ihrem Praxispartner und Gatten an ihren kirchlichen Wurzeln hing und also keine ganz orthodoxe Anthroposophin war, eine unhintergehbare Großmacht darstellte.

»Die Bauer, diese hochnäsige Drecksau, die bringt mich vor Gericht!« bellte Frau Coppe, während sie in Doros Mädchenzimmer auf und ab schlich und ab und zu Sachen unters Bett oder die Heizung trat, um der Tochter zu signalisieren, sie solle schleunigst Ordnung schaffen, im Zimmer, auf der Welt, im Kopf von Frau Coppe.

»Auf die Scheißwaldorfschule, die mir dein Kunstfeldmann einreden will, weil sie da dein Talent fördern und so was, da kann ich dich jetzt nicht mehr schicken, da geht der Georg hin, da hab ich jetzt schon verschissen. Die Bauer erzählt Lügen über mich. Für die bin ich ne fertige Hure. Ne fertige Hure!«

Nun ja, wie hatte Gerre die Sache mit der »Hure« erklärt?

»Eine Frau, die mit allen Männern bumst«.

Die Frequenz der Männerbesuche, und wenn Doro nicht irrte, auch deren Beliebigkeit, hatte wirklich etwas zugenommen, ebenso die Nächte, in denen Frau Coppe, bis zum Morgen wegblieb und Doro sich deshalb allein das Frühstück machen und sich selbst zur Schule schicken musste. Dass das Ansehen der Mutter rasch abnahm, akzeptierte Doro als eine Art straßenlogische Selbstverständlichkeit, sie hatte im Gegenzug längst gelernt, dass sie, wenn sie Heikes Freundin bleiben und auch sonst bei den Mädchen des Blocks nicht allzu schlecht angeschrieben sein wollte, jedenfalls nicht zuviel mit Gerre oder Turan allein unternehmen durfte und ihnen verwehren musste, unter ihrem Hemd oder T-Shirt nach nichtvorhandenen Brüsten zu tasten oder ihr gar ins Höschen zu greifen, auch wenn Küsse, durchaus feuchte und solche mit spielenden Zungen, halbwegs erlaubt waren. Das Abschlecken des Halses und der Wange, von dem Turan besessen war, untersagte sie ihm ohne jeden Sozialhintergrund, das fand sie einfach albern, außerdem kitzelte es.

Doro ließ sich die Haare länger wachsen, widersetzte sich den Befehlen der Mutter, die sie zum Friseur schicken wollte, und fing schließlich an, sich die Mähne dunkel zu färben.

Doros Vater ließ sich noch seltener blicken, wirkte dafür aber seinerseits immer derangierter, längst nicht mehr so lustig wie früher, auch unter Alkoholeinfluss weniger schläfrig: Er brütete jetzt eher dumpf vor sich hin glotzend, mit unnatürlich weit geöffnete Augen, auf den Tod zu, als dass er in sein schnurchelndes Dösen verfallen wäre, und murmelte defätistische Parolen: »Ich hab's vertan. Hab's versaut. Das wird nix mehr, Kindchen, das schafft der Papi nimmer.« Stofftiere brachte er ihr längst keine mehr mit.

Das Geld, Haufen von Münzen in allen Ecken und im Auto hin oder her, ging ihm allmählich aus. War er noch bei seiner Firma? Gab es die noch?

So etwas kümmerte Doro kaum. Die Frage der nächsten Schule jedoch war existenziell bedeutsam – erst jetzt, da die atemlose, verhaspelte, vom eigenen Hass auf fast alles ständig erstickungsbedrohte Rede der Mutter immer häufiger davon handelte, wohin sie ab nächsten Herbst gehen würde, gestand sich das Mädchen ein, dass ein Leben beispielsweise ohne Herrn Feldmann, doch auch ohne Heike und vielleicht sogar ohne Turan und Gerre, die, Parallelklasse hin, Sitzenbleiben her, doch immerhin noch auf dem Schulhof präsent waren, zwar nicht zwingend ein schlechteres, unbedingt aber ein anderes Leben sein würde. Die unbedingte Geltung der mütterlichen Faustregel »Es kommt selten was besseres nach« stand für Doro, die in ihren wenigen Jahren auf der Welt genügend massive Nichtverbesserungen hatte erleben dürfen, völlig außer Zweifel.

Heike war vorläufig immer noch die verlässlichste Größe auf der Welt.

Ihre Eltern waren zwar im Wohnblock ansässig, allerdings alles andere als asozial, nur sehr beschäftigt – der Vater arbeitete als rechte Hand bei einem Bestattungsunternehmer, die Mutter verkaufte Wolle in einem Strickladen, der zu den wenigen Orten gehörte, wo Frau Coppe noch nicht gemieden wurde. Heikes Eltern wollten ihre Tochter, da deren Noten sehr gut waren, entweder auf die Realschule, die ihr älterer Bruder besuchte, oder sogar aufs Gymnasium schicken. Aussichten auf Letzteres hatte auch Doro: »Deine Großeltern entziehen mir jede Unterstützung, hörst du, Balg, jede, wenn du es nicht auf eine anständige Schule schaffst. Ich bin sowieso schon die größte Enttäuschung. Sie setzen auf dich, sie rechnen auf dich.« Allzu oft blicken ließen sich die beiden Setzer und Rechner allerdings nicht mehr.

Turan und Gerre hatten bald darauf, wie Letzterer unsentimental zusammenfasste, die Arschkarte gezogen: Auf die Friedrich-Ebert-Hauptschule wurden sie vor allem deshalb geschickt, weil man im Knabenalter noch nirgends in die Lehre durfte.

Dass von den Mädchen wenigstens die ominöse Claudia das Hauptschulschicksal teilen würde, gefiel den beiden besser als Doro, die dieses Missfallen allerdings sowenig irgendwem verriet wie ihre Mutter die Geschichte mit dem Wohneigentum in der Wracksiedlung.

Doro ging nicht zu ihrer Mutter, um mit der etwa eigene Erwägungen und Beklommenheiten wegen der Schulwahl zu besprechen. Das tat dafür Herr Feldmann, dem Doro bei der gemeinsamen Arbeit an einem Wandgemälde, das die schmutzige und müffelnde Turnhalle der Grundschule hübscher machen sollte, alles verraten hatte, was in ihr vorging. Feldmann empfahl der Mutter den Besuch bei einem am Ort niedergelassenen Kinder-, Jugend- und Schulpsychologen. Er kannte den Mann von der gemeinsamen Studienzeit in Tübingen her. Doros Mutter, nicht einmal Lehrern gegenüber mehr sonderlich beherrscht: »Was soll das heißen, hat meine Tochter einen Dachschaden? Erst war sie talentiert, erst kann man sie gar nicht genug fördern mit Malutensilien und Weißderteufel, und jetzt hat sie eine Schraube locker?« Feldmann fand ein Zauberwort. Die Mutter lauschte, staunte, wiederholte es, weil es eine deutliche Verbesserung gegenüber einem anderen Zauberwort darstellte, das auch schon nicht übel gewirkt hatte: »Hochbegabt … so … hochbegabt, na ich weiß nicht … verstehe … und was kostet … ja, gut, wenn das … nein, mir ist ja nichts zu teuer für das Kind, das wissen Sie doch, ich bringe jedes Opfer, ich habe sie ja schließlich auch von diesem Ungeheuer weggeholt, ihrem schrecklichen … ihrem fürchterlichen Vater.«

Der Psychologe war ein liebenswerter Narr.

Er ließ Doro mit einem Puppenhaus spielen, das heißt, eben nicht spielen, wie man wirklich spielt, sondern wie in dem Wort »Schauspielerei«: Sie sollte sich ausdenken, was die Holz-und-Stoff-Figürchen miteinander taten und zueinander sagten.

Natürlich hatte sie großen, destruktiven Spaß daran, ihre eigenen Familienerinnerungen nachzuinszenieren. Sie wusste längst, dass Leute, die zweimal die Woche badeten, sich mit so etwas sauber schocken ließen. Der Püppchenvater verdrosch also die Mutter, dann fiel er besoffen aufs Sofa. Die beiden Jungs waren tot, die Mutter schrie, trampelte und sang Opernarien, das kleine Mädchen malte alle Wände voll.

Der Psychologe hielt sich für Derrick: »Und was machen die Eltern mit dem Mädchen? Machen die was zusammen?«

Diesen Ball spielte Doro mit leichtester Hand zurück: »Nö, die Eltern haben mit ihrem Knall genug zu tun.«

Sie wusste genau, was ihr blühen würde, wenn sie dem Psychologen von den Schlägen und sonstigen Überfällen erzählte, die Ermahnungen der Mutter vorab hätte es nicht gebraucht.

Jugendamt.

Ins Heim.

»Der muss nicht alles wissen, hörst du? Männer verstehen das nicht, was wir haben, wie wir leben. Sag ihm alles, was er zur Schule fragt, aber behalt für dich, dass wir manchmal Krach haben. Männer verstehen das als Einladung«, das letzte Wort hatte einen ominösen Hall, etwa wie das Wort »Hölle« aus dem Mund des evangelischen Pfarrers.

Der genasführte Psychologe sprach am Ende genau die Empfehlung aus, die ihm Feldmann vorab souffliert hatte: »Frau Coppe, wenn Sie Ihre Tochter woanders hinschicken als aufs Gymnasium, dann wird Sie Ihnen das nicht danken. Unterforderung ist die größte Sünde, die man an einem solchen Kind begehen kann, und auch wenn sie nicht immer einen ausgeglichenen Eindruck macht, sollten Sie den Entschluss nicht scheuen, sie vor neue Herausforderungen zu stellen. Dann wachsen sich, wenn wir Glück haben, eventuelle Anpassungsschwierigkeiten allemal leichter raus als wenn wir einem unruhigen Geist keine Nahrung bieten.«

Und wenn wir Pech haben, riet Doro, werde ich mindestens so verrückt wie meine Mutter.

Unter vier Augen mit Feldmann hörte sich das, was der Nervenarzt so dachte, freilich etwas anders an: »Du wirst es nicht gern hören, Werner, aber die ist mir unheimlich. Ich hatte die ganze Zeit den Eindruck, die macht sich über mich lustig. Talent hin oder her, dazu kannst du mehr sagen als ich, aber das hat was Heimtückisches. Dieser Blick, Werner. Diese Augen … ich will nicht so angeschaut werden.«

»Ein Künstlerauge, was willst du?« erwiderte Feldmann, nicht ohne Stolz.

Nicht, dass ihm diese Loyalität gedankt worden wäre.

Sein Schützling verlor ihn noch rascher aus den Augen als Gerre und Turan.

Weil das Gymnasium tatsächlich Herausforderungen barg, lockerte sich sogar der Kontakt zu Heike, die in die 5b einsortiert wurde, während Doro den höheren Bildungsweg in der 5a begann.

Diese neue Schule war klein.

Sie teilte sich eine Turnhalle mit der Waldorfschule auf der anderen Seite der Fahrradabstell- und Lehrerparkplätze. Doros neue Lehrerinnen und Lehrer wirkten nicht wie Leute, unter denen sich ein Freund wie Feldmann finden ließ. Die Mitschüler kamen aus keineswegs durchweg wohlhabenden, häufig genug aber doch finanziell erträglich versorgten und vor allem intakten, das heißt nicht von den Narben gerichts- oder psychiatrienotorischer Zwischenfälle entstellter Elternhäuser.

Die Sextanerin Dorothee Coppe hätte sich ihnen unterlegen fühlen können. Sie hätte sich verkrampfen können im Bestreben, von diesen Kindern wahrgenommen, gar anerkannt zu werden. Doch der kalte, taxierende, immer distanzierte Blick, der den Jugendpsychologen so nervös gemacht hatte, verschaffte ihr im täglichen Umgang mit den Söhnen und Töchtern von Anwälten, Fotofachgeschäftsinhabern, Fahrradladenbesitzern, Sanitärhandwerkern, Ärzten und Stadträten wenigstens einen kleinen Vorteil: etwas wie ein Abstandsgebot war um sie, eine mattblaue Solitärs-Aura, und Wunschkinder, denen man vom Tag ihrer Geburt an das Gefühl vermittelt hatte, sie seien etwas Besonderes, lernten hier das erste Mal eine Person kennen, die sie für nichts Besonderes hielt.

Heike und andere hatten Dorothee auf ihre Weise vorbereitet; sie ahnte also, dass der Tag kommen würde, an dem andere sich darum bemühen würden, von Doro wahrgenommen, anerkannt, womöglich geliebt zu werden. Dieses Wissen war eine Art Hintergrundstrahlung in Doros winterhimmelklaren Blick, weit weg wie Sterne.

Noch aber war es nicht so weit, noch konnte es sich beim Lächeln der Anwaltstochter, der Geburtstagspartyeinladung des Fahrradladenbesitzersohns, dem Nachmittag auf dem Samtsofa der Stadtratsprinzessin nur um Proben handeln, erste Schritte auf dem Weg zu einer umfassenderen, graziöseren und vornehmeren Choreographie.

Ab der sechsten, mehr noch in der siebten Klasse veränderte Doro die Sujets ihrer außerhalb der Schulzeit stets zahlreicher werdenden Zeichen- und Malstunden: Porträts (die auf den inoffiziellen Tauschbörsen der Beliebtheit und des Besondersseins bald hoch gehandelt wurden: »Hat dich die Doro auch gemalt? Mich auch«, »Mich nicht«, »Weißte, die malt auch nicht jeden, Johannes«) und Pflanzenstudien: Rosen, Orchideen, Gräser, scheue und stachlige Signalements von Zartheit, Verschwiegenheit.

Ein erstes ernstes Image also für die Künstlerin: Rühr mich nicht an, ich bin mein eigenes Gewächs, ich habe nichts gemein mit der Räuberbraut, die sich in der Hortbesenkammer zwischen die Beine hat greifen lassen; ich bin etwas, das du in Ruhe lassen sollst, wenn es blutet, weil ich vor einem dreiviertel Jahr das erste mal meine Tage bekommen habe, worüber ich zuerst sehr erschrocken bin, was auch im Unterbauch sehr lästig zieht, schon Tage vorher, was den Kopf manchmal betäubt wie damals die Narkose vor der Mandeloperation, nur nie bis zum Punkt, an dem ich einschlafe. Der Mondhof um diese Blutzeit, die mir meine Mutter im übrigen wie alles, was ich eigentlich wissen müsste, nur sehr unzulänglich erklärt hat – selbst die Tampons und Binden kauft sie mir nicht, ich bekomme nur Geld dafür und soll mich um »so was« alleine kümmern – die Tage vor und während und nach den Tagen, die machen mich nur noch geheimnisvoller, blasser, verschlossener, ich bin die seltene Blume, die ich hier gerade male und die mit von mir dazu fantasierten Zacken oder Mustern noch eine Spur seltener und ungewöhnlicher wird.

Lass keinen Funken schnöder Leidenschaft in ihre hehre Einsamkeit hinein, kein fleischliches Gelüst darf frevelhaft den sanften Seelenfrieden ihr entweihn, und guck bitte nicht so blöd.

Dass man mit dem sanften Strahl aus dem Duschkopf schön onanieren kann, entdeckte sie mit vierzehn Jahren, das heißt, zwei Tage vor dem fünfzehnten Geburtstag.

Dass das auch mit den Fingern geht, verriet ihr Heike, fleißige BRAVO-Leserin und Frühentwicklerin, mit Brüsten, auf die alle starrten. Zum sechzehnten schenkte ihr Heike das Buch »Sex-Tips für Girls« von Cynthia Heimel. Viele Jahre später sah sie eine Neuauflage in einer Buchhandlung liegen, das Buch hieß jetzt »Sex-Tipps für Girls«, und die neue Schreibung von »Tips« löste einen kurzen Strudel und Schwindel freudiger Erregung.

Dass man sich mit Heike wesentlich besser und freier über dieses Thema und alles Angrenzende unterhalten konnte als mit der Stadtratsprinzessin und der Anwaltstochter brachte sie Heike nach gut drei Jahren Vernachlässigung der alten Straßenfreundschaft wieder näher. Das geschah gerade rechtzeitig, denn eine Schulter zum Sich-dran-Ausflennen würde sie bald brauchen, nicht nur fürs Schulische.

Dafür allerdings auch: »Meinst du, ich bleib wirklich hängen? Ich denk, Mathe wird ne Fünf diesmal, aber kann ich Deutsch nicht wieder mit den Aufsätzen reißen?«

Doro gab sich keine besondere Mühe, in irgendeinem Fach zu brillieren. Sie besaß nicht einmal ordentliche Hefte, nur ein zerfleddertes Ringbuch, in das sie, anfangs durch bunte Reiter nach Fächern getrennt, mehr oder weniger regelmäßig Mitschriften eintrug und manchmal auch so etwas wie Hausaufgaben schrieb. Das meiste, was auf diesen fliegenden Blättern geschah, war natürlich zeichnerischer Natur. Ab dem achten Schuljahr reichten fürs Durchkommen ihre rasche Auffassungsgabe und ihr gutes Gedächtnis, die ihr zuvor auch bei oberflächlicher Teilnahme am Unterricht passable Noten eingebracht hatten, nicht mehr aus. Der ganze Lehrkörper wusste jetzt, dass diese Schülerin hier nur Zeit absaß, bis sie alt genug sein würde, in ihrer eigene, selbsterschaffene Welt abzuhauen, raus aus dem Betonblock, raus aus der ganzen scheußlichen Schneekugel Sonnenthal.

Die Ortslogik hier war ihr zu simpel:

Im Südwesten, auf dem Berg, wohnte das Geld. Im Nordosten, in den Blocks, hausten die Abgehängten und Aussortierten. Es gab weiter nördlich als da, wo Frau Coppe sich ihre im wesentlichen mit unterschlagenem Unterhaltsgeld für Doro finanzierte Eigentumswohnung gekauft hatte, überm Kanal, ein noch übleres Eck, am Waldweg, in baufälligen Mietshäusern aus dem letzten Jahrhundert. Da lebten echte Kriminelle, wenn auch kaum Ausländer, wie Turan betonte, eher bodenständiger Abschaum. Als Doro und Heike gerade sechzehn geworden waren, standen sie einmal diesseits des stinkenden Kunstflusses und sahen einer Reihe von Waldweghäusern beim Brennen zu.

Die Feuerwehr ließ sich mit dem Eintreffen Zeit. Brandstiftung durfte man für wahrscheinlich halten; die Polizei war sehr schnell da, um ein paar der Bewohner hochzunehmen, die aus ihren Kellern originalverpackte Fernseh- und Videogeräte ins Freie retteten, deren Herkunft sich nicht leicht klären lassen würde. Der Rauch wurde nach oben geweht, in die Baumkronen der Birken unterm roten Felsen, es sah malerisch aus. Heike und Doro hielten einander bei den Händen und lachten.

Sie hatten wieder zueinander gefunden, das war unglaublich schön.

»Wo steckt er? Wo steckt das Dreckschwein?«

Schwefelfeuer brannten in dem Hals, der das gurgelte.

Doro, die nicht mehr oft über ihre Mutter erschrak, fuhr so schreckgestaucht zusammen, daß ihre Hand, die den Kohlestift hielt, quer übers Blatt fuhr und das Bild verdarb. Der Vater war gemeint; Doro hatte ihn seit zwei Monaten nicht gesehen. Sein letzter Telefonanruf lag weniger weit zurück: ein kurzes, betrunkenes, wehleidiges Gejammer vor vier Wochen, das ihm im Mund zerlaufen war, als Doro danach gefragt hatte, ob er sich mal wieder blicken lassen, sie mal wieder abholen wollte – sie brauchte Geld für Platten und Zeichenzubehör, außerdem hatte sie vorgehabt, ihn nach einer Kamera zu fragen; ihr neuestes Interesse war die Fotografie, sie glaubte, dass die Arbeit damit ihre sonstigen Talente auf irgendeine noch nicht gewusste, nur erst geahnte Art würde verjüngen können.

»Scheiße, Mami, was soll denn das Geschrei? Keine Ahnung, ja? Ich weiß es nicht.«

»Er blecht nicht mehr. Es kommt nicht. Das Geld, Rotzbalg! Was glaubst du, wovon ich … meinst du, der Scheck vom Scherer«, so hieß ihr speckiger Arbeitgeber beim Dentallabor, »reicht für uns beide? Glaubt er das? Dein Scheißvater? Ich werd den Anwalt … ich muß den Anwalt einschalten! Wenn der Drecksack glaubt, wenn er meint, er könnte sich verdrücken …« »Mach doch, was du willst«, maulte Doro und hoffte, dass die Mutter nicht merkte: Doro bekam Angst. Wenn sie die zeigte, oder auch nur Getroffensein, vom Schreien, von dem Demütigungen, von den Aussetzern, dem Starren ins Leere oder der Opernariensingerei, dann ging der Zauber erst richtig los.

Sich verdrücken wollte der Vater nicht.

Vielmehr stellte sich, nachdem die Mutter tatsächlich ihren Rechtsvertreter eingeschaltet hatte, rasch heraus, dass die riskante berufliche Statik endgültig über Herrn Coppe zusammengebrochen war. Sein Chef hatte ihm mit Kündigung gedroht, eine verheerende anderthalbwöchige Sauftour danach hatte ihn ins Krankenhaus geführt, von wo aus er, ein paar letzten Freunden sei Dank, den Weg in eine Entziehungsklinik gefunden hatte. Sein eigener Rechtsbeistand, ein Schulfreund, entdeckte bei der Überprüfung von Konten und sonstigen Guthaben sowie Außenständen eine imposante Überschuldung.

Doros Mutter war angewidert und zugleich wie erlöst: »Dein Alter muss den Finger heben, aus der Traum. Er ist bankrott, verstehst du? Er verkriecht sich in seiner Klinik, das macht er. Aber damit kommt er nicht durch. Das ist nicht der Endstand.«

Dann keifte sie ein, zwei Stunden so weiter, als ahnte sie nicht im geringsten, wie alarmierend und bestürzend diese Wettspielmetapher aus dem Mund einer Frau wirkte, die sich vorgeblich um Sicherheit und Zukunft ihrer Rumpffamilie sorgte und einen verantwortungslosen Menschen anprangern wollte.

Wollen wir doch mal sehen.

Hure Scheiße.

Der Zustand kippte ins Böse.

Benachrichtigungen der Lehrerinnen und Lehrer über die enttäuschenden schulischen Leistungen der Tochter waren die Auslöser, sie kamen zunächst brieflich (von Doro natürlich nicht zugestellt, sondern ungeöffnet weggeschmissen), dann telefonisch (da die Mutter nie zuhause war und man keinen Anrufbeantworter besaß, ging das eine Weile gut, schließlich aber rief der Klassenlehrer im Dentallabor an, und das Spiel flog auf).

Die realen wie die ausgedachten Sorgen und Nöte der Mutter wurden in ein neues Schreckensregiment gegossen: Doro erhielt Stubenarrest, fand sich, wegen Fluchtgefahr, ganze Nächte in ihrem Zimmer eingeschlossen, mit einem gelben Putzeimer als demonstrativ demütigender Sanitäreinrichtung in der Mitte des Zimmers, ihre Lieblingskleidungsstücke wurden mit einer Schere zerschnitten, ihr Eigentum (Platten, Bücher, Kunstutensilien) wurde versteckt, beschädigt, oder weggeworfen, Ohrfeigen, an den Haaren ziehen, auch Tritte kamen häufiger denn je.

Beim Frühstück dann fand eines Morgens die erste, scheinbar noch scherzhafte, Doro nicht besonders beunruhigende Erwähnung einer neuen Sorte Schwierigkeit statt: »Weißt du, was mir die Engel sagen? Sie sagen, du bist gar nicht meine Tochter! Die hat mir der Teufel weggenommen, dein Drecksvater, und sie ausgetauscht, gegen dich, du Rabenaas.«

Danach rauschte die auf diese Weise Erleuchtete ins Bad und schloss sich dort so lange ein, dass Doro, deren Klopfen und Hämmern mit beiden Fäusten an Tür und Wand keinen Erfolg hatte, ungekämmt und ungeschminkt zur Schule musste.

Als sie die Wohnungstür von außen zufallen ließ, hörte sie die Mutter singen, irgendetwas sehr Unpassendes von Richard Strauß, schief und schrill.

Eines Morgens kurz darauf, nach einer unruhigen Nacht, die mit viel Haue begonnen hatte, entdeckte Doro auf dem Schulweg in ihrem rechten Ohr eine imposante schwarze Blutkruste, fast so groß wie eine Cashewnuß, da hatte sie vor neun Stunden zuallererst eine gefangen – das wäre der Alten, dachte sie eher amüsiert als bestürzt, als das Jugendamt noch eine Bedrohung gewesen war, früher nicht passiert.

Auf so einen Bruch der Tarnungsetikette hätte sie früher sofortiges Umschwenken in Sentimentalität und Umarmung folgen lassen:

Liebs Mädle.
Wir sind doch die zwei.
Mein Ein und Alles.

Das schien nicht mehr zum Repertoire zu gehören.

War dieses Repertoire, überlegte Doro jetzt, vielleicht Bestandteil einer sogenannten schlimmen Kindheit, eines schweren Schicksals, gehörte sie eigentlich zu den Benachteiligten und Randgruppen, von denen der Gemeinschaftskundelehrer Moig so gern sprach?

»Sind wir Randgruppe?« fragte sie, weil sie das nicht selbst entscheiden wollte, die liebe Heike, als sie wieder einmal mit der im Bistro am Rathausplatz versackte bis gegen Halb Zwölf, umringt von anderen jungen Mädchen mit zweifelhaftem Ruf, und ein paar Jungs.

»Nö, wir sind nicht Randgruppe. Wir sind zu hübsch. Uns rettet am Schluss die Liebe, ganz knapp.«

Stimmt, dachte Doro, und verliebte sich.

Es geschah allerdings gegen ihren Willen, gegen ihren Geschmack, gegen einen mächtigen Trotz, der zunächst aufkommen wollte, als sie plötzlich bemerkte, wie gut ihr Jonas Schneider gefiel. Das war ein Klassenkamerad, Sohn eines Finanzbeamten, dessen Familie in einem kleinen Einfamilienhaus südlich des Arbeiterblocks wohnte, in dem Doro schlief und aß, nicht wohnte.

Das nicht.

Ich will nicht in diesem Dreck wohnen, ich will hier raus.

Jonas war nicht übertrieben athletisch, hatte einen grauenhaften Musikgeschmack (Dire Straits, Genesis mit Phil Collins, Phil Collins ohne Genesis, nicht jedoch Genesis ohne Phil Collins), zog sich an, als ob auch seine Eltern Alimente für sich behielten, redete fast nie. Sein Gesicht aber war ein Heiligenbildchen: in sich gekehrt, still leuchtend, grünäugig, verschlossen, unwiderstehlich.

An ihn ranzukommen, war nicht schwer.

Doro musste ihn nur auf ein paar Partys wie absichtslos streifen, ihm ein paarmal im Unterricht zulächeln und sich ansonsten, sobald er angebissen hatte, einigermaßen desinteressiert und unzugänglich zeigen.

Im Winter dann, nach einem endlosen Herbst solcher Quältaktiken (die keiner reinen Berechnung gehorchten, viel davon kam auch von Doros eigener Unsicherheit und ihrem anfänglichen Widerwillen gegen dieses komische hellgrüne Feuer in ihrem Innern, das alle Panzerungen wegknusperte), fing sie an, morgens mit ihm zur Schule zu gehen.

Sie holte ihn ab, meist unterm Vorwand, es gäbe Schulisches zu besprechen (seine Mutter sah das gern, sie hoffte, wie sie Doro einmal unverblümt verriet, als er verschlafen hatte und die Frau daher in der Küche Doro mit Kakao und Hörnchen bewirten durfte, »dass du den Jonas mal ein bisschen aus sich rausholst. Der ist mir ja unheimlich mit seiner Schweigerei«.

Die Wege erfüllten drei, vier selige Wochen, Jonas jedoch, der bald deutlich spüren ließ, dass er etwas ganz deutlich spürte, war überfordert von der großen Chance, und wusste nicht, wie er sie nutzen sollte.

»Dann musst du ihn halt selber mal richtig anbaggern. Das kapiert er dann schon«, riet ihr Heike auf dem Schulhof, bei Temperaturen knapp über Null, während man sich eine mit besonders tiefen Zügen gerauchte Mentholzigarette teilte.

»Und wie soll ich das bitte machen?«

»Dir fällt schon was ein«, liebliches Zwinkern.

Das einzige, was Doro an diesem Abend einfallen wollte, war, all die Porträts noch einmal anzuschauen, die sie von Jonas teils halb verstohlen im Unterricht, teils von Fotos, teils aus dem Gedächtnis im letzten halben Jahr gemalt und gezeichnet hatte. Sie saß an ihrem Schreibtisch. Ein Lichtfleck aus der biegsamen Lampe erhellte das Bilderbord wie die Ablage eines kriminaltechnischen Sachgutachters, sonst war es winterfinster im Zimmer, nachtstill, wie Doro es liebte.

Der Schlag mit dem nassen, lauwarmen Lumpen ins Gesicht traf sie so unvorbereitet, dass sie wie eine Zeichentrickfigur vom Stuhl kippte, sich die rechte Hüfte im Sturz am Tisch stieß und eher erschrocken als verletzt aufschrie.

»He! Kacke! Spinnst ... spinnst du jetzt ganz!«

Die Mutter war mit zwei Schritten an der Schalterleiste überm Bett, drückte den Knopf. Grelles Neonröhrenlicht schrie Doro an, dass ihr beim Sichaufrappeln schwindlig wurde.

Die verrückte Frau hob ihren Lappen wieder, was war das? Dünner Stoff, mit Blümchenmuster, und wie es roch, getränkt mit, nein, konnte das wahr sein?

Doro riss die Arme hoch, der Fetzen klatschte dagegen, dass es zog und biss, die Mutter brüllte wie ein Ochse, der von unfähigen Metzgern abgestochen wird: »Da hast du Pisse! Weißt du, was das für eine Schande ist? Weißt du das? Und ich muss es von der Bauer erfahren, die es von der Carulo hat, der Mutter von Claudia! Und die ganze Stadt weiß es! Die ganze Stadt! Die Pisserin, so heißt du bei denen, so heißt du! So heißt«, sie trat, sie schlug, »meine Tochter, so nennen sie meine Tochter! Glaubst du, das kommt nicht raus? Glaubst du, das ist egal, weil es zehn Jahre her ist? Glaubst du das, Pisserin? Glaubst du das?«

Immer wieder traf Doro die uringetränkte Unterhose, dass sie fast lachen musste, und gleichzeitig das Gefühl hatte, sie müsste sterben.

Was ist das, wie ist das möglich, diese Irre, was macht sie, die würde auch in einen Becher kotzen, um es mir ins Gesicht zu schütten. Sieht sie nicht, dass das viel schlimmer ist als alles was ihr von meinen Kinderstreichen erzählt wurde, »Pisserin, Pisserin!«

Tritte in die Seite, Schläge gegen Stirn und Oberschenkel, keine Vorsicht mehr, keine Spur von jugendamtsadäquater Diskretion. Doro rollte sich in Fötusposition zusammen, erschlaffte gleichzeitig, ließ sich hängen, wie sie es gelernt hatte, gab sich auf, bis alle Kräfte der auf sie Eindreschenden verausgabt waren.

Das dauerte ein Weilchen, aber dann war die Alte heiser, die Wut verzogen, dann blieb die Unterhose auf Doros Rücken mit dem schmerzenden Kreuz liegen.

Im Hinausgehen löschte die Mutter rücksichtsvoll das Licht.

Ironischerweise hatte Doro nach diesem Vorfall eine ganze Woche Mühe beim Pinkeln; einmal war ein bisschen Blut dabei, das lag wohl an einer leichten Nierenverletzung. Nicht einmal Heike erzählte sie davon.

So, wie Doro in diesen paar Tagen aussah (bleich, gehetzt, unglücklich) und sich fühlte (brüchig, schmerzend, entlarvt) war klar, dass sie keinen Versuch der von Heike empfohlenen Sorte bei Jonas unternahm, ja ihn in dieser Zeit nicht einmal auf dem Schulweg begleitete.

Ausreden.

Wegschauen.

Scham.

Die Mutter schien über das Geschehene diesmal selbst so erschrocken, dass sie Doro kaum noch ansprach, jedenfalls in Ruhe ließ, ihr also die Schonung gewährte, die bei Rekonvaleszenten angemessen ist.

Acht Tage danach lag Doro mitten in der Nacht im Bett, wollte sich, von Sehnsucht ganz zerkratzt im Herzen, anfassen und merkte, dass sie sich schämte wie noch nie. Da stieg auf einmal eine solche bleiche scharfe schneidende Wut in ihr hoch, dass sie erkannte: Morgen früh oder nie.

Sie würde Jonas ansprechen, sie würde ihn sogar vor ein Ultimatum stellen, er sollte sich nicht herauswinden dürfen, er sollte ihr nicht entkommen.

Sie würde eine halbe Stunde früher als sonst aufstehen und sich vor dem Badezimmerspiegel unfassbar glamourös zurechtmachen. Bedrückt, hinkend, gekrümmt durfte es nicht weitergehen, niemals, nur über meine Leiche.

Der Wecker tat seine Pflicht.

Doro sprang, eben noch in einen Traum über Krabben mit knusprigen Krusten verstrickt, aus dem Bett wie ein Fallschirmspringer aus dem Flugzeug, griff sich ihre kleine Schminktasche vom Kopfende, huschte zum Badezimmer.

Durch die einen winzigen Spalt breit geöffnete Tür fiel Kopfwehlicht, drinnen duschte und sang die Mutter. Doro blieb stehen, wartete.

Die Dusche versiegte.

Es wurde gekramt, gewühlt, geklappert, dann begann ein nicht besonders lauter, ziemlich disharmonischer Summgesang.

Doro rief quengelnd: »Braucht du lang? Geh mal raus da!«, ein Blick auf die Swatch verriet ihr, dass die Zeit langsam knapp wurde, wenn sie sich wirklich noch aufbrezeln wollte wie Pam Ewing. Die Mutter lachte.

Doro schlug, nicht allzu heftig, an die Tür.

»He, komm jetzt. Komm schon, lass mich da rein!«

»Einen Scheiß!« lachte die Mutter kehlig und schlug von innen die Tür zu, schloss sie aber nicht ab.

»He!« schrie Doro, die Wut der Nacht war wieder da, als hätte sie sich nur kurz draußen im Schnee die Beine vertreten. »He, komm, mach jetzt auf!«

»Wieso denn? Musst du Pissen, Pisserin?« Das klang so überlegen, so kokett sarkastisch, dass irgendein Knoten im Geflecht von Doros Emotionen platzte, irgendein Damm brach. Etwas in ihr stand auf, und hatte scheußlichen Hunger.

Sie griff die Türklinke, warf sich mit der Schulter gegen die Tür und gab einen tierhaftern Triumphlaut von sich, als das billige Pressholz die Mutter in die Seite traf und über die Badewanne kippen ließ. Doro zwängte sich durch die halboffene Tür.

Die Mutter, unordentlich bekleidet und gerade noch damit beschäftigt, ihre Bluse zurechtzuziehen, langte wie geistesabwesend nach ihr, als ginge es nur um einen Klaps, wie beim Toaster, wenn der nicht schnell genug heiß wurde.

Doro wich aus und schlug mit dem Schminkbeutel in weit ausladender Bewegung zu.

Der Beutel traf die Mutter am Kopf, dass die bestürzt aufjapste, aber da hatte sie schon Doros Hand an der Kehle, und wurde rückwärts von der Tochter, die sich auf sie warf, als ginge es um Tod und Leben, gegen den Wäscheschrank geworfen. Doro ließ den Schminkbeutel fallen und schlug der Mutter mit der flachen Hand ins Gesicht, einmal, zweimal, dreimal, und schrie sie, die nichts verstand, völlig überrumpelt war, in deren Augen Doro eine Angst sah, die sie noch nie bei einem Menschen erlebt hatte, aus mit Glutlava randvollen, brennenden Lungen an: »Mach, dass du rauskommst, du dreckige dumme alte Votze! Raff deine Scheiße zusammen und hau ab! Hau ab zu deiner Scheißarbeit, du Drecksau, hast du das kapiert? Kapierst du das, du Schwein?«

Die Mutter wusste nicht, was sie tun sollte, also nickte sie. Nickte und schluckte. Nickte wieder. Doro ließ los. Die Mutter schlich aus dem Raum, als hoffte sie, für unsichtbar gehalten zu werden.

Doro schminkte sich nicht.

Sie stand nur vor dem Spiegel, starrte sich selbst an.

Sie weinte, nicht schluchzend, nicht bebend, es lief einfach so raus, die Wangen runter ins Waschbecken, und hörte erst auf, als die Wohnungstür von außen ins Schloss fiel.

Doro blieb zuhause.

Sie rief nicht einmal in der Schule an.

Am Nachmittag kam Heike vorbei, besorgt, und setzte sich lange zu ihrer besten, liebsten Freundin auf deren großes, zerwühltes Bett, wo sie einander umarmten und wiegten, und bald beide weinten, zwischen den zerknitterten und zerrissenen Aquarellen und Zeichnungen, die Doro den ganzen Morgen vernichtet hatte, methodisch, wie man ein Dach abdeckt, wenn die Schindeln nichts mehr taugen und neue an ihre Stelle müssen.

Dann geschahen zwei Dinge, die Doros Leben für immer veränderten, beide zum Besseren.

Heike fragte: »Was willst du jetzt machen?«

Doro flüsterte: »Ich will hier nur noch weg. Ich muss hier weg. Ich geh meinen Vater in seiner Klinik besuchen, und frag den, ob ich zu ihm ziehen darf, wenn er rauskommt.«

Sie klang entschlossen, und das war sie auch, und so, wie sie das jetzt verkündet hatte, würde es geschehen. Das war die erste Veränderung.

Heike streichelte ihr Haar.

Doro sah zu ihr auf und, einer Eingebung folgend, die von derselben geheimsten Stelle in ihrem Innern kam wie jedes Bild, das sie je gezeichnet oder gemalt hatte, küsste sie.

Weich, neugierig. Schlimm, richtig. Traurig, durstig.

Endlich.

Toll.

Das war die zweite.

Hinderliche Gerechtigkeit

Das Käuzchen schrie, die Ampel stand orange und Obdachlose schnarchten streng.

Der Bremer Anwalt Jens-Peter Gieschen saß an seinem Rechner und las Nachrichten, die ihn nicht freuten. Als erster Jurist, der eine international operierende Ratingagentur auf dem Territorium der Bundesrepublik Deutschland namens und im Auftrag eines von dieser geschädigten Anlegers verklagt hatte und dabei nicht nur an der Timidität der deutschen Justiz, sondern natürlich auch an der schieren Macht von Standard & Poor's zwangsläufig hatte scheitern müssen, war Gieschen Kummer gewohnt.

Dennoch erschrak er, als auf seinem Tisch, direkt neben der Tastatur, plötzlich ein sehr kleines, ausgetrocknetes Weiblein saß, im schlierig schwärzlich ölverschmierten rosa Jogginganzug, und sagte: »Ich bin ein Engel Gottes. Ich will dich hier rausholen.«

»Warum?« fragte der Anwalt geistesgegenwärtig.

»Weil du ein Gerechter bist und der HErr diese Stätte verderben wird. Jedenfalls hoffe ich, dass er's tut, wenn du nur erst evakuiert bist. Wenn die Stätte evakuiert ist. Was weiß ich, Grammatik eben.«

»Ein Engel?« Gieschen war weitgehend Agnostiker.

»Ein alter Engel«, rechtfertigte sich das arme Geschöpf.

Lila Altersflecken, wenige, strähnige stumpfe, gelbliche Haare, kaum Zähne – der Anwalt schüttelte bei dem Anblick betrübt den Kopf. Der Engel riet, was der Mensch dachte, der ihn maß, und sprach: »Klar altern wir. Was denkst du denn? Ich bin noch jung, verglichen mit einigen meiner Geschwister, nur sechsundzwanzigtausend Jahre alt. Ihr Leute glaubt immer, nur ihr habt gedacht, der Käse ist gefrühstückt und die Sache ausgestanden, als Jesus versprach, er komme gleich wieder? Der Junior lässt sich Zeit, das ist die Scheiße. Deshalb mein Einfall, und der diverser Kollegen. Kolleginnen. Naja, Geschlechter, wir haben's nicht so damit.«

»Ach deshalb«, riet der Anwalt, der ein aufmerksamer Zuhörer war, »sagtest du vorhin: Ich will dich rausholen, und nicht: Ich soll dich rausholen. Du hast gar kein Mandat Gottes.«

»Mandat!« schüttelte sich die Uralte. »Auf was für Wörter ihr kommt! Nein, habe ich nicht. Ich habe mein Gewissen. Das ist bei uns so wie bei euch. Darauf steht er halt: Gewissen. Freier Wille. Selber entscheiden können. Die Geschichte mit meinem Bruder Luzifer, du kennst sie sicher.«

Der Anwalt ließ ein zustimmendes Brummen hören.

»Also«, winkte ihm die Ungeheuerliche mit schwacher, dürrer Hand, »gehen wir?«

»Tut mir leid. Freier Wille. Gewissen. Ich bleibe hier. Ich werde gebraucht.«

Der Engel zuckte mit den Schultern: »War einen Versuch wert.«

Der Gerechte blieb sitzen, aus freiem Willen, der manchmal Trägheit heißt.

Die Apokalypse war erneut vereitelt.

Luzifer, nahebei, verfiel vor Lachen in Schluckauf.

Yumi

Mein Bruder wird meist unleidig, wenn ich zu Yumi fahre. Dabei hat er selbst sie mir 2005 vorgestellt, im Carlton an der Arlozorov-Ecke, Tel Aviv: Yumi Echsenfee, im Farbzauber-Bikini, der im Laufe des trägen Poolnachmittags sein Leuchten von Heidelbeere über Schwimmbadblau bis Pfefferminz änderte.

»Ich geh sie besuchen, in der Bergvilla.«

Diese Ankündigung löst bei meinem Bruder gewöhnlich Ärger über »Schloss Dracula« aus: »Du bist weiblich, hübsch und lustig, der Geldadel missbraucht dich einfach als Partyzierde!« Als ich ihm aber letzte Woche erzählte, dass ich derzeit so was von ausgetrunken bin und dass meine Träume fast wie seine Bücher schmecken (jüngst wähnte ich, mein Hirn wäre das einer Katze, eingesperrt im Kopf eines kleinen Vogels, der versuchte, sich selbst zu jagen), ließ er mich hinfahren.

Wie hübsch es wieder war, auf der Treppe zwischen den Loggien, vor der Lichtspiel-Glaswand im Foyer (jeden Abend lief »Funny Face« mit Audrey Hepburn und Fred Astaire), im Windhauch am Bergsee, auf leinenbespannten Sandelholzliegestühlen vor kadmiumorangen Sonnenuntergängen, unter lauter bildschönen jungen Leuten mit musikalischen Vor- und Nachnamen wie »Marigold«, »Taha«, »Khashaba« oder »Honigblum«. Christian Kracht ist schon sehr nett.

Nachts nahm Yumi mich mit aufs Dach. Wir tauften Sternbilder (»Finanzminister«: krumm, trübe flackernd).

Dann besorgten Marigold und Ilya Rückstoßlader-Maschinenpistolen, mit denen wir auf selbstbemalte Puppen aus Pappe schossen. Der Spaß lärmte leicht unheimlich, fast unmoralisch.

Als eine zarte Mitternachtskühle meine Armhärchen kitzelte, dachte ich: Ob wohl dereinst die Zeit kommt, in der man Schusswaffen nur noch für solche Streiche gebraucht statt dazu, Lebendiges zu verletzen?

Mein Bruder hat recht: Yumi und ihre Freunde sind ewige Kinder. Aber während ich hier sitze, drüber schreibe und meine Ohren immer noch leise klingeln vom ausgelassenen Geballer, frage ich mich, ob diese Frivolität, aus ungerechtem Privileg geboren, nicht eine künftige Menschheitsunschuld vorwegnimmt. Der tolle, steile Quatsch, den wir im sorglosen Sommer treiben: Wird er uns wärmen, im Winter?

Apollinaris Classic

One needs a vivid sense of the respect in which (given the spatio-temporal framework) every object is a process; one needs to abandon the idea that there is any sharp or categorical distinction between an object and its propertiedness.

Galen Strawson

»Kinder sind Verzweiflungstaten.« Tina war sich ganz sicher: »Ich habe so viele Freundinnen, aus denen eins rausgefallen ist, als sie sonst nichts mehr hatten, wollten, durften, konnten – Studium gescheitert, Beziehung am Zerbröseln, künstlerische Stagnation, misslungene Befreiung von den eigenen Eltern oder sonst ein Familienscheiß ... Ausweg: Kind. Es ist wie auf diesen Plakaten – unsere letzte Hoffnung: Hitler. Jetzt mal überspitzt gesagt, du verstehst.«

Jochen und Ilka saßen einigermaßen fassungslos vor Ilkas ältester Freundin und engster Vertrauter – dass die so was sagen konnte!

Wo Ilka doch hochschwanger war, übrigens zum zweiten Mal. Ilka selbst war vielleicht ein Spürchen fassungsloser als Jochen, der aber lieber den Mund hielt, während Ilka sehr schnell ihre Fassung wiederfand und recht ruhig, beherrscht, jedenfalls rational genug erwiderte: »Quatschdreck. Das ist wieder so eine von diesen Zuspitzungen, mit denen du dich drückst.«

»Drückst?« Tina hob amüsiert die rechte Augenbraue.

»Vor dem Leben. Vor den Widersprüchen. Es ist nämlich ... natürlich was dran, aber das reicht nicht. Ich meine, wir kennen die Fälle alle, es gibt sie. Nur gibt's auch die anderen: Wo Leute tatsächlich sicher sind mit sich und anderen Leuten, wo sie was erreicht haben, wo sie merken, es fehlt noch was, und das Kind ist sozusagen das Ausrufezeichen, der Beweis: Es geht, ich habe ein Leben hingekriegt, in dem man es aushält, und das will ich weitergeben, und das will ich bekräftigen. Das Kind selber ist bloß eine Art … Betonung. Also, die Gescheiterten, die reiten ihr Gescheitertsein mit dem Kind noch mal so richtig tief in die noch größere Scheiße, klar. Aber die, bei denen es geklappt hat, die feiern das so, und es klappt sogar weiter. Zum Beispiel kann es für ein lesbisches Paar sehr wichtig sein, eine gemeinsame …«

»Stimmt, hast recht«, lenkte Tina ein. »Das ist doch wie in diesem Buch, erinnerst du dich, das, was Marlies uns empfohlen hatte … Apfeldingsbums …«

»Apfelduft, ja, von Henrike Lang. Was ich sage: Es gibt die Versagermütter und die Hitmütter. Ich verrate übrigens nicht, zu welcher Gruppe ich gehöre.« Ein Malefiz-Zwinkern, und Tina lächelte anerkennend.

Das Gespräch driftete dann rasch zu anderen Themen ab – Tina, versöhnlich gestimmt von Ilkas Beweisstil, erfand in Analogie zu deren Modell vom Ausrufezeichen eine ganze Kulturtheorie der Verstärkung: »Wie die Charts zum Beispiel, bei Musik: Das ist ja auch nicht alles immer nur der größte Müll, sondern funktioniert ebenfalls wie eine Art Vergrößerungsglas – die guten Sachen in den Charts sind besser als die guten Sachen, die es nicht in die Charts schaffen, und der Dreck ist eben, oder halt, nein, wird eben noch schlimmer, wenn er den ganzen Tag auf Heavy Rotation läuft.«

»Oder bei literarischen Klassikern, die man in der Schule lesen muss …«, ergänzte Ilka, und so ging es weiter, bis tief in die Nacht.

Tina schlief zufrieden im Gästezimmer, Ilka auf ihrer Ehebetthälfte.

Jochen aber lauschte die ganze Nacht dem Babyphon und lag mit geöffneten Augen wach: Wie klang das denn, dieses entspannte Atmen seines kleinen Sohnes im Kinderzimmer nebenan? Nicht doch irgendwie böse?

Wissend?

Dennis war 13 Monate alt und seinem Vater seit etwa einem halben Jahr durchaus unheimlich. Woran das lag, darüber dachte Jochen jetzt nach, während er gegen den Eindruck kämpfte, dass das leise »schrchhh... schrchhh...« aus dem Babybettchen nach ihm rief, ihn zu sich lockte und zugleich verspottete.

Wusste der Kleine nicht immer – weit besser, als die Erwachsenen –, wann er sich aufregen musste, um zu erreichen, was er wollte, und wann es günstiger war, Ruhe zu geben?

Hatte Jochen sich nicht neulich dabei ertappt, wie er beim Arbeiten einen Track über die Boxen aus dem Computer hatte abspielen müssen, zwanghaft, über Stunden, zu dem der Kleine selig lächelnd auf seinem Kindersitz wackelte, einen Track, von dem sich später herausstellte, dass zwar Jochen nicht wusste, wie der in seine Files gelangt war und wo er ihn gekauft, oder kopiert hatte, Ilka ihn aber auf einer CD besaß, die offenbar, so jedenfalls die Auskunft, die seine Frau ihm gab, »immer im Auto läuft, wenn Dennis und ich mal zusammen wo hinfahren. Unser Soundtrack, sozusagen, und ich staune, dass du den hast, freut mich natürlich, aber ich dachte, das ist ja eigentlich nicht deine Musik.«

War es wirklich nicht, also wie war er auf seine Playlist gelangt?

Am Unangenehmsten, ging Jochen jetzt auf – und schwitzte er wirklich kalt auf der Stirn, raste der Puls, flatterte der Atem? – berührte ihn die Geschichte mit dem Mineralwasser, Apollinaris Classic.

Er kaufte längst kein anderes Zeug mehr, um sich zu erfrischen, weder Limo, Cola, noch Säfte; das hatte angefangen als eine Art bewusst gesetzter Differenz zu Ilkas Volvic-Fimmel: Fürs Kind nur stilles Wasser, für die Mutter anfangs dasselbe mit sanften Zusätzen, ein bisschen Beerengeschmack oder Apfel – und das gab sie dann irgendwann auch Dennis, jedenfalls »zum Kosten, nur ein bisschen«, unter skeptischen Blicken von Jochen, der zwar keinen Gesundheitsfimmel hatte, aber sich doch berufen fühlte, zu warnen: »Diese Fruchtnote, ich weiß, es ist kein extra Zucker drin, aber was da für chemischer Müll dahintersteckt, wer kann das sagen? Ich hab neulich was gelesen, über Bioterrorismus mit neuartigen Endosporen. Das sind so Sachen im Körper, von denen das Gehirn dann …«

»Seit Kammonikutian gibt's doch gar keinen Terrorismus mehr. Erst war die Katastrophe Kammonikutain, und seitdem renkt sich's ein. Hey, das reimt sich!« Ilka strahlte, es hatte einen Beigeschmack von lasziver Fiesheit.

Lahm lehnte Jochen sich noch einmal auf: »Ich sag nur, ich wäre damit vorsichtiger.«

Die Vorsicht flog zum Fenster raus, dem Kleinen schmeckte Volvic mit Fruchtnote, damit war das entschieden.

Dann geschah das Schwerbegreifliche: Der Classicsprudel mit Kohlensäure – »Wasser ohne Kohlensäure, das kann ich wirklich nicht trinken, so christlich bin ich nicht«, maulte Jochen – schmeckte auf einmal auch nach Beeren, Äpfeln und Orangen.

»Du spinnst«, hatte Ilka gelacht.

»Doch, echt. Probier mal.«

»Nein. Hör auf, du spinnst.«

»Nee, jetzt probier halt wirklich.«

Sie hatte sich breitschlagen lassen, und dann zugeben müssen: »Wirklich, Fruchtnote.« Und dann, misstrauisch, aber belustigt: »Wie hast du das gemacht?«

Fassungslosigkeit: »Wie, ich? Das war zugeschraubt, hast du doch gesehen. Die Flaschen alle … seit Tagen ist das so.«

»Seit Tagen.«

»Ja. Dass das so schmeckt, dieses Classic.«

»Verarsch mich nicht. Ist gut jetzt, Jochen, lass es.«

»Es schmeckt doch so, du hast es selber gesagt. Und es war zugeschraubt. Das haste gesehen. Verschluss intakt.«

»Naja, dann …«, Stirnrunzeln, und die kleine Näschenrümpfnummer, die er immer noch liebte. Atemholen.

Ein Erklärungsversuch, nachdenklich: »Vielleicht wie bei Milch, irgendwie.«

»Milch.«

»Naja, offene Milchtüten im Kühlschrank. Lässt du sie beim Käse stehen, schmeckt die Milch nach Käse, lässt du sie bei der Wurst stehen, schmeckt sie nach Wurst, und wenn sie bei der Schokolade steht …«

Er hatte noch ein bisschen weitergegraben, nachgehakt, genervt, unter besonders hartnäckigem Herumreiten auf dem Umstand, dass sie ja selbst gesagt hatte: offene Milchtüten, während diese Apollinaris-Classic-Flaschen »eben verschraubt, luftdicht verschraubt« gewesen waren.

Ihre Einwände, überwiegend unüberlegt – »ach, wie dicht kann man so'n Plastik schon verschließen, weiß doch niemand … außerdem sind es vielleicht irgendwelche neurologischen Effekte, Geschmacksknospen plus das Hinzudichten von Fruchtnoten, die wir irgendwie gespeichert haben oder … Na, egal.«

»Egal«, das war das Stichwort gewesen, die Angelegenheit fallenzulassen.

Als hätte sie plötzlich die Lust verloren. Oder fürchtete sie sich?

Vor wem? Vor Dennis?

»Schrchhh….schrchhh…«

Das Ganze war einer unüberwindlichen Verständigungsbarriere geschuldet, größer als Kammonikutain: Jochen ahnte und spürte etwas Richtiges, und Dennis wusste und konnte etwas Wichtiges, beides jedoch auszutauschen, war ihnen unmöglich.

Bevor Kinder sprechen und Sprache verstehen können, wissen sie alles, was man an Nichtsprachlichem wissen kann, darunter auch, wie man die Dinge um sich her nicht so sehr wahrnimmt als vielmehr: Wie man diese Dinge selber ist, und wie man sie, wenn man sich dabei ändert, dann mitverändern kann.

Der fürs Sprechen notwendige Wahn, ein Ding oder ein Sachverhalt seien jeweils nichts anderes als dieses Ding und dieser Sachverhalt – ein Wahn, dessen wahres Gegenteil man eben nicht sagen, hier also auch nicht aufschreiben kann – ist noch nicht in den kleinsten Menschenköpfen, und obgleich sie damit praktisch allmächtig sind, so sind sie doch auch auf Schutz angewiesen, denn Allmacht ohne Umsicht, Allmacht ohne Planung, hat nicht immer die gesündesten Effekte.

Es besteht in dieser Hinsicht auch ein wichtiger Unterschied zwischen Wesen, die, wie Kinder, noch keine Sprache haben, und Wesen, die keine mehr brauchen, wie etwa den Menneskern, die den Mond Arrhenius, der eigentlich eine Sonne ist, in eine Umlaufbahn um den Planeten Feldeváye geschossen haben, um ein Experiment mit Energie zu versorgen, das die besten Möglichkeiten aus Wesen herausholen soll, die eine Sprache besitzen und von ihr besessen werden.

»Noch nicht« ist schwächer als »nicht mehr«, das gilt für alle Regelsysteme und sonstigen entwicklungsnotwendigen Irrtümer.

Es gab und gibt (und wird geben) in der Geschichte des Universums eigentlich nur ein Geschöpf, das sich in keins der vier Kästchen sprachlos (die meisten Tiere), noch nicht sprachfähig (Kinder von sprechenden Wesen), sprachfähig (sprechende Wesen) und nicht mehr sprachbedürftig (höhere denkende Wesen) eintragen lässt.

Lustigerweise wohnte dieses einzige Geschöpf, Farczády, zu der Zeit, da Jochen sich solche Sorgen um Dennis machte, im Selben Haus wie Tina, Ilkas alte Freundin, und ging dort schrecklichen Beschäftigungen nach.

Wäre er jemals in jenem Haus zu Besuch gewesen, hätte ihn Dennis wohl erkannt.

Zum Glück aber kam es dazu nicht.

Jochen, »schrrch« hin oder her, schlief schließlich ein und trieb durch traumlose Tiefen, in denen er das allumfassende, aber gestaltlose Bewusstsein seines Sohnes mehrmals sacht streifte, wie ein Kuss auf die Stirn im absolut Dunklen.

Hamburg

Erst war es zu heiß in Hamburg, dann war es zu nasskalt in Hamburg, und dann rotteten sich am Bahnhof diese ganzen Schlagerparadenmonster zusammen, in ihren Rosa-Geldschein-Herrenanzügen und mit ihren explodierenden Faschingsperücken.

Das Einzige, was Doro dort gefiel, war ein T-Shirt: »Meine Nachbarn hören Heavy Metal, ob sie wollen oder nicht«.

Sich das Eis mit Erdbeer-Käsekuchenkrümeln zu holen, das sie so mochte, und das man direkt gegenüber dem Stofftierladen bekam, in dem sie die Plüschmodelle für ihre jüngste Zeichnungsserie gekauft hatte, war ihr, solange der Belagerungszustand durch die Schlagermonster andauerte, ganz unmöglich. Also ging sie stattdessen in die Kunsthalle und schaute sich die »Alice im Wunderland«-Ausstellung an, wo ihr die völlige Abwesenheit halbwegs offener Pädophilie ziemlich schlechte Laune machte.

Die Stimmung der Künstlerin verdüsterte sich noch stärker, als sie den Dalí-Disney-Zeichentrickfilm im obersten Stockwerk der Ausstellung betrachtete. Natürlich wollte sie diesen abgeschmackten, computeranimierten Horror sofort besitzen, um ihn daheim hassen zu können und sich davon zu enormer Kunst anregen zu lassen. Noch in der Ausstellung aber erfuhr sie per Internet auf ihrem Smartphone, dass es das Ding nur auf einer BluRay zusammen mit »Fantasia« gab. »Auf Blu-Ray ist geschissen!« zischte sie, und fand sich im selben Moment vor einem Werk von Annelies Štrba, das ihre Welt unversehens öffnete: Schwadensatt verschmierte Buntheit, wie mit dem Schwamm getupft, ein Wald, ein See, darin ein schlafendes (totes?) Kind in Festtagskleidung, ein kleines Mädchen, einerseits Alice, andererseits die Ophelia von Millais.

Aber das ist es doch, dachte Doro Coppe. Das wollte ich doch immer, und etwas Großes, Dankbares rastete ein: Das Stalingradbild von Asger Jorn, richtig, da hatte ich immer eine Figur reinsetzen wollen, und dann war ich so enttäuscht und erbost, als die dumme Johanna Rauch ihr Scheißvideo gemacht hat, mit dem Dichter, der Möbeltrümmer und schwarze Wolle auf einem Schneefeld verteilt hat, nach dem Muster dieses Gemäldes, bis die Landschaft mehr oder weniger so aussah wie das Werk von Jorn.

Dann hat sie es von oben gefilmt, und ich dachte: Jetzt kann ich das nicht mehr machen, dieses Jornbild verwenden und bearbeiten.

Das Kind in buntem Quatsch war ihr Ausweg,

Sie fuhr nachhause, nach Karlsruhe, ging in ihr Studio, scannte den Jorn, projizierte ihn auf eine Leinwand und malte drüber.

Dann setzte sie in der Mitte das kleine Mädchen aus dem Fernsehspiel, das sie letztes Jahr so beschäftigt hatte, und das sie eigentlich zwischen die Plüschtiere aus Hamburg hatte malen wollen, für deren Darstellung in Öl ihre jüngsten Zeichnungen Vorstudien gewesen waren.

Im gelben Regenmäntelchen, winterlich frierend, so stand das von Doro abgemalte Fernsehmädchen in der von Doro abgemalten Stalingradlandschaft.

Das war es endlich: das Gegenteil zugleich von Dalí wie von Disney.

Das, worauf sie immer schon hinausgewollt hatte, schon damals in Sonnenthal, bei den katholischen Schwestern, mit Wachsmalstiften und Kratzplastikschaber.

Sie nannte das Bild »Meine Nachbarn hören Stalin«, und ihr Galerist erzielte dafür einen so hohen Preis wie noch nie für eins, das sie gemalt hatte.

Am Ende hing es überm Bett eines sehr bösen Mannes, der kein Mensch war.

Obwohl sie jetzt beinah reich war, kaufte sie sich immer noch keinen BluRay-Player.

Konsequenz ist nämlich noch schöner als Erfolg.

Protestbriefe

(Rechtschreibung und Syntax sind nicht berichtigt)

Sie irrgläubiger Herr!

Täuschen sie sich nicht das man über Gott spotten kann! Sie glauben sie sind so inteligent und können sich lustig machen über die Warnungen der Zauberei in der Bibel aber, wenn sie so inteligent sind müßten Sie auch sich überlegen können: es gibt die Mächte mit ihnen ist nicht zu spaßen!

Ein Bürger, der sie warnt

*

Sehr geehrter Herr Klee,

alarmiert nicht nur durch Ihren Fernsehfilm »Hexenvater« im ZDF im Januar sondern noch mehr durch die Interviews, die sie dazu gegeben haben (die Zeitungsausschnitte lege ich bei, die gefährlichen Stellen sind gelb mit Marker gekennzeichnet) muss ich sie darauf hinweisen, dass Sie vor allem Ihrer Tochter mit diesem »autobiographischen Rätselspiel« (Originalzitat Badische Zeitung, von Ihnen, 07. Januar) keinen Gefallen getan haben. Sie setzen Ihr Kind damit psychisch unter Druck, und es kann nur ein eingebildeter Mensch dabei herauskommen! Außerdem muss ich als Christ, da Sie ja wohl zu den modischen Menschen gehören, die alles, was mit traditionellen Werten und dem Glauben zusammenhängt, lächerlich finden, Sie eindringlich ermahnen, sich nicht in Gebiete zu wagen, wo die Schulwissenschaft nichts weiß!

Denken Sie darüber nach, solange noch Zeit ist,

Paul Klönner, Familienvater (2 Söhne und 1 Tochter) Waldstetten

*

Fromme Ur-christen WARNEN dich!!!!

EXODUS 22, Vers 17: »Die Zauberinnen sollst du nicht am Leben lassen!«

(Postkarte, ohne Absender, Gestempelt in Stuttgart)

Goldgrüne Fische

Eventually we will all come together.
Joanna Russ

Zwei sensationell eigensinnige Pinguine lebten an einem überschaubaren Ort in Polnähe.

Sie hießen Ping und Pong. Beide bewohnten ihre je eigene Scholle.

Pings Scholle war größer.

Es lebten zahlreiche Pinguine drauf, die waren Pings Familie, was nicht heißt, dass Ping sie sich nicht ausgesucht hätte. Das hatte er nämlich. Pong war gut im Fischefangen und im Singen.

Ping sang auch gern, und sehr gut.

Vor allem aber war Ping der schönste Pinguin der Welt. Es handelte sich dabei nicht primär um Äußerlichkeiten, Pinguine sehen einander ja relativ ähnlich. Es ging um die Gesamtstimmigkeit des Wesens.

Ping und Pong, die Namen verraten es, gehörten zusammen, allerdings ebenfalls nicht auf eine Art, die mit Äußerlichkeiten zu tun hatte.

Denn Pong mochte seine kleine und Ping seine große Scholle viel zu sehr, als dass sie jemals auf ein und derselben hätten wohnen können.

Pong und Ping wussten Bescheid.

Es war schön mit ihnen, und wurde ganz langsam immer schöner.

Pong wollte das irgendwann feiern. Daher ging er zum ältesten Pinguin der Welt, Ursula, die sich mit solchen Sachen besser auskannte als irgendwer sonst, und sagte zu ihr: »Was muss ich tun, damit wir nicht nur zusammengehören, sondern auch zusammenbleiben, wenn, was ja oft passiert, die große Eisscholle, auf der Ping lebt, von der kleinen Eisscholle, auf der ich lebe, weit wegtreibt?«

»Ihr müsst zusammen tauchen und bestimmte Fische essen«, sagte Ursula.

»Welche?«

»Die blauen, dann wird ein Teil von dir immer auf der großen Scholle sein. Die roten, dann wird ein Teil von Ping immer auf der kleinen Scholle sein.«

»Das haben wir schon gemacht.«

Ursula nickte, weil sie das längst wusste, und sagte: »Dann müsst ihr noch die goldgrünen Fische essen.«

»Oh je«, sagte Pong.

»Weshalb: Oh je?« fragte Ursula.

»Weil wir das schon mal probiert haben. Wir haben sogar einen riesigen goldgrünen Fisch gegessen. Dann wurde uns übel und ich veranstaltete ein Geschrei und Ping auch und oh je, oh je. Der Fisch schwamm ganz träge oben auf dem Wasser, war leicht zu fangen, aber …«

»Die riesigen goldgrünen Fische«, fiel Ursula ihm ins Wort, »sind nicht die, die ich meine. Man muss sie essen, wenn sie ganz klein sind. Wenn sie größer werden, werden sie schlecht. Wenn sie klein sind, und man erwischt sie, dann verraten sie einem, während man sie isst, weil sie das mögen, den Weg zur dritten Scholle. Die ist geheim und selber unter Wasser, aber man kann drauf atmen – allerdings immer nur ein paar Stunden lang. Das ist der gemeinsame Ort für jeweils zwei von uns. Der gehört niemandem, also immer beiden.«

»Okay, die kleinen goldgrünen. Dann werde ich das Ping mal vorschlagen.«

Ursula überraschte Pong, indem sie vehement den Kopf schüttelte: »Um Gotteswillen, das darfst du nicht. Das muss immer der auf der größeren Scholle machen. So ist unser Gesetz.«

»Aber …«

»Kein aber. Ich verrate dir, wie es funktioniert: Würdest du Ping, den Schönen von der großen Scholle, fragen, ob er mit dir goldgrüne Fische jagen will, dann würde er sagen, die gibt es nur weit weg von seiner Scholle, und da will er nicht tauchen, denn dann findet er vielleicht nicht mehr heim.«

»Aber das stimmt doch gar nicht. Es gibt sie unter seiner Scholle, unter der Oberfläche, gar nicht so schrecklich tief. Man muss nur drunter durch tauchen.«

»Ich weiß das, du weißt das und er weiß das. Aber er wird's nicht so sehen.«

»Und wenn ich ihn frage ...«

»Er wird Nein sagen.«

»Aber manchmal sagt er Nein und meint Ja.«

»Ich weiß das, du weißt das und er weiß das. Aber dass sein Nein manchmal Ja heißt, bedeutet nicht, dass das konkrete Nein nicht manchmal auch wirklich Nein heißt.«

»Dann frage ich eben jeweils nochmal nach.«

»Pong, du Mensch, das wäre das Schlimmste!«

»Wieso?«

»Weil unser Gesetz für solche Fälle vorschreibt, dass aus einem Nein selbst dann, wenn es ein Ja war, im Moment der Nachfrage sofort ein echtes Nein wird. Das nennen wir die polare Unschärferelation.«

»Also diese ganze Geschichte«, moserte Pong, »kann so auf keinen Fall endlos weitergehen. Das ist ja lächerlich!«

Ursula nickte: »Ich weiß das, du weißt das und er weiß das. Aber wie soll die Geschichte, jedenfalls für den Moment, anders enden als mit der Frage, was du, wenn die Dinge eben so liegen, wie sie liegen, eigentlich machen sollst?«

Verwehrte Bitte

Farczády war am Ende kein Mensch mehr, wenn auch immer noch ein Mann, mit etwas Glück gelegentlich auch eine Frau.

Als Student in Freiburg und Heidelberg, kurz nach Kammonikutain, war es ihm mit der Medizin so ernst gewesen wie mit der Philosophie. Dann aber entdeckte er die Verkleidungen, das Leder, die schwarze und die weiße Schminke, die Musik, und trennte sich von Jasmin, weil sie nicht mitwollte in die dunklen Keller, nicht zu den verschlungenen Körpern gehören und nicht das ätzende Zeug schnupfen.

»Nippel!« lachte er. Das Wort fand er sehr lustig.

Der Witz wurde dann aber schleunigst alt.

Auch für Farczády war die Zeit in Lack, Leder, Ketten schließlich nur eine Phase; er mochte daran vor allem die Schminke, und dass seine Wangenknochen davon so scharf hervortraten. Als er damit fertig war, nahm er das Studium wieder auf, allerdings ohne die Philosophie.

Als Arzt und Biochemiker entdeckte er neuartige Endosporen, die einigen Aufruhr machten, das gab seiner Karriere einen großen Schub.

Die Entdeckung gelang ihm, als Jasmin sich gerade mit Stefan verlobt hatte, lange, bevor sie von ihm schwanger wurde und Isabelle bekam.

Farczády und Jasmin sahen einander in Freiburg wieder, im Café Aspekt, er machte ihr Komplimente, sie winkte ab: »Komm, schönster Mann der Welt, du musst mir nicht schmeicheln.«

Da merkte er, angenehm berührt, es war durchaus möglich, mit ihr befreundet zu bleiben.

Sie tranken heiße Schokolade mit Wodka, extra bestellt, es stand nicht auf der Karte.

Jasmin machte ihm begreiflich, dass sie Stefan Klee wirklich liebte.

Er legte sich, als sie sich verabschiedet hatte, am Synagogenplatz ins Gras und ließ seine Augen mit den Sternen um die Wette blitzen.

Die Sterne konnten nur verlieren.

Aus der Biochemie ging er nach Abschluss des Studiums in die neurologisch gestützte Verhaltensforschung, denn er wünschte genug über Menschen zu wissen, um sich sicher zu sein, dass die Entscheidung, nicht länger zu ihnen gehören zu wollen, die richtige war.

Auf Henrik Ehrssons Versuche am Karolinska Institut in Stockholm wurde er im Sommer der Vergiftungswelle aufmerksam.

Er flog zu Ehrsson, ließ sich alles zeigen: Dies ist die Brille, dies ist die Kamera. Hier berühren wir die Versuchsperson an der Brust, und gleichzeitig stoßen wir mit dem Stab die Kamera von vorn. Die Versuchsperson sieht sich dabei von hinten und denkt, ihr Körper befände sich hinter sich selbst: Hinter dem Körper, den sie sieht.

»Multisensorische Integrationsprobleme«, sagte Ehrsson, und sprach von »Illusion«, vom ventralen permotorischen Cortex auch.

Farczády zog seine eigenen Schlüsse.

Ich bin nirgends, ich bin überall, das Experiment zeigt mir das nur: Dies war eine gute Arbeitshypothese. Er dachte an seine erste Freiburger Studentenzeit, daran, wie er mit Jasmin und zwei Zivis in der Halle gestanden hatte, als sie Schäuble reingebracht hatten, nach dem Attentat des Irren.

An die vielen Möglichkeiten.

Farczády baute seinen alten Keller, den mit den Ketten, den Böcken, den Stellwänden um und ließ fortan jeden sexuellen Unfug bleiben.

Er lud stattdessen Leute ein und zeigte ihnen, dass sie nirgends waren, überall.

Er half ihnen, zu justieren, wie sie sich sahen, spürten.

Die Kamera denkt nicht weniger als du, sie denkt, wie du, dass sie da ist, wo sie ist, und es stimmt nicht.

Bald ging er vielfach durch die Stadt, als andere Leute, als niemand.
Bald war er, wer er sein wollte.
Bald war er wir, auch wenn wir immer noch nicht er sein wollten.

»Ich brauche«, bat er Jasmin; als die sehr bleich, sehr mager, immer noch anziehend, auf ihrem letzten Bett lag, »nur eine halbe Stunde mit dem Kind. Eine halbe Stunde mit den Kameras. Bitte.«

»Meine Tochter ist kein Spielzeug, Farczády.«

Sie hatte seinen Vornamen vergessen, weil er ihn vergessen hatte. Sie dachte, hieß er nicht Aleksander? Hieß er nicht Feliks?

Er bettelte nicht weiter, er sagte nur: »Ich weiß, was sie kann. Dein Mann hat's ja allen erklärt, in seinem Fernsehspiel. Ich will nur sehen, was passiert, wenn ich sie bin. Wie das ist, wenn ich kann, was sie kann: nicht nur Männer und Frauen sein, sondern alle Dinge. Alles denkt, das wusste ich, aber für sie spricht alles, und hört ihr zu. Ist sie also mehr als ich? Ich will's wissen.«

»Ich kann's nicht erlauben.« Jasmin war körperlich sehr schwach, aber von ungebrochenem Willen. Ruhig fragte er: »Liebst du mich noch, Jasmin?«

»Ja.«

»Dann weißt, du, dass ich dich auch noch liebe, und dass deiner Tochter nichts passieren wird, wenn du mir nur eine halbe Stunde Zeit mit ihr gibst.«

»Ich kann es nicht zulassen. Du kriegst sie nicht. Sie wird nicht du, sie wird höchstens alle andern. Du bist ein Verbrecher, Liebster.«

»Dann wird sie die Polizei sein müssen«, sagte er bedauernd. »Und ich, der ich viele bin, die sie nicht ist, werde sie besiegen müssen, bevor sie mich fängt und einsperrt.«

»Vielleicht«, sagte Jasmin, »gibt es noch einen anderen Weg.«

Láadan 2.0

So fest ich konnte, umfasste ich die Handgelenke des Gottes. Er atmete leicht, seine Fingerkuppen spürten, wie das Blut in meinen Armvenen pulste: Ich fürchtete, dass ich tief fallen würde, wenn ich losließe. Die Lage hatte ich mir selbst zuzuschreiben: Er hatte mich in sein vorweltliches Dunkel geholt, mich auf die Mauer um den heiligen Ort gehoben und dann hinuntergestoßen, aber doch auch nach mir gegriffen, jetzt hing ich hier. Nur wenn seine Kraft ausreichte und mich nicht der Mut verließ, würde ich nicht stürzen.

Wie hoch war die Mauer? Ich wusste es nicht; aber man hatte mir erzählt, unter ihr gähne ein Abgrund, wie über ihr ein finsterer Himmel sich nach allen Richtungen nirgendwohin wölbte.

Dem Gott waren seine Städte heilig wie seiner Schwester Artemis die Berge, die niemand gebaut hatte. Er trug für New York so gern die Verantwortung wie für Dubai oder Paris. Wo Leute siedelten, kannten und verehrten die Eingeweihten unter ihnen Phöbus Apollo, den Städtegründer, den Konzertmeister, der mit Feuer schreibt, was er mitteilen will.

Ich war als Priester eine Niete. Die stumme Kirche hatte mich in der Abteilung »bauliches Entwerfen« eingesetzt; da waren mir eigentlich vom ersten Tag an nichts als Fehler passiert. Wo man mich angewiesen hatte, ein Wohngebiet nach dem Prinzip der Trennung der Verkehrsarten zu erschließen, versuchte ich, die Fahr- und Parkfunktion entlang der Wohnsammelstraßen zu bündeln, aber gleich machten mir die unterschiedlichsten Gewerbebetriebe (Discounter, Sexshops, Zeitungskioske) einen Strich durch die Rechnung. Die Einstellplätze für Personenkraftwagen, die ich den Anwohnern zugeteilt hatte, erwiesen sich als zu schmal und schlecht geschnitten. Schließlich fing ich an, in meinen Arbeitsprotokollen Zahlfehler zu machen (»stammt« statt »stammen«)

und immer mehr persönlichen Kram einzuflechten, um den Kontakt zu Leuten außerhalb der Kirche nicht vollständig zu verlieren. Eine Abhandlung über den Unterschied zwischen Wendeplätzen und Wendeschleifen etwa geriet mir, ohne dass ich mir dessen auch nur bewusst gewesen wäre, zu einem Brief an einen Nachbarn, der mir bei Tageslicht niemals die Hand gegeben hätte. Der Gott fand dies alles heraus und gelangte mit Recht zu der Ansicht, ich sei untragbar geworden. So hing ich hier.

Wir lachten beide, es klang gut. Er ließ mich los, ich ließ ihn los und fiel.

Das ging nicht lange.

Stimmen im Wind, gute und liebe, sagten: »Nur mit Dir / bin ich / Ich Du Du« und mehr wahre Strophen solcher Lieder. Ich war, merkte mein Leib jetzt, nur zwei Handbreit über der Erde gehangen, die Mauer war viel niedriger als befürchtet. So purzelte ich auf weichen, duftigen Boden, zwischen üppige Gräserhorste, weichen Schildfarn, Lilien. Der Gott lag schon neben mir, auf dem Rücken. Natürlich war nicht zu raten, wie er das gemacht hatte.

Der Mond ging auf.

Wir sahen, wer und wie und wo wir waren: in Sicherheit, ganz nah der Nachtstadt.

Politische Selbsterziehung

Anfang 2012 machte sich Prinzessin Charlene von Monaco, da sie nun schon eine neue Frisur hatte, vermehrt auch noch einen Kopf: Wozu ist unsereins eigentlich gut? Ich kann in Hose und Sakko mit meinem albernen Albert (auch in Hose und Sakko) beim Monte Carlo Tennis Masters auftreten, wo sich dann alle über meinen blonden Bubihaarschnitt aufregen, oder ich kann das Ozeanographische Museum von Monaco besuchen, wo sich die Kinder freuen, guck mal, ne echte Prinzessin.

Aber drauf gepfiffen: Das ist doch eine reine Staffage-Existenz.

Pistazien essen, den ganzen Tag – wozu? Es fehlt immer Salz.

Wenn ich wenigstens Gefahr liefe, bei einem Attentat in die Luft gesprengt zu werden, das rüttelt dann die Menschen wach oder so.

Die schöne, zierliche, aber durchaus resolute Frau ahnte zu diesem Zeitpunkt bereits, dass ihr Begriff von Politik (Attentat, Wachrütteln) vielleicht nicht der differenzierteste war. Aber im Gegensatz zu den meisten nutzlosen Existenzen, die immer bloß produktiveren Figuren die wertvolle Luft wegatmen, fasste sie bereits aus diesem vagen Anflug von Selbstkritik, also lange vor Schuldgefühlen in voller Blüte, den knallharten Entschluss, sich über den Graben hinwegzusetzen, der ihresgleichen von Normalsterblichen, die immer nur Objekte, niemals Subjekte politischer Entscheidungen sind, so erbarmungslos trennt, hinwegzusetzen. Sie kaufte sich also eine Karottenjeans und ein dummes Ibiza-T-Shirt, außerdem noch bunte Turnschuhe, fuhr nach Berlin und setzte sich auf eine Bank in einem Hof ohne Spielplatz hinter einem üblen Plattenbau in irgendeiner Vorstadt, um auf das Erscheinen der Unterschicht und von dieser auszuteilenden Lehren über die Wirklichkeit zu warten.

Nach einer Weile erschienen Kinder.

Sie schnüffelten Klebstoff, bedrohten einander, zündeten mitgebrachte Sachen an und nahmen die Prinzessin nicht wahr, die stocksteif auf ihrer Bank sitzen blieb und sich kein bisschen rührte. Vielleicht, mutmaßte Charlene, halten sie mich für tot.

Am Nachmittag erschien auf einem Balkon im ersten Stock ein weder schlanker, noch korpulenter Mann in Cargohosen und fleckigem Herrenunterhemd. Der brüllte die Kinder an: »Haut ab! Habta jehört? Macht dassa weckommt!«

Die Kinder lachten und schrien in fremden Sprachen durcheinander.

Der Mann ging wortlos in seine Wohnung; kam nach zehn Minuten wieder raus und fing an, mit vollen, halbgefrorenen Bierdosen nach den Kindern zu werfen. Eins traf er am rechten Oberschenkel, ein anderes am Kopf.

Die Kinder kreischten durcheinander und drohten, soweit die Prinzessin das verstehen konnte, in gebrochenem Deutsch mit ihren Brüdern und Vätern. Als der Mann sechs Büchsen geworfen hatte und zwei beim Aufschlag auf dem Sandweg geplatzt waren, wo sie malzfarben schäumend ausliefen, verloren die Kinder den Mut oder die Lust, ihm weiterhin als Zielscheiben zu dienen, und trollten sich.

»Wat kiekste so blöd? Wat is los mit dir, willste auch was an die Rübe?« brüllte der Mann Prinzessin Charlene an, die sich zusammenriss, aufstand und zu dem Balkon ging, von dem aus der Mann angewidert, aber offensichtlich auch ein bisschen fasziniert auf sie hinunterschaute.

»Entschuldigen Sie,« sagte die Prinzessin im besten Schnellkurs-Deutsch, das sie sich in ihrem Steuerparadies für Geld hatte kaufen können, »aber ich bin Prinzessin und will Politik lernen. Weil ich Politik lernen will, muss ich zunächst mal Gesellschaft lernen. Das, was hier gerade passiert ist, scheint mit ein sehr lehrreicher Sonderfall von Gesellschaft zu sein.«

Die dürre, ledergesichtige, habichtsnasige und sehr unzufriedene Frau des Büchsenwerfers, die allerdings tiefe braune Augen, einen ansprechenden Mund und kaum zu bändigende, prachtvoll wilde Haare hatte, erschien im Balkontürrahmen und sagte. »Wat will die Votze?«

In gar nicht unebenem Hochdeutsch, um das er sich bemühte, weil ihn die Prinzessin beeindruckte, wies der Hausmeister seine Frau zurecht: »Jenny, das geht dich nichts an.« Jenny machte ein pampiges Furzgeräusch mit den Lippen und zog sich für den Moment ins indifferente Dunkel des Wohnungsinneren zurück.

Mit anrührend unsicherem, irgendwo zwischen anzüglichem Grinsen und ritterlicher Galanterie oszillierendem Gesichtsausdruck wandte sich der grobe Mann erneut an Charlene: »Ganz hab ich's nicht verstanden. Was wollen Sie?«

»Also ich bin Charlene von Monaco«, begann die Prinzessin, und da erst fiel dem Mann auf, dass er sich nicht vorgestellt hatte, was er aber, indem er ihr ins Wort fiel, augenblicklich nachholte: »Josef Stasi. Ich bin hier eine Art Hausmeister. Ordnung und so. Da, mit den Kindern vorhin …«

Sie nickte eifrig, klar, Ordnung, und nahm ihren Faden wieder auf: »Wie gesagt, ich bin Prinzessin, und da habe ich mich also gefragt: Wozu ist unsereins eigentlich gut? Ich kann in Hose und Sakko mit meinem albernen Albert – der hat dann auch Hose und Sakko an – beim Monte Carlo Tennis Masters auftreten, wo sich dann alle über meinen blonden Bubihaarschnitt aufregen, oder das Ozeanographische Museum von Monaco besuchen, wo sich die Kinder freuen, guck mal, ne echte Prinzessin. Aber drauf gepfiffen: Das ist doch eine reine Staffage-Existenz. Wenn ich wenigstens Gefahr liefe, bei einem Attentat in die Luft gesprengt zu werden, und das rüttelt dann die Menschen wach, na ja, ungefähr so weit war ich gekommen, dann aber dachte ich: Vielleicht ist das ja ein ganz unterentwickelter, ganz falscher Begriff von … Politik und Gesellschaft, den ich da habe. Deswegen dachte ich halt … irgendwie …«

»Attentat«, wiederholte Josef Stasi nachdenklich, denn er besaß zwar keinen Sprengstoff, aber dafür einen Waffenschein und eine Pistole.

»Ja, naja, schon, also, nur halt ...« Charlene winkte ab, sie wollte eilig zum Punkt kommen, es wurde schon dunkel, »... also ich dachte eben, in Deutschland, in Berlin, wegen der Geschichte und wegen Europa und der Wirklichkeit ...«

Sie biss sich auf die Unterlippe, es war so schwer, sich verständlich zu machen.

Josef Stasis Stimme nahm einen begütigenden, beruhigenden, geradezu väterlichen Ton an: »Nee, ich seh schon, ich weiß schon... dittick dit regeln kann, weeßte, nich uffregn, schau ... hamwa gleich ...« Er hob die rechte Hand, um ihr zu bedeuten: Keine Panik, bin sofort wieder da, und huschte in seine stinkende Bude.

Charlene hörte ihn wühlen und rumoren, bis er die Waffe hatte, hörte auch Jenny protestieren, ja schimpfen, er solle sich doch »nicht unglücklich machen wejen die Trulla« und lieber an seine Zukunft denken, im Knast habe es ihm doch schon das letzte Mal nicht gefallen, woraufhin er Sachen bellte wie: »Misch dir nich in meine Scheiße« und »Fresse halten, ha ick jesart!«

Es war, fand Charlene, ein unwürdiges Schauspiel, und außerdem genauso langweilig wie die Museumsbesuche, Pferderennen und anderen gesellschaftlichen Anlässe.

Enttäuscht floh sie die ungastliche Stätte.

Josef Stasi, mit geladener Waffe und offenem Mund, stand wie vors Hirn getreten zwei, drei Minuten auf seinem Balkon, hielt in der zunehmenden Finsternis Ausschau nach der schönen Fremden, fand es schließlich zu kalt, ging ins Wohnzimmer, erschoss seine Frau und fand »Explosiv« auf RTL heute gar nicht übel.

Liebe Ost

Diesmal bin ich ernsthaft sauer. Zum Geburtstag kriegt er ein nassgeduschtes Paulo-Coelho-Buch, sonst merkt er nie, was er sich erlaubt hat. Tugendwächter! Will mir vorschreiben, wen ich liebhaben darf, der Herr Bruder. Und das von einem, der monatelang nicht geschnallt hat, was mein letzter Lover für ein Russenmafiakiller war, dieser fesche Yuri, der mir die schweren Bulgari-Ringe geschenkt hat, die Cinderellamokassins von Laura Biagiotti und das täubchenweiße Mäntelchen von Armando de Vincentiis (ich lebe immer noch in Angst davor, dass die Fotos, auf denen ich nix anhab außer dem Fetzen, irgendwann im Netz, auf Hauptschülerhandys oder im Magazin der Süddeutschen landen).

Ich wäre fast gestorben, als die Polizei den Zauber eingesammelt hat, von wegen Sachwertbeschlagnahme im Rahmen der Opferentschädigung. Statt dass er sich aber freut, dass ich mich erholt habe, mosert der Erstgeborene: »Dagmar, du musst doch zugeben, deine Partnerwahl ist mehr als ungewöhnlich.«

Also zähl ich ihm auf, was es heutzutage alles an zwar nicht im Hochzeitsplaner von 1933 vorgesehenen, aber doch im Rahmen beiderseitiger Zuneigung völlig gerechtfertigen Beziehungen gibt, allein in unserm engsten Bekanntenkreis: Jule liebt einen manufactumverblödeten Zahnarzt, der exakt so alt ist wie ihr Vater; Bernd macht mit der persönlichen Referentin eines hessischen FDP-Promis rum und Clautschi, du lieber Himmel, die geht, wie sie mir im Suff verraten hat, sogar öfter mal mit ihrer Zwillingsschwester ins Bettchen, obwohl das auf ungefähr neun verschiedene Arten verboten ist.

»Schon«, sagt er, »aber das sind doch wenigstens Menschen!« Hört der mir überhaupt zu? Was heißt hier Menschen: hessische FDP! »Ich meine halt«, er gib nicht nach, »man kann ein Kleid oder ein Gedicht natürlich lieben, und eben auch, wie in deinem Fall, ein Musikstück, aber doch nicht als Lebenspartner!« Wieso denn nicht, frag ich ihn, wenn es mich doch zurückliebt, das Lied? Nie werde ich vergessen, wie es mich das erste mal angesprochen hat, zupfig, verklimpert, zerkuschelt, aus ganz kleinen Lautsprechern.

»Aber das kann doch höchstens platonisch sein!« regt er sich auf. Blödsinn, sag ich, gerade Platon war ja wohl ein Feind der Musik, lies mal die »Politeia«, da ist er für Zensur, eben weil's körperlich gefährlich ist, das Singen. Da glotzt er, wenn ich ihm eins mit der Bildung verpasse. Platonisch! Unfug. Ich hab mit dem Liedchen, seit wir zusammengekommen sind, Nächte verbracht, danach konnte ich drei Tage nicht mehr laufen. Bei Kerlen ist mir das noch nie passiert.

Also mäkel du nur, alter Muffler. Ich weiß, was mich glücklich macht.

AGF

Als der frühvergreiste Geschichtenonkel sein einst so lebhaftes Interesse an Geräuschen und dem, was darin wohnt, wenn jemand die Apfelsamen der Erkenntnis hineingepflanzt hat, schon ganz gegessen glaubte, überraschte ihn beim Theorienputzen – ein Esslöffelchen Silbertinktur und einen groben Lappen nimmt man, dann bleiben Argumente frisch – plötzlich der zuckersüßeste heftige Windstoß, und er fiel unerwartet mitten ins musikalische Werk einer tatsächlich lebenden Künstlerin namens Antye Greie-Fuchs. Die nannte sich AGF, weil die Biologen den sehr viel passenderen Namen »Brombeer-Zipfelfalter« schon einem an sonnigen Waldrändern beheimateten Schmetterling verpasst hatten, und tat sich gern mit Dichterinnen in Wort und Ton wie Ann Cotten oder Ellen Allien zusammen, schlug in feuerfesten Schüsseln Bienenwachs und Lanolin zu Soundschaum, den sie auf glasrein ringeligen CDs wie »Westernization Completed« von 2004, »Explode« (eine Emulsionskollaborase-Tinktur aus dem Gemeinschaftslabor mit ihrem Lebensbereicherer Vladislav Delay) von 2005 oder »Words are missing« von 2008 in traumgebrauchsfertigen Stückchen an die Öffentlichkeit abgab und richtete eine Website namens www.poemproducer.com ein, auf der man sie suchen durfte, wenn man sie kennen wollte.

Der frühvergreiste Geschichtenonkel, dessen Seele vom vielen privaten und öffentlichen Geschichtenmachen hörte Frau Greie-Fuchs Löwenzahngedanken hauchen, Kräutertrost singen und Salbensachen sagen, in einwandfrei phasenverschobenem Englisch (von »Engel«), bis er sich eingestehen musste, dass ihm so etwas mit Sprache nicht mehr vorgekommen war, seit er »Point and Line« und die andern Bücher der großen Thalia Field entdeckt hatte. Er ging so weit, sich im Internet eine vergleichsweise uralte Ausgabe (Mai 2006) der führenden Klangzeitschrift »The Wire« zu bestellen, weil die Lilienreine da auf dem Cover ihren blinzelfreien Lichtblick in die Seelen des Publikums gucken ließ und innen im Heft viel von ihrem echten Leben in Berlin und den vielen Taten, die sie vollbracht hatte, die Rede war.

Bei jeder Rückkehr zur neuesten AGF-Platte, derjenigen, die von sich im Titel behauptete, ihr fehlten die Worte, fühlte sich der Geschichtenonkel weniger frühvergreist. Seine Ansichten glätteten sich, seine Aussichten besserten sich, »she used to walk past«, sprach die Künstlerin, »her secrets make me feel … her secrets make me feel …«, zögerte sie den ersehnten Kurzschluss zwischen Satz und Sache heraus, Trommeln trimmten sich, Hall versteckte sich vorm Lauterwerdenwollen, und irgendwann war die Musik so in die nervöse Physis des Geschichtenonkels eingegangen, dass er sich den Strom sogar sparen konnte.

Begleitet von dem, was er von AGF gelernt hatte, war er nun bereit, sich wieder mit Mike Watt, Liszt, Gillian Welch, Raekwon, Mahler, Takeshi Takemitsu und Metallica zu verständigen.

Geschichtenonkel? Ach was, dachte er, alle Geschichten, die zu erzählen lohnen, sind doch sowieso verkappte Kunstkritiken, und alle Kunst ist, wenn genug Zeit an ihnen vergeht, ohnehin Musik.

Where I wanna be (she may be)

Der Strand strahlte weiß wie frische Wäsche, ab und zu blitzte im Sand eine Nixenträne, der Himmel leuchtete festlich blau. Mein Gentleman führte mich an seinem linken Arm die schwarzwaldwiesengrüne See entlang und zitierte sich selbst: »Früher war ich polyglott, jetzt spreche ich nur noch eine Sprache: ekstatisch«.

Ich lachte; mein aus fröhlichem Rot geträumtes Sommerkleid lachte raschelnd mit. Am Landrand, wo die Büschelgräser sich zu Käferstädten zusammengerottet hatten, spielte mein Bruder mit Filmgirl und den Kindern unserer Gastgeberin Beachvolleyball. Die Kleinen gewannen, die Erwachsenen hatten mehr Spaß. So ging Gerechtigkeit. Mein Gentleman trug keine Schuhe, aber einen hellen Anzug. Selbst hier im großen Licht verzichtete er nicht auf das azurne Einstecktüchlein; um ihn war überall New York, auch ohne Hochhäuser und Cocktailgläser. Er hatte eben eins seiner Lieder über Motorräder und Mädchen aufgesagt. Jetzt blinzelte ich ihn an, als wäre ich eins der besungenen Mädchen, in zitternder Erwartung des Moments, da er mich zu sich aufs Motorrad zog. Ich hatte nicht zugehört, mein hingebungsvoller Blick sollte mich entschuldigen. Er lachte und sagte: »Sed quid ego a primo digressus carmine plura commemorem?«

Er beugte sich zu mir und küsste mich auf die freie Stirn. Über Siebzig war er und hatte es sich weißgott verdient, die Mädchen nicht länger besingen zu müssen. Sie liefen ihm jetzt von alleine zu, ich war der lebende Beweis.

»Hey, helft uns mal!« schrie Filmgirl und fuchtelte mit den schlanken schönen Armen. Schrei und Händeflattern sollten sagen, dass sie eine Möwe war. Wir winkten ihr, sie winkte zurück. So ging Freundschaft.

Mein Gentleman wies mich darauf hin, dass er uns einen Strandpfad ausgesucht hatte, über dem nie Flugzeuge flogen. Die Dinger, meinte er, fielen derzeit zu oft runter. »Ich will übrigens erstmal keine Kinder«, sagte ich, bezaubert vom Ingrimm, mit dem die Brut der Gastgeberin den Volleyball übers Netz drosch. Mein Gentleman zog seine Jacke aus, damit wir uns draufsetzen konnten, und erwiderte: »Ich weiß, was du meinst. Jemanden erziehen zu sollen, das ist eigentlich menschenunwürdig, für alle Beteiligten.«

Die Wellen rauschten, das mächtige Wasserorchester spielte Schaumsymphonien. Dass es im Land, aus dem ich stammte, bald wieder um Wahlen ging, schien hier unvorstellbar. Es war August; mein Gentleman hatte geschrieben, dass das der richtige Monat dafür sei, in etwas einzutauchen. Wir brauchten die nicht, die uns nicht brauchen. So ging Freiheit. Ich hielt seine Hand und war sehr glücklich. Er sprach, ich hörte ihm zu; dann sprach ich und er hörte, was ich sagte. Uns beiden war so warm, als wäre Kälte nur eine böse Idee, eine Irrlehre.

So ging Sommer.

Verkürzerport

She said, frowning, "You look funny."
Then she added, without the slightest transition,
"I like serial music. You know, the late twentieth-
century stuff where it goes deedle deedle deedle
deedle deedle deedle for half an hour and then it
goes doodle just once, and you could die with
excitement."

Joanna Russ

Hier war eine Klippe; von der hätte sie springen können.

Mara stand auf der S-Bahnbrücke, direkt überm Hauptbahnhof, hörte Rabenkrah und fröhliche Kindergemeinheiten, roch metallischen Dampf und billiges Gebäck, dachte an ihre Verluste, so viele, obwohl sie erst 21 Jahre alt war, nichts besonderes, triste Wahrheit wie bei so vielen, die auch nicht älter waren, das Kioskmädchen da drüben mit den schwarzlackierten Fingernägeln, der Cousin aus Opfingen, der als Soldat in Afghanistan bei einem Autounfall einen Finger eingebüßt und einen Leistenbruch erlitten hatte, schwule Jungs auf dem katholischen bayrischen Land, Mädchen, die man zurückgelassen, Menschen, die man überhaupt vergessen hatte.

Höhenangst.

Hier war eine Klippe; von der war er gesprungen. Und weggeflogen ins Leuchten.

Sie hatten einander nie geküsst, nie miteinander geschlafen. Immer geredet, immer die Wahrheit gesagt.

Liebe eben.

Sie sah von der Klippe auf den Ozean, der noch zu groß war für sie, den sie noch nicht kennenlernen wollte.

Ein kleines Mädchen zupfte sie von hinten am Hosenbein.

Mara drehte sich um.

Das Mädchen sah aus, als gehörte es einem Sondereinsatzkommando an und habe sich eben vom Hubschrauber aus abgeseilt. Profiler und Zielfahnder hatten dem Kind, das die Polizei war, mitgeteilt, dass Mara sich vor den Zug werfen wollte.

Das Mädchen sagte ernst: »Ich lasse heute alle Arbeit liegen, damit du nicht Hops gehst. Ich vernachlässige alle Ermittlungsbereiche, kümmere mich nicht um Personenfahndung oder um Zeugenschutz, der zivile Streifendienst fährt ohne mich rum, der Erkennungsdienst tappt im Dunkeln.«

»War das ein Notruf?« fragte Mara und ging etwas in die Hocke, auf ihrem hohen Geländer. Sie meinte damit: Hatte jemand ihre Selbsttötungsabsicht erraten und bei einer Leitstelle angerufen. So war es bei dem Jungen gewesen, den sie geliebt hatte, und der sich erfolgreich getötet hatte, von derselben hohen Eisenbahnbrücke aus.

»Nö. Kein Notruf. Aber ich muss alles machen. Ich bin ja der einzige Schutz, den die Leute haben. Sonst schmeißt sich Farczády in denen allen weg.«

Mara staunte, und machte ihrem Unglauben Luft: »Du bist aber noch ein kleines Mädchen. Du kannst doch so was gar nicht.«

»Ich kann«, zählte Isabelle geduldig auf, »obwohl ich in Amerika bin, alles, was die Leute von mir brauchen – ich kann Selbstverteidigung und Erste Hilfe und jemanden festnehmen und am Computer arbeiten. Und ich kann Fahrzeuge kontrollieren, ob er drin sitzt. Gestern habe ich eine Prinzessin nachhause gebracht, die sich in Berlin verlaufen hatte, und morgen setze ich die Leitzinsen rauf. Drogen und Sprengstoff, Studiengebühren, Abwasser, Autobahnsicherheit, und dass die Leute ihre kugelsichere Weste nicht vergessen: Ich muss an alles denken. Und gebe trotzdem nicht auf. Komm jetzt runter.«

Was Isabelle verschwieg, war, dass die Drogen, der Sprengstoff, die Studiengebühren, das Abwasser und die Autobahnsicherheit nur sprachliche Platzhalter waren für komplizierte Zeichnungen der Beziehungen zwischen den Menschen, zu deren Anfertigung mehrdimensionale Affinographen und Inversoren nötig waren, wie Isabelle sie besaß: im Kopf, im Herzen.

Mara nahm die Hand, die ihr das Kind entgegenstreckte, und ließ sich vom Geländer helfen.

Zusammen gingen sie am Bahnhof eine Suppe essen, dann brachte Isabelle sie auf den Bus, nach Hause.

Es wurde gerade dunkel, Mara machte kurz die Augen zu.

Ihre Haut war ganz heiß, in ihrem Bauch war es warm

Als sie die Augen wieder öffnete, war das Land anders geworden, die Wiese voller Käfer, die farbige Flügel hatten, und überall gab es jetzt Wege.

N'existe pas

Wichtige Wahrheiten, übers Wochenende bitte einpauken, durcharbeiten und dann nach Möglichkeit gleich im Sinne kritischer Mündigkeit anwenden (»Quengelei«): Das meiste gibt es gar nicht; die Sachen sehen nur immer so aus. Ufos sind Kugelblitze, Signalfeuer, Luftspiegelungen und Sommerlöcher im Kopf. Alkohol macht gar nicht betrunken; bloß das Geschwätz auf Partys oder die Einsamkeit unter der Brücke verwirren den menschlichen Geist und fummeln Knoten ins Gemüt.

München und Passau liegen nur scheinbar in Bayern, genau besehen handelt es sich um zwei finnische Städte, die aufgrund von Föhnwinden geographisch leicht verrutscht sind und in echt »Minkkinen« und »Patomäki« heißen.

Der vorgebliche Papst in Rom ist ein falsch angezogener, durchgefallener Kandidat bei »Tibet sucht den Superbuddha« mit haarartigem Kopfputz aus Oblatenmehl, der sein Erleuchtungszeugnis verschlampt hat.

Der Kennedymord war eigentlich ein mittelgroßer Verkehrsunfall mit ein paar Prellungen und Schürfwunden bei einigen Fahrgästen; erregte Vertuschungsversuche seitens der texanischen Busfahrer- und Chauffeursgewerkschaft sind danach außer Kontrolle geraten. Picassos berühmteste Bilder hat Gertrude Stein beim Blindekuhspielen mit verbundenen Augen gepinselt. Die Unterschiede zwischen den Verwaltungssystemen »liberale Demokratie«, »drogenverseuchte Aristokratie«, »wohlwollende Diktatur« und »Anarchie« beruhen in Wirklichkeit auf optischen Täuschungen beim Angucken der einschlägigen Propagandaplakate.

Der Penis ist nicht, was er zu sein scheint, sondern ein kaputter Blinddarm mit hodenförmigem Außenbordmotor. Die Tiere im Frankfurter Zoo sind mitnichten in Grönland, Ostafrika, Tirol, Minkkinen und

Patomäki zusammengerafft worden, sondern allesamt banale einheimische Hunde, allerdings in ganz verschiedenen Größen, die man bemalt, kostümiert sowie mit Prothesen und Rückenflossen verunstaltet hat, um nichtsahnende Rentnerinnen, Kinder, arbeitslose Nazis und Japaner abzuzocken.

Die gesamte altägyptische Kunst im British Museum stammt von einem durch generationenlange Inzucht immer vollständiger verblödeten traditionsreichen Familienbetrieb aus Croydon.

Die teuersten Coiffeure schneiden einfach irgendwie auf dem Kopf herum, bis es fertig aussieht, dann zischen sie »Voilá!« und kassieren.

Das Internet hängt seit 2001 in Fetzen, eine geheime, von Alcatel durchgeführte subozeanische Inventur hat ergeben, dass die transatlantische Konnektivität nur noch bei 20 % liegt. Die meisten Drähte für die landgestützte Tiefenstruktur des Netzes sind von freigelassenen Hunden aus dem Frankfurter Zoo zerkaut oder vom Papst in zerstörerischen nächtlichen Ausflügen mit der Brennschere durchgesäbelt worden; die längsten Glasfaserkabel mussten aufgrund der Übermittlung russischer und holländischer Pornographie in alle Erdteile als komplett verdreckt aufgegeben werden und lassen gerade mal noch ganz kurze Newsletter durch, in denen die Tourdaten von Chris De Burgh stehen.

Dass die meisten Leute immer noch glauben, sie stünden per E-Mail mit anderen Leuten in Verbindung, liegt an eingebauten Zufallsgeneratoren in den gängigsten Mail-Programmen, welche erfundene, aber plausible Namen wie »Biggi«, »Muffelkopp« oder »Benedikt« mit entsprechenden Adressen kombinieren und dann den üblichen nichtssagenden Schrott aus Wörterbuchbeständen generieren, den diese ganzen Pappnasen einander andauernd zumuten. Auch dieser Text hier existiert nicht; lesen Sie lieber mal wieder Theodore Roethke.

Unpolitische Lösung

Die längste Zeit, die Gunter jemals ohne Schlaf hatte durchhalten müssen, war ein zweieinhalbwochenlanger Marsch gewesen: Aufbruch an einem Versorgungsposten der ehemaligen NATO-*Deployment Zone,* danach diagonal vorantasten durch den regengummiglatten, viel zu großen, viel zu lauten Dschungel, von einer feindlichen Feuerstellung zur anderen, *Reconnaissance* in Stichproben bis zu der schmutzigen Stadt, in der sich die Bundeswehr in der Zwischenzeit fest sollte etabliert haben.

Ab und zu konnte Gunter eine Viertelstunde dösen, an einem Baum mit geborstener Rinde, bewacht von den andern, während das dünne kluge Schulterpflaster seine Vitaldaten überwachte und der Inhalt dicht gepackter Depots unter der Haut ihn stärkte.

Rausfinden sollte die Einheit, wie stark der Feind war, im Land, über dem ein in gelbes Mullverbandszeug eingewickelter Mond aus unglaubwürdigen Wolken guckte.

Im Kriechgang der Soldaten zwischen schwarzem Holz, das im Regen wie frisch gewaschenes Gestein glänzte, unter den breiten, messerscharf gezackten Blätterdächern, hörte man die Späher rufen – »Ahnta no maneescha dare« »Aitsuh rehenta de pohataa jatte«, ein, die durchs Dickicht Robbenden von allen Seiten ständig umgebendes, umwebendes, Flüstern.

Wenn Gunter sich die exotischen Silbenfälle längere Zeit merkte und immer wieder selbst vorsagte, war er bizarren Desemantisierungseffekten ausgesetzt – nur drei in der Einheit beherrschten die hiesige Sprache, und alle drei wurden, obwohl doch die anderen neun überhaupt nur als Geleitschutz für sie am Trek teilnahmen, innerhalb der ersten 48 Stunden getötet. Ein weiterer, der Funker, der ohnehin nichts zu tun hatte, lief am vorletzten Morgen, siebenunddreißig Kilometer Luftline – aber Luftlinie, das hieß gar nichts, das täuschte grausam – von der Zielstadt entfernt, in eine Sprengfalle, deren Explosion dem Feind verriet, wo Gunters Einheit herumkrauchte, und deshalb dafür sorgte, dass man sie vier Stunden lang unter ärgerlichsten Granatbeschuss nahm.

Nur zwei der Überlebenden, schrieb Gunter wahrheitsgemäß später in seinem Bericht, konnten von sich sagen, sie hätten sauber gearbeitet und wären während der gesamten Mission wach und kompetent geblieben: Er selbst und eine junge Soldatin namens Christa Bischof.

Waren sie einander schon vorher irgendwo begegnet, oder passte die Frau einfach so sicher an seine Seite, weil beider Naturelle aus geheimen, genetischen oder sozialen Gründen ineinanderpassten wie Legosteine?

Sie warf die Reizstoffgranate über dichte Böschungen, wenn er ihr das gerade hatte befehlen wollen; sie erkannte die Copperhead-Projektile der feindlichen Panzerabwehr am Abschussgeräusch und fand Wege durch das Unterholz, die dem Ärger mit minimalen Zeitverlusten auswichen; sie ließ ihn in Ruhe, als er aus einer improvisierten Heckenschützenstellung ohne Absprache und Überlegung zwei feindliche Scouts auf 200 Meter Distanz riskanterweise mit dem Sturmgewehr tötete, einfach, weil seine Einschätzung ihm sagte, dass diese Männer, die, in Brust, Seite, Hüfte getroffen, fast lautlos zusammensanken, weit genug von ihren Verbänden entfernt durch den Urwald trödelten, dass weiter nichts geschehen würde, und Christa diese Einstellung offenbar teilte.

Zusammen waren sie zu den Getroffenen gegangen und hatten die Sache mit Kopfschüssen auf die am Boden Liegenden zuendegebracht; auch das hatte keiner ausgesprochenen Einigung bedurft.

Bei der Ankunft in der schmutzigen Stadt, in einem Warteraum, den man mit Motoröl geputzt haben musste, so stumpf stank er, sagte

Bischof selbstkritisch, während sie ihren letzten Streifen Rindfleisch zerkaute: »Ich ärgere mich, dass ich den kleinen Mann, der in der Mooskuhle …«

»Der im roten Hemd.«

»Ja. Dass ich den alle gemacht hab. Wir hätten den mitnehmen können.«

Das war erst sechseinhalb Stunden her.

»Wir wussten nicht«, erwiderte Gunter ganz sachlich, »dass wir so nah an der Entlastung waren. Ein Gefangener hätte uns verlangsamt.«

»Schon, aber was hamwer jetzt? Was bringen wir mit? Paar abgehörte Gesprächsfetzen, als wir wie die Blindschleichen am Boden lang sind, und sogar die müssen wir phonetisch diktieren. Weil wir die Scheißsprache nicht können.«

»Wird sowieso schon wieder alles veraltet sein.«

»Klar, wir machen alle Fehler noch mal, die uns die Amis so schön vorgemacht haben. In Ländern einmarschieren, von denen wir nix wissen, außer dass sie uns brauchen, damit mal wer Ordnung schafft. Zwölf Leute für ne Aufklärungsmission, und nur drei können die Sprache, und die drei sind solche Pfeifen, dass sie die erste Hälfte des Trips nicht überleben. Zum Lachen.«

Sie lachte nicht. Gunter reichte ihr stumm die Wasserflasche und dachte sich seinen Teil.

Eine Frau von vierundzwanzig, die das Auswahlverfahren für den Job überstanden hatte, sieben Kilometer Lauf und Marsch in zweiundfünfzig Minuten, dreihundert Meter Kleiderschwimmen in zehn Minuten, Hindernisbahn in unter zwei, fünf Klimmzüge, Ristgriff, sechsunddreißig Stunden Durschlagübung auf vierzig bis siebzig Kilometern, inklusive Hindernisbewältigung mit Höhenunterschieden, Gruppenaufgaben, Verwundetenversorgung und -transport, eine Frau, die den physiologischen – weibliches Becken, weibliche Bänder und die Probleme, die sich daraus bei sechzig Kilo Gepäck und der Handhabung mittelschwerer Waffen ergaben, weibliche Intimbesonderheiten et cetera – und psychologischen – Intimsphäre, Gemischtgeschlechtlichkeit – Widerständen gegen eine ordentliche Berufsausübung getrotzt hatte, unter Zuhilfenahme des entsprechenden Sondertrainings und der dazugehörigen pharmazeutischen Unterstützung, eine Frau, die am Leben geblieben war, wo der Wald acht Männer gekostet hatte, durfte erwarten, dass man mit ihr nicht wie mit einem Kind redete, das zurechtgewiesen werden musste, wenn es über die Logistik der Operationen des Heeres eine eigene, kritische Meinung äußerte.

»Naja, der Deuter wird's schon deuten«, sie kaute zäh, schluckte, wischte sich den Mund.

»Der Deuter?«

»Kennste nicht? So'n Eierkopf. Japandeutscher, Deutschjapaner. Hauptabteilung Landeskunde, was weiß ich. Linguist, oder Informatiker. Früher oder später debrieft der jeden.« Gunter erinnerte sich undeutlich, doch, ja: Von diesem Mann war schon im Flüchtlingslager die Rede gewesen, da gab's den bereits.

Einmal hatte man Gunter sogar aufgefordert, bei ihm vorstellig zu werden, im Rahmen der Untersuchung betreffend den Mord an der Lehrerin, aber der Termin hatte sich dann zerschlagen, das heißt: Er war zweimal wegen anderweitiger Eingebundenheit des Deuters verschoben worden, und dann hatten sie Gunter abgezogen, zu den Fernspähern im Zwei-Berge-Eck.

»Kommt aber aus Deutschland, der Mann?«

»Köln, soweit ich weiß.«

Christa hatte ihr Einsetzmesser aus der Scheide gezogen und begann es zu reinigen; es war noch immer befleckt von den Spuren des verhinderten Gefangenen vom Vortag.

Gunter mochte Christa.

Seit er ohne ausdrückliche Offenbarung seiner sexuellen Orientierung, aber mit hinreichend vielen kleinen Zeichen hatte erkennen lassen, dass er nicht in der Art an ihr interessiert war, in der Männer sich sonst für Frauen interessieren, gab sie sich einen Ruck und ließ zu, dass man sich anfreundete.

Schönheiten des Abends: Letzter Sonnenglast zwischen Palmwedeln, rote Wolken, Musik aus Cafés, lachende Kinder am Zaun, die Süßigkeiten oder Feuerzeuge haben wollten.

In ihrer kleinen Insel aus Sportanlage und Grillhüttchen hinterm Stützpunkt mitten in der schmierigen Stadt spielten die Deutschen öfter Fußball.

Christa stand dann im Tor, sie freute sich immer wieder, dass ihr deutscher Lieblingsverein die Trikots und Bälle und sonstigen Paraphernalia gespendet hatte.

Mit den Polstern an Ellenbogen und Schultern sah sie stattlicher und, fand Gunter, sogar militärischer aus als jemals in Uniform.

Es war kein Vorbeikommen an Christa, sie hielt jeden Ball.

Einmal fragte er sie, warum sie sich das alles antat, es gäbe doch angenehmere Berufe als durch den Urwald zu hetzen, Menschen umzubringen und dabei ständig darauf achtzugeben, dass man nicht selbst von denen umgebracht wurde.

»Es gibt nichts Besseres, fürcht' ich. Was nicht heißen soll, dass das nicht die letzte Scheiße ist, was wir hier machen. Aber alles, was angeblich besser sein soll, wird nur besser verkauft. Was gibt es draußen? Man gehorcht Idioten oder stolpert rum – Freiheit, was soll das sein? Man darf lauter blödes Zeug machen, das einem gar nicht gefällt, man hat miesen Sex mit Leuten, die von dir abhängig sind oder von denen du abhängig bist, naja und Filme und Musik, vielleicht Bücher. Es geht immer nur darum, wer wem was zu sagen hat, woran man aber absolut nichts ändern kann, egal, wie gut oder schlecht man spielt, wie gut oder schlecht man in irgendeinem bescheuerten Beruf ist. Es geht um Bestimmendürfen, Rumkommandiertwerden und das Überleben. Und wenn das so ist, wenn es wirklich um nix anderes geht, dann kann ich auch gleich in den Krieg.«

Gunter verstand sie gut.

Wenn man Krieg ohne Politik hätte haben können, und ohne Fachpersonal, das einem von geheimdienstlicher oder wissenschaftlicher Seite reinredete, dann hätte Gunter gar nichts anderes mehr kennen wollen als Krieg.

Der Deuter kam tatsächlich aus Köln, hatte aber keinen deutschen Namen.

Anzüge trug der nicht besonders großgewachsene, glänzend glattwangige Mann, die Gunter beim hier vorherrschenden Wetter in Sekunden durchgeschwitzt hätte.

Am Leib des Deuters blieben sie tagelang bügelfrisch.

Housuke Nojiri tat bei den Fußballspielen selten mit, sah aber immer gern zu. Manchmal kümmerte er sich um die Verpflegung – der grillt gern, dachte Gunter, und bekam erst später mit, dass Nojiri zwar geschickt war beim Wenden der Würstchen auf dem Rost, selbst aber nur Salate und Brot zu sich nahm.

Auch der Deuter schätzte Christa: »Sie hilft mir sehr. Ihr Erinnerungsvermögen ist hervorragend, selbst die Intonation ist vorzüglich – Muttersprachler würden sie verstehen, wenn sie Sätze zu ihnen sagte, die sie selbst nicht versteht.«

Das Gesicht, das der Spion dazu machte, entsprach keinem der rassistischen Klischees asiatischer Verschlagenheit, mit deren häufiger Anrufung sich die Soldaten bei Laune hielten, um nicht über die permanente Lebensgefahr nachdenken zu müssen.

»Wie machen Sie das überhaupt, aus unserem halberinnerten Zeug Botschaften rausschälen? Ist ja nicht immer so, dass sich das alles fertig aus dem Kopf so einer Christa Bischof …«

»Ich behandle, was ich von euch höre, als verstümmelten Code. Meistens habe ich ja zur Kollation noch ein paar Aufnamen aus euren Feldmikros, auch wenn das digitale Nebengeräuschfiltern eine wesentlich delikatere Sache ist, als die Leute im Kino das …«

»Aber mit unserem verstümmelten Code …«

»Hören Sie, Rudolf, ich sage doch: es ist eine Kunst. Etwas, das die Rechner, die sonst vieles …« – eine bedeutungsschwangere Kunstpause geriet in den Deckenventilator und wurde flappflappflapp in Fetzen gesäbelt – »… und verschiedenstes können, so schnell nicht lernen werden. Kreatives Interpolieren. Intuition.«

»Aber Sie gehen doch von der Sprache aus, wie sie hier gesprochen wird, oder nicht?«

Der Deuter sagte: »Die Sprache, wie sie …? Ich nehme an, Sie haben sich … ich spreche diese Sprache nicht. Es ist ein obskurer Dialekt, der außerdem künstlich … im Sinne eines militärischen Rotwelsch … Verstehen Sie mich, Rudolf, man hat hier eine sehr interessante Erscheinung praktisch in freier Wildbahn vor Augen, die … es ist, als hätte ein Generalstab zu Zeiten der römischen Republik angeordnet, das Lateinische zu Zwecken der Abhörbarkeitserschwerung in ein gemauscheltes Französisch zu transformieren. Die Unreinheiten dieses … Nahkampfdialektes, der sich zu entwickeln begann, als hier die Dauerkriegszustände anfingen, sind ermutigt von …«

Nojiri liebte das, seine Sätze anzuhalten wie ein manierierter Schauspieler den Atem, und sie dann gleichsam weg zu atmen wie Dämpfe; oder das Halbausgesprochene zu verschlucken und auf der eigenen Zunge zergehen zu lassen.

Gunter hakte nach: »Aber ähm also es ist doch eine Sprache, die jemand wie Sie …«

»Es verhält sich keineswegs so, dass alle Asiaten ein Gen besitzen, das ihnen automatisch das Verständnis aller in Asien gesprochenen …«

Gunter machte eine kantig männliche Handbewegung, Fliegentotschläger: »Quatsch, echt. Nix. Ich wollte nur wissen: Wie finden Sie denn raus, ob überhaupt eine sinnvolle Botschaft …«

»Standardverfahren. Wie das alle Codebreaker tun, seit eine Wissenschaft draus wurde. Häufigkeitsverteilungen. Zipfgraphen. Wenn es einfach nur Rauschen ist, bedeutungsloses Zeug, dann kriegen wir eine ungefähr gleichmäßige Verteilung der einzelnen Elemente. Bei einem klaren Signal ohne Informationsgehalt, einer Zeichenkette: 1 1 1 1 und so weiter, kriegen wir einen Graphen mit Spitze. Bei bedeutungstragenden Strings haben wir eine Art Talfigur, irgendwas zwischen den horizontalen und den vertikalen Extremen. Das Verhältnis von Entropie und Information …«

»Kommst du jetzt, oder wie schaut's aus?«, Christa hielt den Ball vor die Brust, als wollte sie ihn Gunter gleich vor den Kopf donnern.

Der zuckte mit den Schultern, seufzte, erhob sich schwerfällig, trabte aufs Spielfeld.

Der Deuter tat einen langen Zug an seiner Zigarette.

Aus der Ferne, vom Rand des Urwalds her, donnerte Mörserfeuer.

Die Einheimischen hatten mit ihrer Offensive begonnen; sie wollten die schmutzige Stadt wiederhaben.

Modale Durchreiche

Kleine leichte Bögen aus schnellen Fischlein, bronzen und blau, flogen neben mir quer zu den Wellen durch die große Hitze. Ich schwamm mit langen Zügen parallel zum Wrightsville Beach. Dann stieg ich aus dem Atlantik wie mobiles Treibgut auf eisernen Beinen, brav erschöpft. Die Siedlung war aus einem Zeltort entstanden; hier lag das Land North Carolina, wo die Gebrüder Wright, Orville und Wilbur, das Fliegen gelernt und gelehrt hatten. Ich hörte, hingestreckt im Sand, den Brüdern Avett zu, Scott und Seth, die auch hier lebten und im Sommer 2008 eine neue EP veröffentlicht hatten, »The Second Gleam«, auf dem hiesigen Plattenlabel Ramseur Records. Sie spielten das alte Lied vom Getrenntsein sämtlicher Seelen überall, vom Einanderverlieren und vom Wiederfinden der Geschwisterlichkeit: »In the past where I've been living / alive but unforgiving …«

Ich stand auf und ging spazieren, durch die hohe Mittagsglut. Ein Rettungsschwimmer sah aus wie der junge Rilke, nur muskulöser; man konnte ihm vertrauen. Mütter trugen ihre Säuglinge umher, bis diese gar waren, dann wurden sie hinterm bunten Surfladen mit Barbecuesoße verzehrt. Ihr guten Brüder Wright, ihr lieben Brüder Avett: Ich musste an meinen eigenen Bruder denken, drüben in Europa, der mich verstoßen hatte. Wir waren Königssöhne; ich ein gefallener, er ein geretteter. Wir konnten, obwohl es an Mühe dazu nicht gefehlt hat, nie einfach Freunde werden, dafür hatten wir einander wohl zu arg lieb. Er wollte mir, bevor ihn seine innenpolitischen Ratgeber dazu anhielten, mich aus dem Land zu weisen, ein Schwert aus Blitzen schenken, das nur mir gehorcht hätte. Es sollte mir auf mein Sommerschloss geschickt werden. Der letzte Bruderbrief sagte: »Es geht heute nach Süden.«

Das Geschenk war nicht eingetroffen, dann musste ich fort.

Drüben, zwischen den nassen Steinen, bestimmten Meeresbiologen das Alter von Fischen mithilfe von Otolithbetrachtung; sie suchten ein Tier, das es nicht gab, und wollten es beschützen.

Mein Bruder herrschte gerecht, nahm ich an. Unsere kleine Heimat, das letzte echte Königreich zwischen Zembla und Kimmerien, wurde jetzt vom Bürgerkrieg entstellt. Ich, der Flüchtling, las in Zeitungen von zuhause, wie mein Bruder Künstler lobte, die sich trotz Unruhen treu blieben. Der Geist Robert Lowells schritt neben mir her und sagte seine schönsten und klügsten Gedichtworte: »Wir sollten nur Menschen vermissen, nichts anderes.« Die Avettbrüder singen: »Souls like the wings / spreading out away from bad memories / make us capable of taking off and landing / alive with understanding.« Die Möwen tauschten Börsentipps auf den Zäunen vor den Strandhäusern.

Armer Bruder, lieber Thronerbe, stell' mir ein Friedlicht in dein Fenster.

Deleted Records

Turan Büyükerşen Collective: Bhinekka Tunggal Ika
BMG

Dieser mörderstraffe B-Boy lebt derzeit in der Türkei und in Berlin, ist in Ankara geboren und rappt mit seinen drei Mitstreitern hauptsächlich auf indonesisch, weil er fünf Jahre in Indonesien gelebt und dort seine Frau kennengelernt hat, die ihn jetzt managt und außerdem einige der exotischeren Samples beigesteuert hat – live von ihr selbst eingespielt oder den Platten des indonesischen Musikers Rhoma Irama entnommen, der in seiner Heimat einen Musikstil namens »dangdut« dominiert, bei dem es offenbar vor allem darum geht, von der Imitation des lokalen Melayu-Deli-Sounds mit seinen arabischen und indischen Ornamenten wegzukommen und sich westliche Klänge anzueignen, die man dabei zugleich in etwas Neues, postkolonial Schepperndes überführt.

Der (natürlich ebenfalls indonesische) Plattentitel bedeutet soviel wie »Einheit in der Vielfalt«, und die Texte sind nach einem Verfahren erarbeitet worden, neben dem das im neuen Testament erzählte Pfingstwunder von den Jesusjüngern, die plötzlich in tausend Zungen reden, sich ausnimmt wie ein langweiliger Sprachkurs an der Volkshochschule. Büyükerşen hat Texte, vor allem politische Leitartikel, aus türkischen Zeitungen wie »Hürriyet« und »Millyet« entnommen und so übersetzt, dass sie sich möglichst häufig reimen sollen. »Der Sinnzusammenhang« erklärt er im Beiheft, »war dabei weniger wichtig als der Sound«, und deshalb lohnt es sich auch nicht, an diese Lyrics mit dem hermeneutischen Seziermesser Hand anzulegen.

Denn was hier eigentlich übersetzt wurde, ist nicht Türkisch in Indonesisch, sondern Text in Musik, Sinn in Wohllaut, Bedeutung in

Gestimmtheit. Ein großer Befreiungsschlag, und umso größer, weil er die Erwartungshaltung der Hörer nicht von vorn in die Fresse haut, sondern von hinten durchs Gehirn und seitwärts durch die eigenen formalen Voraussetzungen nudelt. You know.

The Nakagami Slashers: Debu
Sony

Das Kunstprinzip dieser Punks aus dem japanischen Kobe ist ein viel zu selten erprobtes: Völlig ertüftelte und erklügelte Rohheit, ein ganz sensibel ausgedachter Grobianismus, kurz, ein Rumms, der in Wirklichkeit ein verkopftes Gesäusel ist.

Die Stücke, die unmissverständliche Titel tragen wie »Sonna ni butareru na yo« (Hör auf zu jammern) oder »Ru chodai« (Her mit dem Geld) sind alle je zwei Minuten lang, instrumental, bestehen aus einer Schlagzeug- und sieben Gitarrenspuren (die Band hat einen Schlagzeuger und vier Gitarristen, von denen einer zwei und ein anderer drei Spuren vollschrabbeln durfte) und die hörbar primitiven Verstärker werden so dermaßen sinnlos übersteuert, dass das schönste Saiteninstrument, das die Rockmusik kennt (wer braucht schon Bässe, außer HipHoppern?) sich plötzlich anhört wie ein großes Blasen, Sichaufblähen denkender Wolken. »Debu« bedeutet übrigens Fettsack, und genauso breit klingt auch dieser supersinnliche, aber superabstrakte Lärm.

Bengalenstein: Swadeshi ha ha ha
Universal

Die südasiatische Musik war ja schon vor (und jederzeit seitlich zu) dem weltweiten Bollywood-Wirbel immer wieder für besten Wahnsinn, Klumpatsch und Knubbel gut, man denke nur an Sharon Prabhakars seltsam unterzuckerte Süße oder Baba Sehgals absurdes Albumkonzept zu »I am Madonna Too« mit seinem komplett verstrahlten Cover. Aber diese Typen und Mädchen hier, deren Bandname sich als Portmanteau-Wort aus »Bengali« und »Frankenstein« praktisch selbst schon aufführt wie das Monster, das es meint, haben mit der Platte, deren Titel sich über die grell ausgestellte Indientümelei gewisser dortiger Nationalisten und Kulturalisten lustig macht (»Swadeshi« bedeutet in Indien soviel wie »Volkstümlichkeit« auf deutsch), ein echtes Viech geschaffen, und ein stolzes dazu: traditionelle Raga- und Streichersirup-Breitwandschönheiten werden mit Bigbeat-Madness unterlegt, bis es gongt.

Gongt!

Säusel, Säusel, Sing, Träller, Bumm, Tschack Gong: Jahrmarkt im Kraterbecken eines aktiven Vulkans auf dem Mars. Modern!

Dwight Tsvangirai: Avondale Desert
Rounder Records

Duckt euch weg, Billy Ray Cyrus, Mary Chapin Carpenter, Reba McIntyre und wie ihr alle heißt – dieser Countryprophet, der aus dem Kuhstall in die sengende Sonne tritt wie Moses mit den zehn Geboten vom Berg kam, nämlich mit glühendem Gesicht und kochendem Zorn in den Adern, kommt aus Zimbabwe – das Avondale, in dem er hier seine Wüste lokalisiert, ist ein Vorort seiner Heimatstadt Harare.

Die Besetzung seiner Band ist auf geradezu verbohrte Art traditionalistisch, nicht einen, sondern gleich zwei Dobrospieler leistet sich der Chef, und schon der Album-Opener »No Fences«, eine leicht beschleunigte und mit einem nahezu unirdischen, homöopathisch fein dosierten Quentchen Soul abgeschmeckte Garth-Brooks-Coverversion, ist ein bizarrer Geniestreich. Natürlich halluziniert man sich als Metropolenmensch und weißer Wohlstandshörer, der Zimbabwe nur aus den

Nachrichten kennt, allerlei politische Widerstandsabsichten in diesen gewagten Import, ausgerechnet der breitärschigsten Töne aus dem Mutterland des Imperialismus in einen afrikanischen Staat, der mehr Probleme als Einwohner hat.

Aber nach irgendwelchen identitätszersetzenden Performance-Strategien, nach Ironie, nach tongue-in-cheek und anderem Halligalli sucht man hier wie nach dem Hochhaus im Heuhaufen: Entweder ist nichts davon da, oder es handelt sich um das Ganze, das man eben deshalb weder übersehen noch sinnvoll einordnen kann. Was Tsvangirai, der mit Vornamen tatsächlich von Geburt an »Dwight« heißt (es handelt sich also nicht um ein Artistenpseudonym), dabei gedacht hat, kann man also kaum erraten, weil alle Gesetze des Genres mit größter Treue und Diskretion befolgt werden und damit kein Spielraum für Interpretationsleistungen zu bleiben scheint.

Aber vielleicht soll man das auch nicht verstehen, sondern nur Gutfinden. Das zumindest ist hier ganz leicht: Die Stücke, auch die elf Eigenkompositionen, sind dermaßen aus einem Guss, dass man ganz vergisst, wieso das mit ihnen Geleistete eigentlich unmöglich ist:

internationalistische Stallwärme.

Eistee

Sehr warm war's im allseitig Offenen, leicht drückend auch, die Luft lastete schwer und feucht auf der Brust.

Die wenigen Menschen, die man sah, lösten sich bereits auf, ohne Theater.

Stefan Klee, wie immer im falschen Film, den er nie selbst hätte geschrieben haben können, hielt ein knapp über faustgroßes Plastikfläschchen fettarmer Milch – 1 %, ein halbes Hundertstel weniger als seine Stammsorte in Deutschland – in der linken Hand.

Das Steißbein tat ihm noch ein bisschen weh, einige Rippen schmerzten, die man ihm verprügelt hatte. Dennoch hockte er leidlich aufrecht, im Schneidersitz, mit blanken Knien über haarigen Schienbeinen, die sonnenbrandrot aus den kurzen Sportlerhosen guckten, auf der breiten Treppe vor dem schneeweißen, imperial römisch herausgeputzten Postamt südlich der Kreuzung von Front Street und Chestnut Street.

An Letzterer, ein Stückchen östlich, stand das Haus, in dem er derzeit mit seiner Tochter zu Gast war. Stefan betrachtete seine Unterarme, als könnte er der Sonne dabei zusehen, wie sie ihn bräunte. Er atmete, als wäre die Hitze Zigarrenrauch. Heimlich hoffte er, der Sonnendusel

könnte ihn in einen Zustand versetzen, in dem er vergaß, worauf er wartete: Mehr Meditation, mehr Versenkung als so ein kurzzeitiges Vergessen, das wusste er, war für einen wie ihn in einer Lage wie seiner nicht zu haben.

Drinnen, in kirchenstiller Kühle, wo man, wie Schilder mahnten, keine Handfeuerwaffen bei sich tragen durfte, wenn man nicht zur Polizei oder zum Postsicherheitspersonal gehörte, erledigte sein Schwager Gunter Rudolf für ihn und Isabelle Geschäfte.

Briefe und Karten und zollfertig ausgezeichnete Päckchen gingen an Leute zuhause, das heißt: so weit weg, dass man im Flimmer draußen fast nicht mehr glauben konnte, dass es so eine unermesslich ferne Gegend überhaupt gab, mit ihren ganz anderen Temperaturen, überhaupt, wer war eigentlich dieser Celsius?

Ins Gebäude wollte Stefan nicht; der vorherrschende Klimaanlagen-Unfug machte ihm an Tagen wie diesen schon im Haus und in moderat gekühlten Läden zu schaffen; die neue Empfindlichkeit gehörte wohl zu den Langzeitfolgen des Überfalls vor Weihnachten.

Gunter war hilfreich; er wollte, dass Stefan sich schonte.

Der hatte sich eine Zeitung aus dem Automaten geholt, die ihn darüber unterrichtete, was gerade los war am Ort, abgesehen von der mittagsmüden Front Street, die von Ereignissen oder gar Veränderungen seit hundert Jahren nichts gehört hatte.

Neues: Das berufliche Ansehen zweier Polizeibeamter, die am 26. Juli einen bewaffneten Gemütskranken erschossen hatten, galt als wiederhergestellt – der Mann hatte sich in der Echo Farms Community verschanzt, genauer: 204 Dorchester Place, wo er mit seiner Familie lebte, und sechs Stunden lang allen Versuchen widerstanden, ihn in ein vernünftiges Gespräch zu ziehen. Der District Attorney des Bezirks, ein Herr Ben David, erklärte die Erschießung des Verrückten nach eingehender Untersuchung durch seine Behörde für rechtens, das heißt: »legally justified«. Der Verrückte, verriet die Zeitung »Star News« (»Coastal North Carolina's News Leader Since 1867«), habe während der Verhandlungsversuche der Polizei mehrfach auf die Beamten geschossen; 15 Gewehrpatronenhülsen und vier *Shotgun Casings* seien in seinem Wohnquartier gefunden worden.

War dieser Vorgang zwar glücklich abgeschlossen, so wartete laut dem zweiten Hauptartikel auf der ersten Zeitungsseite, eine hiesige Familie immer noch vergebens auf Gerechtigkeit: Der Familienvater hatte vor acht Jahren seine Frau mit einem Revolver vom Kaliber 32 erschossen, ein Scheidungskollateralschaden – er habe es, so der inhaftierte 53-Jährige, dessen Prozess bislang aufgrund von Unklarheiten betreffend seinen Geisteszustand – sowohl zum Zeitpunkt der Tat wie überhaupt – bislang nicht zu einem für die restlichen Hinterbliebenen befriedigenden Abschluss gelangt war, einfach nicht ausgehalten, dass sich seine Ex-Frau mit anderen Männern eingelassen habe, auch wenn er zugeben müsse, dass er zum fraglichen Zeitpunkt bereits selbst auf der Suche nach neuen Beziehungen gewesen sein.

Die Frau, die hatte sterben müssen, sei nun einmal seine Jugendliebe gewesen, außerdem die Mutter seiner drei Söhne, da habe die Eifersucht ihn eben besonders heftig gequält.

Stefan faltete die Zeitung zusammen und blinzelte in die Sonne.

Geschichten wie die, von denen er gerade gelesen hatte, hätte man ihm in Deutschland als Drehbücher nicht abgenommen. Im Kleinen Fernsehspiel gingen vielleicht sozialethisch desorientierte Jugendliche mit Migrationshintergrund durch, aber Verrückte und Schießereien? Keine Chance.

»Are you in charge of those things?«, ein Schwarzer im gewagten lila Hemd mit kurzen Ärmeln sah nicht glücklich aus.

Der Automat hatte sich geweigert, ihm sein Blatt, eine mit der von Stefan gelesenen konkurrierende Lokalzeitung »from an African American Perspective« auszuwerfen.

Stefan kannte die Zeitung, hatte sie sich auch schon zweimal gekauft. Die Nachrichten waren dieselben wie bei der weißen Konkurrenz: Verrückte, Krise, Angst. Bloß die Erklärungen divergierten: Bei den African Americans lag alles am Rassismus, bei den Weißen lag alles an den Einwanderern.

Die Einwanderer hatten keine Zeitung. Zumindest bot der Automat keine an.

Stefan verneinte mit einem Kopfschütteln, der Mann akzeptierte: »Okay. It's just cuz, you know, I saw your uniform and your bag and everythin'« – stimmt, dachte der Tourist, meine Kleidung sieht irgendwie offiziell aus, steifes Hemd, die bügelfrische Hose, die viel zu förmlichen schwarzen Herrenschuhe samt weißen Söckchen drin.

Die Tasche war aber nicht die eines Zeitungsausträgers, sondern Leihgabe von Stefans Tochter, in der er seine Bücher durch die Hitze schleppte.

Der Zeitungslose verabschiedete sich mit einer vagen, aber netten Geste. Stefan dachte daran, dass er längst einen Kindle brauchte: Wer will die Bücher schleppen, in diesem Ofenwetter?

Isabelle allerdings hatte hier, im Exil, eine neue Liebe zu Büchern entdeckt, die sich hinter seiner nicht zu verstecken brauchte.

In diesem Moment wühlte sie, an vergleichsweise langer Leine gehalten von Gunters taubstummem, schwarzem Bootsmann, wahrscheinlich gerade die Kid's Corner im Barnes & Noble, Mayfaire Town Centre, durch.

Wenn das, was sie brauchte, um nicht ins Brüten zu verfallen, Bücher waren, statt wie zuhause Mauern, Gräser, Bäume, Getränke, Straßenbahnen und Winde, durfte Stefan immerhin erleichtert sein: Lesen statt Heimweh, eine gute Lösung.

Langsam war die größte Angst verflogen, Stefan glaubte, er könne inzwischen sogar leidlich klar über die Sache denken: Ja, Gunters Theorie stimmte wohl – Sektenspinner, und man würde sie früher oder später anzeigen müssen.

Verjährte so was eigentlich?

Wie rasch?

Wenn es wirklich deutsche Provinzsektierer gewesen waren, die Verfasserinnen und Verfasser von Drohbriefen, die ihn nach dem Fernsehspiel erreicht hatten, wie Gunter glaubte und Stefan langsam einsah, dann würde die deutsche Justiz sie hart genug anfassen.

Bloß, wo war der Nutzen?

Ob Isabelle, die, abgesehen von der zähen körperlichen Rekonvaleszenz, genauso schnell wieder ihre seelische Mitte gefunden hatte wie nach Jasmins Tod, wirklich keine Alpträume mehr hatte, verriet sie ihm nicht; er versagte sich, danach zu bohren.

Sie lernte fleißig und mit Freude Englisch, das war gesünder als das Psychogetue des »Verarbeitens«, das man Stefan in der Kinderklinik ans Herz gelegt hatte.

Dass sie die Sprache nach wenigen Monaten bereits für viele Mitteilungen bequemer fand als das Deutsche, machte ihm kaum Sorgen, erfüllte ihn eher mit Stolz. Von ihrem neuen besten Freund und Kindermädchen, Lucius Harding, lernte sie gleichzeitig ja auch noch eine Zeichensprache.

Rechte offene Handfläche auf der Brust, kreisförmige Bewegung, Herzreiben: »Bitte«; offene Hand mit Fingerspitzen zum Mund führen und dann davon wegbewegen: »Danke«; Aufrecht emporgestreckten Zeigefinger hin und her bewegen: »Wo?«

Stefan hatte wenig davon aufgeschnappt, Isabelle dagegen unterhielt sich inzwischen (falls das Wort passte) nahezu flüssig mit Lucius.

Deutsch, Englisch, American Sign Language: Das sind zwei Sprachen mehr, na, zweieinhalb, als ich in dem Alter draufhatte, überlegte Stefan lächelnd, und schrak trotz Gelöstheit zusammen, als Gunters Hand sich auf seine Schulter legte: »Na, schöne Tagträume?«

Stefans leichtes Zucken überging der Schwager leichthin, half ihm fast beiläufig auf die Beine und lud ihn ein: »Wollen wir zu Karen?«

Karen's Café, einen Häuserblock weiter nach Norden, war um diese Zeit, in der gläsernen Mittagsglut, praktisch leer.

Stühle und Tische an der Straße gab es seit den neuen Zoning-Bestimmungen für die Kreuzung Front Street / Grace Street ohnehin keine mehr, man setzte sich also drinnen zwischen fast niemanden, in Thekennähe und bestellte zweimal Eistee – worunter man in diesem Staat, wie die beiden Flüchtlinge zu Isabelles großer Begeisterung gleich am zweiten Tag ihres Hierseins hatten entdecken dürfen, die Lokalspezialität eines in Muttis Marmeladenglas servierten Zuckermassakers verstand, jedesmal »ein süßer Schlag mitten in die verdutzte Fresse«.

Als die fröhliche Karen selbst, die übers fehlende Publikum nicht unglücklich schien, Gunter nach ein paar neuen Vistienkarten fragte, steckte der ihr ein Päckchen zu und schäkerte drei, vier Sätze mit der Frau. Dunkelkastanienfarbene Locken, ausdrucksvolle, lachende Augen: Stefan fand sie schön, wie man ein Bild mag.

»Wieso will die von dir ...«

»Das Café ist bei Touristen beliebt. Die wollen von Karen wissen, was man hier so macht, dann wirbt sie für ihre Freunde – also auch für mich«, er schnippte Stefan eins der Kärtchen übern Tisch. Darauf stand:

Capetourz
Snooze & Cruise
Gunter Rudolf & Lucius Harding
Bed & Breakfast
Dockside Dining
Charters
gunterschiffchen@yahoo.com
910-555-3752

»Snooze and Cruise« wiederholte Stefan skeptisch, »und das ist bei den Leuten gefragt, ja?«

»Weißte doch«, gähnte Gunter, weil das stimmte: Isabelle und Stefan hatten die ersten zweieinhalb Wochen lang das zitronengelbe Holzhaus an der Chestnut Street ganz für sich allein gehabt, weil Gunter und Lucius ständig mit Gästen unterwegs gewesen waren, meist älteren Paaren und Pärchen, die am Dock einstiegen, sich ein Weilchen rumfahren ließen, rüber zum Schlachtschiff, südlich bis zur Mündung des Flusses, manchmal bis zu den Inseln, ein- bis zweimal übernachteten, frühstückten und schließlich wieder zurückgebracht wurden, an die Water Street, zwischen die Anlegestelle des Dampfers »Henrietta III« und den Touristensammelpunkt am Info Booth.

Der Laden lief.

Stefan verstaute die Visitenkarte in einem Buch, das er aus seiner grauen Briefträgertasche geholt hatte und wieder darin verschwinden ließ, während umgekehrt Gunter etwas großformatig Katalogartiges aus seiner eigenen Laptop-Bag zog und mit gemütlich-wurstiger Bewegung auf den Tisch klatschte.

»Und was ist das jetzt?« fragte Stefan.

»Das ist der Lohn. Die, nein, Mist, ich kann schon gar nicht mehr richtig deutsch ... die Belohnung. Fürs Touristenrumkutschieren, den ganzen Sommer: Ein Herbst- und Winterquartier auf Bald Head Island.«

Stefan und Isabelle waren vor drei Wochen mitgekommen, auf eine Bootstour. Etwas Schöneres als die Bucht der Insel, die Gunter die liebste war, hatten die beiden nie gesehen, nicht einmal in Südfrankreich, früher, mit Jasmin.

Gunter stand auf, nahm seinen robusten Stuhl bei der Rückenlehne, stellte ihn ums Tischeck neben Stefan, setzte sich zu ihm, drehte die breite Broschüre um und schlug sie auf: »Ihr habt's nicht eilig, zurückzukommen, nach Deutschland, richtig?«

»Naja, erzieherisch ... ich glaube nicht, dass sie vor Weihnachten in die Schule sollte. Das Jahr ist eh verloren, und immerhin kann sie jetzt Englisch. Nein, wir würden schon noch bleiben, wobei ... gerade heute ...«

Gunter hörte auf zu blättern.

Eine Doppelseite mit vielen Fotos offensichtlich geräumiger, an den freiesten und freundlichsten Plätzen der Insel errichteter Häuser lag aufgeschlagen vor ihnen: weiße Holzwände, taubengraue Dächer, umstanden vom halbmannshohen Marschgras

Stefan sagte: »Gerade heute hab ich mich gefragt, ob ich nicht doch, bei der Polizei ... ob ich die Aussage nicht dahingehend revidieren sollte, dass vielleicht die Sektenleute möglicherweise doch ...«

»Na endlich!«, Gunter schlug mit der flachen Hand aufs Glanzpapier, »Wurde auch Zeit. Ich hab dir gleich gesagt, dass diese Sprüche, von wegen schlagt ihn tot, einer wie der und so fort ...«

Stefan verzog das Gesicht; allzu ausführlich wollte er nicht darüber reden, Gunter parierte ohne Anstrengung: »Allein für diese Einsicht lade ich euch gerne ein! Kommt bis Neujahr mit, wir suchen uns eine Hütte aus, feiern Thanksgiving, Weihnachten, was du willst ...«

»Und Lucius?«

»Der fährt, sobald die Saison rum ist, zu seiner Familie nach Florida, und kommt erst im März wieder. Wir machen das seit drei Jahren so, no sweat.«

Die Häuser, deren Bilder und Beschreibungen in sauberen Gittern angeordnet waren, hatten hübsche Namen: »Krusty Krab«, 14 Peppervine Trail, »Indigo Pelican«, 28 Sandpiper Trail, »Footprints in the Sand«, 14 Coquina Trail; die Anzahl der Schlafzimmer variierte zwischen zwei und fünf, manche boten einen Loft oder eine »Screened Porch«, die meisten Ausblick auf den Ozean und Zugang zum Strand.

»Also, wir nehmen die Einladung natürlich gerne an«, Stefan war verlegen, »aber ich müsste mich zumindest finanziell beteiligen dürfen ...«

»Kommt gar nicht in Frage. Ich weiß, was der Verdienstausfall bei dir bedeutet. Hast ja mindestens ein dreiviertel Jahr lang jetzt keine Einnahmen, weil ...«

Gunters Handy vibrierte an seiner Hüfte.

Er nahm es aus dem Etui und hielt's verärgert ans Ohr.

»What now? ... Uh, yeah, this is ... yeah, I'm Gunter. What's the ... no ... yes, please. The ... yes, the officer in charge, that ... yeah. Uh, how are ... yes. Gunter Rudolf speaking. Uh-huh. Yes, sir. Sure. Uh-huh. Is the girl ... no. Okay ... Yes. I see. No, it's ... yes, the father is with me, I'm … no. No, we could … we could certainly do that, yes, that's … What about my … my assistant? Mister Harding? No. Yes, we could … no, we're going to, we're … we'll come to the station right away. Yes. Yes, if you could just … no, I can't write it down without … yes, just text message me the hospital's number. Okay. So he's … yeah. No, I've got the address. I'll call them. They're in Florida. Yeah. Yes, sir. Thank you, thank you very much.«

Während der Unterhaltung, von der Stefan nur mitbekam, was Gunter mit ruhiger Stimme, aber konzentriertem Blick in unerforschbare Fernen sagte, hatte Isabelles Vater, der sofort verstand, dass es um sein Mädchen ging, das unwirkliche Gefühl, dem Schwager und sich selbst zuzusehen und zuzuhören, als wären sie in einem Film, den man nur mit Untertiteln begreifen konnte, die jedoch fehlten.

Er fiel aus sich heraus, schwebte gleichsam zwei Handbreit neben sich, registrierte seltsam interesselos, dass er das Eisteeglas zum Mund führte und die aggressive Zuckerlösung in sich hineinschlürfte wie ein von einer Wüstenwanderung Geschwächter.

Das Glas, so groß, viel zu groß für seine Hand, zu schwer für Menschen, der Raum so hell, zu hell für irdische Verhältnisse.

Stand Karen's Café in Wahrheit auf der Oberfläche der Sonne? Aber die Sonne hatte doch gar keine betretbare Oberfläche, das war doch ein glühender Gasball, ähnlich wie mein Hirn, dachte Stefan. Die eigenartige Entrücktheit einerseits, die in ihm aufsteigende Panik andererseits hoben einander in Stefans Brustkorb auf wie gegenläufige Wellen. Er war, endlich fiel ihm das Wort ein, nach dem er suchte, gelähmt.

Gunter beendete das Gespräch.

Stefan flüsterte wie aus dem Jenseits: »Ist was mit Isabelle und Lucius?«

Vor Stefans Augen verwandelte Gunter sich in eine hinduistische Gottheit: Gleichzeitig, nicht in irgend geordneter Reihenfolge, legte der ehemalige Soldat einen Fünfdollarschein auf den Tisch und klemmte ihn unter Stefans noch dreiviertelvolles Eisteeglas, nickte Karen zu, nahm den Verdatterten beim rechten Arm und fing an, ihm in sparsamster Sprache die Lage darzustellen: »Einer ist im Buchladen auf sie losgegangen. Mit einem Messer. Sie jagen ihn noch, er hat sich mit Lucius angelegt. Lucius ist schwer verletzt worden dabei, Krankenhaus. Isabelle hat nichts abgekriegt, sie ist jetzt auf dem Weg zur Polizeistation. Da fahren wir hin, holen sie ab, und dann sollten wir zu Lucius. Was machst du da?«

Stefan drohte auf die jetzt dichtbefahrene Front Street zu stolpern, weil er zum Parkhaus wollte, wo Gunters Ford stand. Er ließ sich widerstandslos zurück auf den Gehsteig ziehen, drehte sich nach Gunter um und sagte, bleichen Gesichts, mit einer Stimme, die Gunter an Kameradinnen und Kameraden unter Schock erinnerte: »Kannst du mir … kannst du mir helfen?«

Sicher, sagte der Gesichtsausdruck, mit dem der Freund nickte, es ist ja Krieg, immer, überall, ich habe das nie vergessen.

Nichtverwechslung

Es geschah am Flughafen Singapur, letzte Woche, beim Butterfly Garden in der großen Transit Mall, Level 2. Ich sah mich, trat hinter eine Säule, linste vorsichtig dran vorbei. Offenbar suchte ich mir drüben bei Nuance-Watson gerade ein paar nette Sachen aus, Kosmetik, Parfum, und unterhielt mich dabei mit einem gepflegten Japaner, der, wie ich selbst, laut genug sprach, dass ich der Unterhaltung der beiden folgen konnte: »So your name is Dharma? How interesting.« »No, no«, mein Lachen kam mir nett vor, ungekünstelt, »it's Dagmar, not Dharma. A German Name.«

Ich wusste, was geschah: Menschen ändern sich, Lebensläufe zweigen vom Geplanten ab, dann fällt das alte Ich zurück. Anders, als die meisten glauben, ist das Gewesene damit allerdings nicht abgetan noch ausgelöscht. Mein Bruder, der sich mit solchen Sachen beruflich auskennt (er muss seiner Eigenzeit ständig voraus sein und streift daher häufig die Außenzonen knospender Universen), hat's mir mal erklärt: »Die Person, die man war, lebt weiter, der Ereignisraum teilt sich. Die Weltlinie, die das abgetrennte Ich entlanggeht, kreuzt dann die alte eigentlich nicht mehr, das heißt, die Wahrscheinlichkeit, dass sich zwei verzweigte Identitäten in einem Überlappungsgürtel begegnen, ist winzig. Der normale Heinz würde sich auch gar nicht erkennen, wenn er sich über den Weg liefe; der hält so was für unmöglich und merkt daher nichts, wenn's ihm passiert.«

Einen Moment lang dachte ich, es könnte witzig sein, rüberzugehen und mich anzusprechen.

Eine Traube Menschen, die aussahen, als hätte sie die neueste Influenzapandemie fest im Griff, eine richtige Schweinegrippegerippegruppe, schob sich zwischen Nuance-Watson und meinen Spickposten. Als sie weg war, sah ich, wie der edle Japaner mir meinen Plunder bezahlte.

Ich dachte: Sie sieht glücklich aus, die Dagmar.

Vielleicht nicht so ganz bei sich, wie ich inzwischen bin, weil sie noch nicht aus den Erfahrungen gelernt hat, die ich machen durfte, seit ich sie war. Aber sie weiß wohl ganz gut, warum sie sich noch nicht dazu durchgerungen hat, mich in ihr zu erkennen. Ich ging zu meinem Abfluggate und ließ mich in guter Gesellschaft zurück.

Was hätte ich mir denn auch zu sagen gehabt, das ich hätte hören wollen?

Information

Der weder magere noch hagere, genauso wenig jedoch dicke Mann im weißen Anzug, mit weißer Weste, weißem Hemd, schwarzem Binder, schwarzen Schuhen, ging durch die schmale Gasse, als könnte ihn der Nieselregen nicht berühren. Waren seine Schuhe so wasserabweisend, dass er über die Pfützen hinweg gleiten konnte, die zwar kalt, aber noch nicht vereist den Himmel spiegelten? Einen kompakten, aber wohl schweren schwarzen Koffer trug er an einem Griff rechts neben sich her.

Ich habe eine frohe Botschaft für irgendwen, sagte sein zielstrebiges Ausschreiten, und sein schwarzes Haar, sein schwarzer, unter der Nase akkurat geteilter Schnurrbart sowie das etwas ausgefranste schwarze Ausrufezeichen unterhalb der Unterlippe, das sein nicht allzu spitzes Kinn hinunterlief, glänzten vor Selbstsicherheit.

Sein Mund lächelte, der Mann schien in Paradoxa und Rätseln zu denken: Ach was, frohe Botschaft, davon, dass du sie nicht glaubst, wird sie auch nicht wahrer. Er trat ins flackernde Orange einer verlebten Funzel überm Eingang eines baufälligen Hotels aus grauen Backsteinen. Stellte den Koffer ab. Zupfte den Binder zurecht. Nahm den Koffer wieder auf. Ging durch die Tür.

»Godaften!« begrüßte er, weder ditsanzlos noch steif, das Mädchen, das an der Rezeption in einer Finsternis saß, die ein weniger sonniges Gemüt als das des Besuchers für eine Drohung mit Höllenstrafen halten mußte, »mit navn er Housuke Nojiri.«

Die Offenherzigkeit, mit der sich der Deuter vorstellte, verfehlte nicht ihre Wirkung: Normalerweise sagten die Leute hier beim ersten Eintreten, ob sie ein Zimmer wollten oder jemanden besuchen; dass aber dieser Mann zunächst sagte, wie er hieß, zwang das eigentlich schläfrige Mädchen, das Bente hieß, auf irgendeine hypnotische Weise, sich dem Fremden ihrerseits mit Namen vorzustellen.

Nachdem man ein paar Worte über nichts Besonderes gewechselt hatte, bei deren schnellem hin und her Bente Gelegenheit erhielt, das gepflegte und präzise Dänisch des Deuters zu bewundern, wechselte der mit größter Selbstverständlichkeit ins Englische: »Actually, I'd like to inquire into the possibility that a very good friend of mine might be living here. Her name is ...«

»We only have one female tenant at the moment«, platzte Bente heraus, ihr war, als steckte sie jetzt tief in einem gar nicht einmal sonderlich unangenehmen Interview. Nojiri nickte, als hätte er nichts anderes erwartet, und auf die Nachfrage des Mädchens, ob sie oben anrufen sollte, dass er da sei, damit der weibliche Gast ins Foyer kommen oder sich auf seinen Besuch vorbereiten könne, sagte er, es sei ja noch nicht spät – es war halb zehn Uhr abends –, er werde klopfen. »If I know her at all – and I know her quite well, rest assured – she will prove presentable enough any time of the day or night, and she will certainly want to know what I have to say, and she will most definitely want to see what I am bringing.«

Er hob den Koffer in die Höhe, die metallischen Beschläge schienen im Streulicht Funken zu sprühen. Das Mädchen räusperte sich, es klang wie ganz kleine Kieselsteine, fast Sand, geschüttelt in einem winzigen Schnapsglas.

Sie verriet ihm die Zimmernummer: 214, am Ende des Gangs nach rechts im ersten Stock. »Tak!«, der eben noch so freundliche Mann fragte nicht einmal mehr nach dem klapprigen Aufzug, er fand ihn mühelos und betrat ihn, als habe er das schon tausendmal getan.

Der kleine Käfig ruckelte und quietschte.

Wäre Bente katholisch gewesen, sie hätte sich bekreuzigt: Gut, dass der weg ist.

Christa Bischof öffnete die Tür in Boxershorts und ärmellosem, olivgrünem Herrenunterhemd, mit riesigem Schwitzfleck auf der Brust. Sie brummte, als sie den Deuter erkannte, als hätte sie seinen Besuch erwartet, dabei hatte sie seit sechs Jahren weder etwas von ihm gehört noch gesehen. Er nickte verbindlich.

»Okay«, sagte Christa und ging zur Seite, so dass er eintreten konnte. Er warf den schweren Koffer auf das niedrige, große, nicht besonders stabile Bett.

Christa sah zu, wie sich Nojiri zu dem Koffer setzte (würde das Bett jetzt durchbrechen, war das endgültig zuviel? Es brach nicht). Er machte sich an den Schlössern zu schaffen.

Sie verschränkte die Arme vor dem Schwitzfleck.

Ihre Stimme klang, vom eben noch hechelnden Atmen bei den Liegestützübungen, leicht ausgetrocknet, also hart und mager: »Und, was hast du so alles gemacht?«

»Ich war mal hier, mal da«, sagte Nojiri leutselig, verzog dabei aber keine Miene, »und habe viel gelernt.«

»Wer bezahlt so was?«

Er ließ die Schlösser aufschnappen und erwiderte: »Aleksander Farczády, den du, wenn alles gutgeht, niemals treffen wirst. Deine Frage klingt übrigens, als hättest du mitbekommen, dass ich dem Staat und der Bundeswehr nicht mehr helfe?«

»War nicht zu übersehen. Der Staat und die Bundeswehr sehen immer hilfloser aus. Deswegen bin ich ja auch abgehauen. Was heißt mal hier, mal da?«

Sie trat geräuschlos, wie ein Schatten, auf ihren nackten Füßen näher ans Bett, und betrachtete die in Schaumstoff gebetteten Teile im aufgeklappten Koffer, die der Deuter ihr zeigte: Ein 406 mm langes und einige kürzere Rohre, Bolzen, Metallstäbe, eine Feder, Schrauben, Stifte, ein leicht gebogener Kubus, etwas, das wie ein Griff aussah.

»Die ist schön«, sagte Christa, wie ein Juwelier, dem man einen kunstvoll geschliffenen Stein unter die Lupe legt, und kam näher. Der Deuter stand auf und ging ums Bett zum Fenster, wie um ihr Platz zu machen. Er schaute hinaus aufs leicht verschmierte, leicht verschnupfte, trüb benieselte Kopenhagen, während die Söldnerin vor dem Koffer kniete und die Teile eins nach dem anderen entnahm, um sie schraubend, steckend, koppelnd zusammenzubauen.

»Ich war hauptsächlich in den Vereinigten Staaten«, erzählte der Besucher, »um die Form der Dinge ... die sich abzeichnende Lage ... die Zeichen, vielleicht auch ... die Wunder zu deuten.«

»Für Farschadings.«

»Das Arbeitsverhältnis ist anders. Er ist kein Chef, das wäre ... unter seiner Würde. Mal arbeiten wir ... die Leute, die er braucht ... für ihn, mal er, den wir brauchen, für uns.«

»Die Form der Dinge ...«, wiederholte Christa halblaut, und Nojiri, in leisem Singsang, nahm die Melodie auf: »Die Dinge, für die sich unsereins interessiert, sind ja angeblich flüchtiger geworden, schneller, dezentraler, weniger eineindeutig.« Christa fand das Wort befremdlich, nahm aber zu Recht an, dass der Deuter nicht stotterte, sondern einen ihr nicht geläufigen Fachausdruck gebrauchte. »Sie sind ... modularer ... nun ja.«

»Informationsgesellschaft«, sie sprach das aus, wie man »Stinkfüße« sagt. Der Deuter klang, als litte er physische Schmerzen: »Dummes Zeug. Was soll das überhaupt heißen?«

»Dass Leute wie du neue Kriege vorbereiten, dass Leute wie du eine Menge Geld hin und her wälzen ...«, sie versuchte eher halbherzig, ihn zu provozieren.

Er entspannte sich, öffnete mit leichter Hand das Fenster, zog sein Zigarettenetui aus der Weste, fummelte rum, begann zu rauchen: »Wenn es überhaupt etwas bedeutet, das blöde Wort, dann etwas quantitatives, von dem noch niemand weiß, welche qualitativen Folgen es hat. 2003, als du gerade mit der Grundausbildung fertig warst, haben die Leute von der School of Information Management and Systems in Berkeley gemessen ... na, eher: ausgerechnet, dass die Menschheit in ihrer bisherigen Speicher- und Verarbeitungsgeschichte vor Erfindung und Verbreitung des Computers schon Datenmassen von zwölf Exabytes aufgehäuft hatte. Das sind Zehn hoch Achtzehn Bytes, ein DVD-Video von fünfzigtausend Jahren Laufzeit. Demgegenüber aber hatte man allein im Jahr zuvor, 2002, auf bedruckten, gefilmten, magnetischen, optischen

Medien weitere fünf Exabytes in die Welt gehoben. Zwischen 2006 und 2010 hat sich die Gesamtmenge der abgelegten Daten mehr als versechsfacht, von 161 Exabytes zu 988. Wir haben seither die Zettabyteschranke überschritten – ein Zettabyte, das sind tausend Exabytes. Out of Control. Freier Fall, Kinder.«

Lautes Einrasten antwortete ihm; die Söldnerin verlor beim Basteln keine Zeit. Der Dozent am Fenster sprach ruhig weiter: »Dies ist das Qualitative. Ich wollte aber wissen, ob mir dieser … Datensturz neue Optionen erschließt.« Christa, die das automatische Gewehr zu einem Drittel fertiggebaut hatte, merkte sich für später: seine Gedanken fanden immer noch so schnell vom kameradschaftlichen »unsereiner« zum solitären »ich« wie früher, und er selbst kriegte das genauso wenig mit wie damals – man kann also auch bei einem Menschen, der um Stadien klüger ist als man selbst, Dinge registrieren, die er übersieht.

»Politik, nicht wahr: Wissen verbergen, aber anwenden, das man hat, Wissen vortäuschen, das man nicht hat … diese Spiele. Ich ging zu den Weltverbesserern, da ernüchtert man am Schnellsten. Nicht in den Firmen, da lenkt einen der Reichtum ab, nicht in die Regierung, da verwirrt die Macht, nicht ins Heer, da zerstreut die Gewalt. Man muss zu den Oppositionellen gehen, wenn man wissen will, was an einer Sache wirklich dran ist. Die sind schwach: Werden sie stärker durch die Sache? Wenn nicht, vergiss die Sache.«

»Ich dachte immer, Macht ist alles, was du willst. Nicht das bisschen Kommando, das unsere Lamettatypen hatten, oder politische Macht, oder Besitz, Hedge-Fonds … echte Macht, weißt du. Über Menschen.«

Der Deuter schüttelte den Kopf, als wäre der sehr schwer: »Echte Macht, das ist eine Wahnvorstellung. So was gibt es nicht. Wie sagt Carter Scholz? Die Welt ist gegenwärtig, man kann sie nicht austricksen, man kann sich nicht aus der Geschichte mogeln. Die Spieltheorie, die Informatik, die Verhaltensforschung, die Statistik, die Modelle … das alles, man versteht es falsch, wenn man damit aus dem Schrecken der Zeit ausbrechen, wenn man damit ... Macht erobern will, denn mit der Zeit kann sich Macht immer nur auflösen. Immer nur verlorengehen.«

»Also wozu dann? Deine Arbeit?«

»Alles, was man machen kann, wenn man sich nicht langweilen will, sind ein paar philosophische Experimente.«

Sie schnaubte: »Wenn das kein ganz besonders doofer Widerspruch ist ... gibt ja wohl keinen größeren Gegensatz als den zwischen Philosophie und Experimenten.«

»Ich habe das Vergnügen gehabt, in Yale einen jungen Assistant Professor der Philosophie kennenzulernen, einen Mann mit dem alttestamentlichen Eroberernamen Joshua Knobe, der ist da ganz anderer Ansicht. Du wirst ihn vielleicht bald treffen, er gehört zu ... ja, wie soll ich sagen? Darf ich sagen: zu uns?«

»Zu dir vielleicht. Dein Joshua, der macht philosophische Experimente?«

»Mit den Intuitionen der Menschen, ja. Aber ich meine das Wort – Experiment – gar nicht so streng wie er. Vielleicht hätte ich sagen sollen: Probensammeln. Das ist es, was ich ...«

»Und dabei hast du was gelernt?«, das Leuchtpunktvisier machte leichte Schwierigkeiten, Christa zischte, unterdrückte Flüche.

»Wie man's nimmt. Ich bin zu den Machtlosen, wie gesagt, um herauszufinden, ob sie weniger machtlos sind, wenn sie die Instrumente nutzen, die in dieser sogenannten Informationsgesellschaft ... Eine Umweltschutzorganisation, eine der größten der Welt, es gibt sie seit fünfzig Jahren ... ein paar lokale Hilfswerke für Obdachlose und Drogenabhängige und unfreiwillige junge Mütter in San Diego, Charlotte, Seattle ... der Sierra Club ... die Allianz zur Rettung von Darfur, Habitat for Humanity Egypt, Networks und Nonprofits und NGOs und Ad Hoc-Koalitionen, Demonstrationen, die übers iPhone koordiniert sind, Facebook-Kampagnen, virale Demokratie ... ich habe gelernt, was ich schon wusste: Wenn man Wert auf multiple Perspektiven, Gruppenpartizipation, Mobilisierung, Engagement, Enthusiasmus, einen flamboyanten Führungsstil, Offenheit und Öffentlichkeit legt, bitte, dann ist das, was seit dem Web 2.0 passiert, eine Revolution. Ein Rausch, ein ... na ja. Wenn man andere Kriterien hat, dann sind es nette Spielereien.«

»Andere Kriterien?«

»Effizienz. Schnelle Umsetzung. Überprüfbarkeit. Genauigkeit. So Sachen«, er lächelte, sie lachte. Christa stand auf, das fertige Gewehr in Händen: »Ich nehme an, das hier ist ein Werbegeschenk?«

»Sozusagen.«

Jetzt wurde es ihr zu verspielt: »Sozusagen?«

Er gab klein bei, ungewöhnlicherweise: »Ja. Ein Werbegeschenk. Und damit dürfte das Geplauder zu Ende sein. Bevor wir aber zur Sache kommen – sag mir doch, was hast denn du mit deiner Zeit angestellt?«

»Nix besonderes«, sie legte die Waffe auf den langen Glastisch, an dem sich der Deuter jetzt auf einem abgeschabten Polstersessel niederließ, ging zur nussbraun lackierten Schrankwand, öffnete sie, holte einen angebrochenen Tetrapak fettarmer Milch und eine schlanke Flasche Scapa Orkney Single Malt aus einem Fach, stellte den Alkohol vor den Deuter neben das Gewehr, holte dann zwei niedrige Gläser, stellte sie dazu, trank die lauwarme Milch – ein Kühlschrank gehörte nicht zur Einrichtung in dieser heruntergekommenen Bleibe –, wischte sich den Mundwinkel, warf die Milchtüte in den Papierkorb, ließ sich auf den zweiten Sessel fallen und hielt verschwitzt, verklebt, säuerlich riechend wie sie war – sie wusste, dass sie dem Deuter so sehr gut gefiel; er hatte sie freilich nie zu verführen versucht, das Spiel, die Spannung zwischen ihnen war alt und tat beiden gut – dem Blick des Gastes, seinem Lächeln, seinem Schweigen, volle drei Minuten stand, bevor sie sagte: »Also, du willst es wirklich hören? Schön. Ein paar Monate Galkayo. Klanstreitigkeiten, islamische Splitterscheiße, aber jetzt fließt viel Geld rein, also geht es neuerdings nicht mehr um Verwandtschaft und

Allah, sondern was viel Gefährlicheres. Grundeigentum, bewaffnete Teenager, Schieberei großen Stils mit Milchpulver, Babynahrung und Munition ... kein Spaß. Eklige Verletzungen, ganz neue Arten Sprengsatz, Nagelsplitterbomben, nachgemachte Luft-Boden-Streugeschosse. Dann Portugal. Aufstandsbekämpfung. Wusstest du, dass es dort ein Gerücht gibt, das Land wäre in Wirklichkeit 'ne Insel? Sie sagen, diese ganzen Geschichten von staubigen Straßen rüber nach Spanien, das wäre alles Betrug, Legende, Verschwörung. Dann Libanon. Ein Wasserprojekt, ich hab's beschützt, mit anderen. Aber es kam kein Angriff; es hat einfach pleitegemacht, weil es zur Hälfte von privaten Investoren ... so läuft das da. Dann wieder am alten Schauplatz. Du weißt schon, wo wir uns kennengelernt haben. Wird ja nicht mehr ruhiger dort. Die haben jetzt eine lustige Sitte von den ländlichen Chinesen übernommen: Handel mit weiblichen Leichen. Die Tradition verlangt, dass ein Mann das Grab mit seiner Frau teilen soll. Aber es gibt immer weniger stabile Verhältnisse, in denen ... naja, und dann die Flüchtlingsgeschichten ... und die Mädchen hauen ab an die Küste, in die Touristenstädte, Prostitution ... also, wenn ein junger Mann stirbt, dann zahlen die Eltern einem Leichenhändler einen ähm Ablass, der besorgt eine Frau, dann gibt es eine Leichenhochzeit, und ab die beiden in die Grube. Ein heiratsfähiges totes Mädchen kostet inzwischen soviel wie vier Ziegen.«

»Bist weit rumgekommen.«

»Immer im Kreis. Und auf dem Markt. Du hast mich im Netz gefunden, nehme ich an?«

»Ja. Mich wundert, dass du noch keinen neuen Job hast.«

Sie schenkte ein, beide hoben die Gläser, stießen aber nicht an damit. Sie tat einen tiefen Schluck, er einen kleinen.

Christa sagte: »Ich hab schon einen. Was Griechisches. Privat. Aber du bietest sicher mehr.«

Er nickte. Trank nochmal ein wenig. Studierte die Ruhe, die Ausgeglichenheit, den Frieden auf ihren Zügen, einen Ausdruck, den er so nur von Leuten kannte, die sich ans Töten gewöhnt hatten und keine Furcht vor dem Getötetwerden mehr kannten.

»Bereust du manchmal, was du Gunter angetan hast?«, er fragte aufrichtig neugierig, ohne Arg und Hinterlist.

Christa lächelte fast so fein wie er, leerte ihr Glas, stellte es sehr vorsichtig auf den Tisch zurück und sagte: »Jeden Tag. Jede Nacht. Das ist, bevor du mir noch von Buße und so was anfängst, ja bestimmt das mindeste, oder?«

Er zuckte mit den Schultern.

Kammonikutain

Wir haben gelernt, wie man mit den Folgen der Katastrophe lebt. Der haarfeine Riss gehört jetzt zum Alltag, das »laterale Licht« (wie die Physiker aus Princeton sagen, weil sie nicht wissen, wo der Schimmer herkommt und wieso er leuchtet), das von der Naht in unsere Welt gestreut wird, gehört für diejenigen, die in der Nähe des Schnitts leben, inzwischen zum Alltag.

Man kann sich mittlerweile minutenlang durch die Kanäle zappen, ohne Aufnahmen der Naht zu begegnen; ich habe drei internationale Tageszeitungen neben meinem Keyboard liegen, in denen auf den ersten Seiten vom Unfall keine Rede mehr ist, in keinem Artikel.

Vor drei Jahren war das undenkbar.

Selbst das Wort »Kammonikutain«, jetzt weltweit in allen Sprachen als Begriff für die unmittelbaren, die guten und die schlechten Folgen der Katastrophe, und sogar für die zeitlichen Echos, die sie in ihre Vorzeit geschickt hat, all die Verständigungsschwierigkeiten, komplett durchgesetzt, wenn auch in Schreibungsvarianten und Spielarten der Aussprache, ist ja ein Normalisierungszeichen, verglichen mit der Rede vom »Weltuntergang« (BILD damals – eine echte Sternstunde für das Blatt, in jedem Sinne des Wortes).

Erinnerst du dich noch an die Laufbandlosung auf CNN? »Breakdown of our Physical World«, meine Güte. Wir kommen klar.

Dabei weiß man nicht mehr, als was die Fachleute schon kurz nach dem Ereignis wussten: Was zuerst die Bergspitzen Nepals, dann ein paar schwindelhohe Wolkenkratzer in Arabien, dann Flugzeuge, die Wipfel einiger nordamerikanischer Mammutbäume und schließlich Wohnhäuser, Eisklötze, sogar Korallenriffbänke sauber zerteilte, aber sonst intakt ließ, ist anscheinend eine Art Rest des Urknalls.

Inzwischen erzählt dir jedes Kind, wie die Energiedichte des Universums genau zehn hoch minus fünfunddreißig Sekunden nach dem Anfang in einer »superdünnen Röhre« (die Physiker aus Paris) eingefangen wurde, deren Durchmesser zehn hoch minus vierzehn Mal so klein ist wie der eines Atomkerns. Das ist die böse Schnur. Sie »kann keine Enden haben« (Physiker aus Berlin), weil sonst die Energie rauslaufen müsste, ist also eine Art Schleife, von der »ein Stück, das nur einen Meter lang ist, so viel wiegt wie die Erde« (Physiker aus Tokio).

Wie lang die böse Schnur genau ist, darüber wird noch spekuliert (es hängt, sagen Physiker aus Moskau, davon vieles ab, zum Beispiel, ob die böse Schnur auch die Sonne durchschnitten hat. Physiker aus Tel Aviv behaupten, sie hätten etwas beobachtet, was darauf hindeutet). Warum die Raumzeit von der Passage der bösen Schnur durch unsere Welt nicht verzerrt wurde, warum die Naht stabil bleibt, weiß niemand (die Berechnungen der Physiker aus Genf, die behaupten, sie wüssten es, versteht kein Mensch).

Aber eins weiß ich, auch wenn du mich dafür, wie so oft, als »Optimisten« beschimpfen wirst: dass wir seit dem Unfall so viele unserer Probleme in den Griff gekriegt haben, dass es keinen Nahostkonflikt mehr gibt, und die Linksradikalen sich in Mitteleuropa über andere Sachen spalten müssen, dass die Lohnarbeit rasant verschwindet und die Umweltverbrechen immer öfter schiefgehen, das hängt, davon bin ich überzeugt, mit dem Schreck zusammen, den die böse Schnur uns eingejagt hat. Ganz verstehe ich noch nicht, was die Physiker aus Rio erklären, nämlich dass wir Kammonikutain und die Schnur bald nicht einmal mehr wahrnehmen werden, dass die Wahrnehmung beider dann aus unserem Gedächtnis verschwinden wird, dass, wie Galen Strawson mir brieflich geschrieben hat, »der Prozess sich selbst resorbiert«. Aber sehen kann ich: Die Welt ist nicht auseinandergebrochen, damit wir nicht runterfallen. Sie mag uns. Das macht mir Hoffnung, dir nicht?

Auftrag

Patience, patience,
Patience dans l'azur!
Paul Valéry

Farczády klopfte an die Tür, er hatte Manieren.

Doro öffnete ihm zögernd, er sah so rabenartig aus, in seinem schwarzen Mantel, mit der strahlenden Schneelast auf Schultern und Kragen.

»Ich wollte mich bedanken«, sagte er, den sie sofort erkannte, beim Eintreten »für das Gemälde.«

»Ich weiß schon«, sie ging ihm voraus ins Atelier und drehte sich nicht um, »Sie sind der Käufer, und jetzt das Modell. Ist das Kind tot?«

Farczády lachte nicht uncharmant. »Was Ihr immer von mir denkt. Wieso sollte ich sowas tun? Im Gegenteil! Oh, Ihre Aussicht ist wunderbar. Ganz Berlin.«

»Nur der Teil, den ich mag.«

Viele Dächer sah man gar nicht, so verwegen tanzten die weißen, wehenden Schals aus Flocken und Licht.

»Sie haben diese Killerin geschickt, oder nicht?«, kam Doro auf ihre Vorwürfe zurück und zündete sich eine Camel an.

»Ich habe Christa Bischof geschickt, zur Adlerinsel, damit sie die Angreifer, die sich selber missverstehen, von ihr fernhält, und von dem Haus, in dem sie überwintern wird, mit dem schwarzen Lehrer, dem Soldaten und dem Vater. Tote liegen überall im Sand, gut vergraben, und tief im Wasser, von Steinen beschwert, während wir hier reden, Wütende und Irre, die Christa aus dem Gebüsch, oder von ihrem Boot aus, abgeschossen hat, bevor sie dem Mädchen zu nahe kommen konnten.«

»Sie trauen also Gunter Rudolf nicht, dass der sie alleine beschützt?«

»Ach, ich dachte mir«, es war ein Singen, fröhlich, sehr einnehmend, »vier Augen sehen mehr als zwei. Wenn der Winter rum ist, wird Christa sich zu erkennen geben. Dann sollten wir uns treffen, die kleine Polizei und ich. Es gibt so vieles zu bereden, zu entscheiden. Wir kriegen das schon hin, wir Pinguine.«

Fünf Minuten schwiegen beide – Doro, weil sie Malmaterialen zusammensuchte und zurechtlegte, Farczády, weil der das bisschen Mitteleuropa durch die große schräge Glasdachwand betrachtete, das eben noch möglich war, und sich unser aller Gedanken dazu machte.

Dann setzte er sich artig in den Stuhl, den sie ihm wies.

»Irgendwas besonderes, was ich beachten muss?« fragte sie, bevor sie daran ging, den Auftrag auszuführen, sein Porträt zu malen.

»Machen Sie's freundlich«, bat Farczády.

Erste Auflage
Verbrecher Verlag Berlin 2012
www.verbrecherei.de

Einbandentwurf: Sarah Lamparter
Satz: Christian Walter

ISBN: 978-3-943167-08-5

Printed in Germany

Der Verlag dankt Elisabeth Göske und Rebecca Hürter.

VERBRECHER VERLAG

Dietmar Dath

FÜR IMMER IN HONIG

Roman

Mit Illustrationen von Daniela Burger

1040 Seiten
Hardcover
36 €

ISBN: 978-3-940426-02-4

»Für immer in Honig« ist ein historischer Roman über Dinge, die nie passiert sind und nicht passieren werden. Er erklärt alles, was in der Zeitung steht und im Fernsehen kommt und handelt von Leuten, die sehr viel wissen und trotzdem alles falsch machen. Die Geschichte umfasst mehrere Jahrzehnte, in denen Deutschland vor die Hunde geht und die Beziehungen der Vereinigten Staaten von Amerika zum Rest der Welt sich verschlechtern, während die Toten ins Leben zurückkehren, die Wissenschaft Fortschritte eher seitwärts als nach vorne macht und die Popmusik sich nicht gerade verbessert. Die verhandelten Themen sind unter anderem: Pädophilie, Hillary Clinton, Wölfe, Molekulargenetik, die NATO, die Schulden der Dritten Welt, süddeutsche Provinznester, Schnee, Nazis, Islamismus, Ehebruch, Berlin, Videokunst, Poststrukturalismus, Messer, haitianische Küche, Fernsehen, moderne Krankheiten, Pinguine, Frankfurt, Wladimir Putin und Ohrstöpsel aus Schaumstoff.

Dietmar Dath, geboren 1970, veröffentlicht seit 1990 journalistische und literarische, satirische und essayistische Texte in in- und ausländischen Zeitungen und Zeitschriften.